KB049590

그래도 명랑하라, 아저씨!

그래도 명랑하라, 아저씨!

초판 1쇄 인쇄 _ 2014년 12월 1일
초판 1쇄 발행 _ 2014년 12월 20일

지은이 _ 박균호
펴낸곳 _ 바이북스
펴낸이 _ 윤옥초
편집팀 _ 도은숙, 김태윤, 문아람
디자인팀 _ 이민영, 이정은
일러스트 · 책임디자인 _ 김미란

ISBN _ 978-89-92467-91-9 03810
등록 _ 2005. 7. 12 | 제 313-2005-000148호

서울시 마포구 양화로 78 1003호
편집 02) 333-0812 | **마케팅** 02) 333-9077 | **팩스** 02) 333-9960
이메일 postmaster@bybooks.co.kr
홈페이지 www.bybooks.co.kr

책값은 뒤표지에 있습니다.

바이북스는 책을 사랑하는 여러분 곁에 있습니다.
독자들이 반기는 벗 ―바이북스

사십대 가장과 세 여자 이야기

그래도 명랑하라, 아저씨!

박균호 지음

바이북스
ByBooks

나는 평온한 일상의 소중함을 일찍 실감한 편이다. 군 복무 중 아버지를 여의었고 심지어 임종도 지키지 못했다. 10년 뒤에 어머니가 뇌졸중으로 쓰러져 지금까지 투병 중이다. 벌써 12년째다.

십수 년의 세월은 어머니의 유고를 일상으로 바꿀 만한 긴 시간이었다. 어머니는 요양원에서 생활하다가 시력을 거의 잃어서 안과 수술을 두 번 받았는데 보통 사람이면 30분이면 마칠 수술을 무려 세 시간이나 받아야 했다. 혼자서 거동도 못 하는데 실명까지 할 수 있다고 생각하니, 그 공포는 그간의 일상이 얼마나 소중했는지 실감시켜주었다. 수술이 진행된 세 시간은 내 인생에서 가장 긴 세 시간이었다.

어머니에게 다른 병이 생겨 대학 병원 응급실에서 곁을 지켰을 때도 마찬가지였다. 그곳에서 어머니는 '통증'이 아니라 '무탈'을 호소했다. 낯설고 무서운 응급실을 떠나 평범한 일상으로 돌아가고 싶었을 터. 평온한 하루의 소중함을 어머니도 누구보다 잘 알았을 것이다.

갑작스러운 큰일 없이 가족끼리 함께 식사하고, 텔레비전을 보며, 저녁나절 산책을 함께 가는 평범한 일상만큼 소중한 것은 없다. 나는 평온한 일상을 사랑하고, 어디 하나 특별한 것이 없는 하루하루가 정말 좋다.

우리 식구는 단출하다. 나, 아내 , 중학교 2학년 딸아이가 전부다. 아내는 현모양처로서 출근하는 남편에게 밥을 해 먹이고 조용히 집 안일을 하는 것이 꿈이었는데 남자를 잘못 만나 아직도 직장 생활을 하고 있다. 딸아이는 아내의 표현대로라면 철이 '가득' 든 아이다.

물론 이 책의 여러 글에서 아내와 딸은 '톰'이고 나는 억울하게 매 번 당하기만 하는 '제리'로 그렸다. 그러나 사실 아내는 건강식품을 사면서도 나와 딸아이 것만을 챙기고 자신은 '사은품'으로 만족하는 여자다. 이 세상의 모든 아내가 그렇겠지만 아내는 남편과 자식을 먼 저 생각한다. 딸아이도 마찬가지다. 제 엄마가 산책을 나갈 때 "아빠 도 같이 데리고 가서 운동 좀 시켜"라고 제 엄마에게 요구한다. 불과 3~4년 전에만 해도 차를 타면 내가 딸아이에게 안전벨트를 매라고 눈을 부라린 듯한데 요즘은 딸아이가 먼저 내게 안전벨트를 매라고 혼을 낸다. 굉장히 당황스러운 점은, 친구들 모임에서 딸아이와 관 련된 에피소드를 들려주면 나는 꾸밈없이 말했을 뿐인데 사람들은 '딸 자랑'으로 여길 때가 많다는 것이다. 나는 그저 이렇게 아이가 자라 고 점점 나를 가르치려 드는 평범한 일상이 몹시 좋을 뿐이다.

내가 이렇게 책으로까지 일상을 엮은 이유는 우리 가족의 역사가 특별해서가 아니다. 내가 기록함으로써 특별한 역사가 된다고 생각 하기 때문이다. 나는 일상의 힘을, 기록의 힘을 그렇게 믿는다.

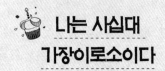

나는 사십대
가장이로소이다

국산 옥수수로 만든
강냉이 같은 일상

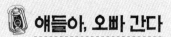

얘들아, 오빠 간다

돌부리에 다리 한번 절뚝여도

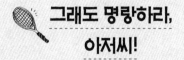

그래도 명랑하라, 아저씨!

나는
사십대
가장이로소이다

01 오직 나를 위한 음식

아내와 장을 보러 갔다. 집안일에 소홀해서 늘 미안한데, 아내 혼자 장을 봐 올 때면 더욱 그렇다. 장을 보는 일은 선사 시대로 치면 식구들을 위해서 사냥하는 가장의 거룩한 의무가 아니던가? 대형 마트의 번잡한 주차장도 그렇고, 계산대에 줄을 서서 결제하는 과정 역시 불편한 데다 더욱이 장 보는 일은 다른 사람과의 미묘한 경쟁 요소까지 포함되어 있으므로 그야말로 가장으로서 해야 할 중요한 책무가 아닌가 싶다. 솔직히 아내 혼자 장 보는 모습을 지인들이 보기라도 한다면 대형 마트라는 험난한 세계에 연약한 아내를 혼자 보낸 무심하고 한심한 남편이라는 인상을 줄지도 모른다는 걱정 또한 아내와 마트에 동행하는 중요한 이유라는 사실을 고백해야겠다.

카트를 몰고 이리저리 마트를 구경하다 보면 평소 그다지 좋아하지 않는 취미, 즉 사냥하는 재미를 이해할 듯도 하다. 다양한 물건이나 음식을 구경하고 장바구니에 담는 일은 꽤나 즐거운 일이면서 위대한 행위이기도 하다.

딸아이가 좋아하는 초밥을 고르다가 그 옆에 생물 생선과 회가 진열된 모습을 보았다. 우리 식구는 비린내 나는 생선을 그다지 좋아

11

하지 않는데, 그날따라 영롱한 빛을 발하는 횟감에 눈이 갔다. 손질하거나 따로 준비할 필요 없이 그냥 포장만 벗겨서 먹으면 되는 회를 호기심 어린 눈으로 바라봤는데, 그것이 아내 눈에 띈 모양이었다.

그러나 회라는 음식이 딸아이의 열광을 받지 못할 가능성이 크고, 나도 회식 때문에 횟집을 갈 때 회보다는 곁들이 음식으로 배를 채우는 편이라서 적극적으로 장바구니에 담자고 말하지 못하고 있었다. 그런데 아내도 회를 눈여겨보더니 "한번 사볼까"라고 말하는 게 아닌가? 익숙지 않은 음식에 대한 호기심도 채우고 아내 의견에 적극 동조하는 자상한 남편상도 실현할 겸 그러자고 흔쾌히 동의했다.

집으로 돌아와 사냥한 회를 먹었다. 그러나 우리 세 식구는 한 점씩 먹자마자 알아챘다. 음식을 먹음직스럽게 진열하고 포장하는 대형 마트의 기술이 생각보다 뛰어나다는 점, 그리고 지금부터는 이 먹거리를 어떻게 처리하느냐가 큰 이슈가 되리라는 점을. 누가 먼저랄 것도 없이 우리는 조용히 젓가락을 내려놓았다.

피 같은 돈을 주고 산 회를 앞에 두고서 나와 아내는 동상이몽을 했다. 아내는 주부가 하는 일반적인 생각, 즉 쓸데없이 돈을 쓴 자책감과 음식을 고루고루 먹지 않는 식구들에 대한 원망, 남게 될 음식의 처리 방안을 고심한 반면, 나는 회를 사자고 주장한 것은 엄연히 아내임을 무기 삼아 이번 기회에 본 사태의 주범인 아내를 문책하고 일벌백계함으로써 가장의 권위와 지배력을 드높이고자 했다.

이런 문제가 있을 때 화를 버럭 내는 것은 좋은 대응 전략이 아니라는 사실을 이미 나는 그들과의 수많은 전투에서 체득한 바 있다.

그래서 조곤조곤 아내를 꾸짖었다. 현명한 소비자라면 마트에 가기 전 구매 목록을 미리 메모해서 계획적으로 쇼핑해야 하고, 마트에서 물건을 살 때, 특히 음식을 살 때는 가족 구성원의 식성을 미리 감안해야 하며, 더구나 회처럼 신선도가 생명인 먹거리를 살 때는 집으로 가져가면 맛이 변할 수도 있다는 가능성까지 염두에 두어야 한다고 역설했다. 그리고 제일 중요한 사실, 즉 그 회를 사자며 선량한 소비 생활을 하는 남편을 꼬드긴 것은 당신이라고 재확인시켜줌으로써 이 모든 사단의 책임이 아내에게 있음을 공식화했다.

내가 꾸짖자 아내는 충분히 예상 가능했던 해명과 책임 전가를 했다. 나는 아내의 해명을 가볍게 기각했다. 게다가 웬일인지 늘 엄마 편이었던 딸도 내 의견을 좇아 아내를 비난하기에 이르렀다. 딸아이는 다른 문제는 몰라도 금전 문제에 매우 엄격하다. 우리 부부의 유일한 상속자로서 훗날 늙은 우리를 봉양할 의무가 있다고 생각한다.

승리의 열매는 참으로 달콤해서 그날 저녁, 나는 공깃밥을 무려 세 공기나 먹어치웠다. 그다음 날 토요일에는 늦잠을 잤다. 느지막하게 일어나서는 전날 과식한 탓에 더부룩한 배를 쓰다듬으며 주방으로 갔는데, 뭐라 설명하기 어려운 비릿하면서도 입맛이 뚝 떨어지는 묘한 냄새가 났다. 가스레인지를 보니 찌개가 끓고 있는 모양이었다. 그러나 그것은 찌개라기보다 미지의 세계에서 온 음식인 듯한 냄새를 풍겼다. 이윽고 아침 준비가 되었고, 우리 세 식구는 제자리에 착석했다. 그런데 아내는 조금 전 내가 목격한 묘한 음식을 오직 나를 위해서 마련했다는 듯이 내 턱밑에 밀어줬다.

글이니까 하는 말이지만, 아내는 매우 뛰어난 요리사는 아니다. 장모님이 면을 대표하는 요리사 중 한 명으로 명성을 떨친 분이라 아내 또한 요리사로서의 자질이 충분하겠지만 아내는 전업주부가 아닌 직장인이었다. 또 우리 식구들이 음식을 매우 잘 먹는 스타일이 아니라서 힘들게 요리해도 보람을 느끼기 어렵다는 사실을 고려하면 아내의 비(非)요리사적 면모에는 나와 딸아이의 책임이 크므로 우린 식탁에 어떤 음식이 나오든 불평하지 않는다. 그런데 그날 아침의 찌개는 군소리 없이 먹기에는 무리였다. 그 양도 어찌나 엄청나던지……. 그 아방가르드한 음식을 한 숟가락씩 조심스럽게 떠먹는 내 모습을 본 아내는 알 듯 모를 듯한 미소를 지으며 나를 빤히 바라봤다. 그러고는 찌개의 정체를 넌지시 알려줬다. 어제 먹다 남은 비싼 회를 버리기 아까워서 찌개로 만들어보았단다. 또 자기는 비린내 나는 음식은 질색이고, 딸아이는 매운 음식을 못 먹으니 나 혼자 다 먹으란다.

고통스러운 식사 시간이 끝나자 아내는 먹다 남긴 찌개를 신줏단지 모시듯이 소중히 거두더니 다시 냉장고로 넣었다. "내가 수위를 표시해놨으니 아까운 찌개를 버릴 생각은 하지도 마"라는 충고도 잊지 않았다. 그날 저녁인가는 결국 실험적인 그 음식을 참지 못하고서 국물이 부족해 더는 먹기 어렵다는 식으로 얼버무렸는데 아내는 물을 더 넣고 끓이면 되니 아무 걱정도 말란다. 나는 포기하지 않고 이 맛있는 음식을 나 혼자 먹으려니 너무 가슴이 아프다, 너희 둘도 같이 이 놀라운 음식을 먹고 건강해지자는 타협안을 제시했으나 아내와 딸은 간단히 단칼에 거절했다.

02 아내와 깔깔이

학원을 갔던 딸아이가 우산도 없이 소나기를 만난 모양이었다. 집에 들어서자마자 비를 맞았다며 호들갑이었다. 그 모양이 재미나서 "어이쿠, 비 맞았어?"라고 했더니 "어!"라며 약간 언성을 높였는데 내가 듣기로는 허용이 가능한 정도였다. 그런데 아내는 그렇지 않은 모양이었다. 온종일 짜증을 낸다고 아이를 나무랐다. 딸아이도 할 말은 있어서 비를 맞았는데 짜증도 못 내느냐고 맞받아쳤다. 아내는 그런 딸아이를 혼냈고 딸아이는 자기 방으로 냉큼 사라졌다. 말하자면 극강의 동맹 사이에 난데없는 내전이 발생한 것이다. 흐흐.

그런데 딸아이와 티격태격한 뒤 베란다의 빨래 건조대를 거실로 들여놓으려는 아내의 모습이 무척 애처로웠다. 어머니가 자식들 앞에서는 아버지의 뒷말을 하다가도 막상 우리가 조금 거들기라도 하면 버럭 화를 낸 이유를 이제는 알겠다. 건조대에는 얇은 여름용 홑이불만 걸려 있어 가볍디가벼웠지만 나는 쏜살처럼 달려가 빼앗아 들었다.

건조대를 거실로 옮긴 후 서재로 돌아왔는데 유독 깔깔이가 눈에 띄었다. 항상 그 자리에 있던 깔깔이지만 오늘따라 유난히 눈에 밟혔다. 군인들의 방한복이며 가볍고 보온성이 좋아서 군인이 아니더라도 백수형 생활 양식을 즐기는 남자에게는 더없이 중요한 완소 아이템 깔깔이. 나 역시 예외가 아니다.

그런데 그것도 제대한 지 얼마 지나지 않은 복학생이라면 그나마 봐줄 만한 행색이지, 중학생 학부모에게는 걸맞지 않다는 사실을 잘 알지만 그래도 나는 깔깔이가 정말 좋다. 여름을 제외하고는 곁에 두고 항상 애용할 정도다. 나와 함께 사는 두 여자는 나의 깔깔이를 매우 싫어하는데, 그들이 보기에는 너저분하다는 것이다. 하긴 내가 봐도 깔깔이는 시골 할아버지가 경운기를 타고 모닝 드라이브를 즐길 때 겉옷으로 입으면 딱 어울리는 옷이다. 원빈이 입은 게 아니라면 말이다. 어쨌든 식구들이 그놈을 싫어하는 상황은 마치 내가 무척 사랑하는 반려 동물을 식구들이 냄새가 나고, 털이 날려서 싫다고 하는 경우와 비슷하겠다. 깔깔이와 너무 친하게 지낸 나머지 언젠가는 딸아이의 피아노 선생이 왔을 때(젊은 처자 선생이다) 깔깔이 차림으로 그녀를 맞이하는 만행을 저질렀는데, 그때 그들로 하여금 이제야말로 근본적인 대책을 세워야겠다는 위기의식을 느끼게 했던 모양이다. 두 여자가 공모해서 깔깔이를 감춰버린 것이다.

깔깔이를 대체할 옷이 내게는 없었다. 가볍고, 편하고, 따뜻하며, 뭔가 쏟아도 손으로 슥 문지르면 금방 뽀송뽀송해지는 옷이 세상에 깔깔이 말고 뭐가 있단 말인가. 게다가 저렴하기까지 하다. 온라인 쇼핑몰에 들어가면 고작 2만 원에 이렇게 훌륭한 옷을 살 수 있다! 실종된 깔깔이를 찾지 못하자 초조해졌던 나는 급기야 새 깔깔이를 구입해야겠다고 마음먹었다. 새로 구입한 깔깔이는 물론 군용이 아니고 그것을 모방한 사제였는데, 쇼핑몰은 어쨌든 진품과 99퍼센트 이상의 싱크로율을 자랑한다고 상품을 설명하고 있었다. 알고 보니 그동안 내가 애용한 깔깔이는 구시대의 유물이고 요새 것은 기능과 디자인이 훨씬 좋아졌다고 한다.

전에 입던 깔깔이는 군대에서 사용했던 놈은 아니지만(나의 것은 수명을 다하자 아내가 재활용 박스에 넣어버렸다) 그에 뒤지지 않을 만큼 굉장히 구형이었다. 구형과 신형의 가장 큰 차이점은 구형은 옷을 여미는 부분이 단추형인 데 반해 신형은 지퍼형이라는 점이다. 깔깔이 마니아로서 말하자면, 이전에는 깔깔이를 입을 때 단추를 하나하나 채우면서 국가를 위해 이 한 몸 다 바치겠다며 새삼 전의를 다지곤 했는데, 신형은 지퍼를 쓱 올리면 되니 애국심을 고취할 경건한 시간이 없다. 그렇다. 국방부는 큰 실수를 한 것이다.

더구나 나를 좌절시킨 것은 신형 깔깔이의 소매에 시보리가 달려 있다는 사실이다. 아마도 보온성을 극대화하기 위한 국방부의 조치인 듯한데, 이 역시 국방부의 실수다. 군인들은 따뜻하면 잠을 자려고 하지, 전투력을 불태우지 않는다는 사실을 모르는 모양이다. 그리고 나는 상의든 하의든 간에 편하게 입는 옷에 달린 시보리를 끔찍이도 싫어한다. 손목과 발목을 꽉 죄어오는 것 같아서 답답하다.

아내와 딸아이는 내가 새로운 깔깔이를 도입하자 크게 좌절한 나머지 깔깔이를 외부인에게 공공연히 보임으로써 자신들을 망신시키지만 않는다면 나의 패션 정체성을 마지못해 인정해주겠다는 의사를

17

내보였다. 그리고 깊이 감추어두었던 먼젓번 깔깔이를 내주면서 새로운 놈이랑 번갈아 입으라는 호의까지 베풀었다. 무조건 탄압하기보다는 양성화해서 적절한 규제를 따르도록 하는 정책인 듯 보였다. 더욱이 신형 깔깔이의 시보리에 대해서 내가 연일 불만을 터트리자 듣다 못한 아내가 시보리를 잘라내고 바느질로 마감해주기까지 했다. 말하자면 커스텀 깔깔이를 만들었다는 말이다. 소매 부분이 어찌나 자연스러운지 마치 원래 디자인같이 보일 정도였다. 나는 아내의 호의에 크게 감동했고, 깔깔이를 볼 때마다 그 은혜로움을 되새김질했다.

그러니 '비와 짜증'을 주제로 딸아이와 설전을 벌여서 얼굴이 울긋불긋해진 아내를 보고 속상한 내가 깔깔이를 응시하는 것은 당연하지 않겠는가? 그러다가 나의 소중한 깔깔이 밑, 즉 서재의 긴 책상 위로 먼지가 소복하게 쌓였음을 새삼 발견했다. 설명 못 할 비장한 의무감과 마음 깊숙이 숨겨두었던 위생 의식이 긴 기지개를 켰고, 급기야 나는 물수건으로 먼지를 닦기 시작했다.

책상에 이어 책장의 칸칸까지 닦고 나니 땀이 비 오듯 쏟아졌다. 그쯤에서 그쳤어야 했는데…… 과도한 성취감과 만족감은 과욕을 불러일으키기 마련이다. 마치 귀신에 홀린 것처럼 책장이 천장과 맞닿은 부분, 즉 맨 윗면 먼지마저도 닦아야 한다는 생각에 사로잡혔고, 결국 서재 의자 위로 올라가 손을 뻗어 걸레질하기 시작했다. 단한 번 걸레질했을 뿐인데 새까맣게 닦여 나오는 먼지를 보며 쾌감을 느끼는 것도 잠시, 전혀 예상치 못한 큰 사단이 일어나고 말았다. 의

자 바퀴와 회전 장치가 유감없이 제 기능을 발휘해버린 것이다. 걸레질에 집중한 나머지 상체를 좀 더 뻗는 순간 마치 얼음 위의 썰매처럼 몸이 앞으로 쑥 미끄러졌다. 게다가 누가 회전의자 아니랄까 봐 뱅글뱅글 돌면서 나를 꽈배기로 만들 기세였다. 평소 자기를 엉덩이로 짓누른 주인을 응징하려면 미끄러지는 것만으로는 부족하므로 빙글빙글 돌려 꽈배기로 만들어야겠다고 생각한 모양이었다.

예상치 못한 의자의 기능 발휘에 크게 당황한 나는 책장을 부둥켜안고 최후의 방어를 했으나 속절없이 바닥에 내팽개쳐졌다. 군대 시절 원산폭격의 가장 진화된 형태가 무엇이었던가? 미끄러운 비닐 장판이 깔린 침상 끝에 둥근 철모(진짜 철로 만들어진 모자였다. 방탄 플라스틱으로 만들어진 럭셔리 철모는 오직 소수의 선임과 간부의 몫이었다)를 바르게 둔 다음 둥근 머리를 철모의 볼록 솟은 부분에, 발은 관물대 상단 위에 올리는 것이 아니었던가? 그러면 두 개의 서로 둥근 물체와 미끄러운 바닥이 만들어내는 직진 본능은 지체 없이 발휘되었고, 자꾸만 멀어져가는 머리와 발 사이를 오래 감당하기에 내 다리는 너무 짧았다. 그때처럼 나는 갑자기 온몸에 힘이 빠져 바닥에 철퍼덕 패대기쳐졌다. 군대 시절 졸병 이후로 오랜만에 돌 맞은 개구리의 형상을 체험했다는 것이다. 그것도 나의 홈그라운드인 서재 안에서.

뭔가 낌새가 이상하다는 것을 눈치챈 귀 밝은 아내가 서재로 다가오는 소리가 들렸다. 바닥에 널브러진 나는 아내가 서재에 도착하기 전 다시 의자 위로 올라가 책장 닦는 업무에 복귀함으로써, 바퀴 달린 회전의자를 받침대 삼아 책장을 닦다가 멍청하게 바닥에 뻗어버

렸다는 사실을 숨기기에는 시간이 너무 부족하다고 판단했다. 사실
은 온몸이 아파서 시도할 엄두도 못 냈다. 다만 최악의 망신을 피하
고자 상체를 조금 일으킨 다음 여전히 손에 쥐고 있던 걸레로 바닥
닦는 시늉은 간신히 할 수 있었다.

　빨래 건조대를 잽싸게 옮겨주고 서재 바닥까지 손수 걸레로 닦는
내 모습이 아내에겐 극히 보기 드문 일이었는지 웬일로 시키지 않은
일을 하냐는 둥 내일은 하늘을 꼭 보거라, 내가 장담하건대 해가 반
대쪽에서 뜰 것이라는 둥의 치하를 하더니 마침내 딸아이까지 불렀
다. 신기한 구경거리가 있으니 빨리 와서 구경하라며. 그들은 보기
드문 구경거리를 공유함으로써 다시 우정을 회복했고, 나는 애초에
계획하지 않았던 서재 바닥까지 꼼꼼히 걸레질해야 했다.

03 팍스 아내리카나와 슬리퍼

　모처럼 외식을 하러 나가려는데 아내의 슬리퍼가 부러웠다. 낡아서 꼬질꼬질하고 뒷굽이 나지막한 나의 것에 비해 아내의 슬리퍼는 한눈에 보기에도 고급스러운 모양이었고, 높으면서 견고한 굽 덕분에 작은 키까지 보완해주었다. 착화감 또한 너무 딱딱하지도 푹신푹신하지도 않아서 아내는 그 슬리퍼를 좋아했다.

　그래서 생각난 김에, 집에 있는 것은 그렇다 치더라도 학교에서 신는 슬리퍼가 이상한 방향으로 닳아 신을 때마다 발등이 아프다고 불평했다. 그러므로 아내 것과 같은 브랜드의 슬리퍼로 새로 사달라고 했더니 아내가 "왜 나랑 같이 산 슬리퍼인데 당신 것만 그렇게 빨리 낡아?"란다.

　직장에서 실내와 실외를 구분해 따로 슬리퍼를 신는 경우와 실내든 실외든 주야장천 한 켤레만 신는 경우가 어떻게 같을 수 있는지 따지지는 않았다. 그렇게 공격한다면 아내는 대뜸 슬리퍼의 노후는 사용하는 슬리퍼의 개수에 따른 게 아니고, 사용자의 보행 습관 및 관리의 정도가 더 중요한 요인이라고 대응할 것이다. 급기야 '슬리퍼의 노후에 미치는 요인들에 대한 연구' 심포지엄이 냉면집에서 개최

될지도 모른다. 주문한 냉면이 나오기 전에는 어느 정도 선방하겠지만 시간이 지날수록 음식 앞에서도 냉정함을 잃지 않는 아내에 비해, 논쟁 따위보다는 냉면의 쫄깃한 면발이 훨씬 중요한 나는 급격히 무너질 게 뻔했다. 더구나 제3자로서 무엇보다 공정성을 중요한 가치로 여겨야 할 딸아이는 묻지도 따지지도 않고 엄마 편을 들 테지.

앞으로의 뻔한 그림이 머릿속으로 그려지자, 위기마다 빛을 발하는 나의 두뇌가 기막힌 꼼수를 떠올렸다. 나는 아내에게 평등 원리를 내세우는 대신 딸아이에게 슬쩍 눈치를 주었다. '너는 엄마의 슬리퍼가 탐나지 않느냐?', '너도 저 폼 나는 슬리퍼가 갖고 싶지?'라는 메시지를 담은 눈치 말이다.

딸아이는 아내와 혈맹으로 맺어진 우방국이지만 나와는 팍스 아내리카나('미국이 주도하는 평화'라는 뜻의 팍스 아메리카나를 빗댄 말)의 속국이라는 공통점이 있다. 나는 딸아이에게 약소국이라는 동료 의식을 호소하는 동시에, 우리 가족의 안정된 미래에 대한 걱정으로 잠시 잠들어 있던 딸의 지름신 욕구를 살짝 일깨워주었다. 아니나 다를까, 나의 바람대로 딸아이의 입에서 "나도 하나 사줘"라는 말이 나오고야 말았다.

아내 입장에서는 하나가 아닌 둘의 요구를 거절하기는 어려울 테고, 그 와중에 아내가 기지를 발휘해서 둘 중에 한 명만 사라고 윤허한다면 나는 애초에 슬리퍼 이야기를 꺼낸 것은 바로 나라는 사실을 앞세워 간단히 딸아이를 따돌리면 되었다. 말이 나왔으니 말인데 아이들에게는 문방구에서 파는 삼색 슬리퍼가 가장 적합하지 않은가.

예상치 못한 우리의 협공에 아내는 "어디 감히 벌 떼처럼 일어나느냐?"라는 호통을 내질렀다. 민초들의 절실한 염원을 마치 민란으로 여기는 듯했다. 그랬다. 강력한 독재 정권을 상대로 기껏해야 낫과 곡괭이를 들고 일어선 백성의 미약한 난은 찻잔 속 태풍에 지나지 않았다. 나와 딸아이와의 동맹은 단 30초 만에 막을 내렸다. 그뿐만 아니라 이미 대세가 넘어간 것을 간파한 딸아이는 애초에 자기는 슬리퍼를 살 생각이 없었는데 아빠가 눈치를 주는 바람에 할 수 없이 동참했을 뿐이었다고 말하며 비겁한 변절자의 모습을 유감없이 보여주었다. "비 온 뒤에 땅이 굳어진다"는 속담처럼 그들은 잠시의 불화를 전환 기회로 삼아 더욱 굳건한 동맹 관계를 확립했고, 나는 큰 뜻을 품었다가 실패한 후유증으로 서비스로 나온 요구르트도 마시지 않고 집으로 돌아왔다.

　서재에서 와신상담하고 있는데 아내가 호출했다. 꼬깔콘이 아닌데 꼬깔콘과 비슷하게 생긴 과자와 오징어 비스름하게 생긴 과자를 사 오라는 지시가 떨어졌다. 나는 그 정체불명의 과자에 대해 더 자세한 설명을 요구하지 않으면서도 아내가 원하는 것을 정확히 사 와 건네주는 신공을 발휘했다. 반기를 들었다가 실패했다면 이 정도의 굴욕은 감수해야 하며, 소나기는 피해야 한다는 것이 나의 오랜 신념이다.

04 미숫가루

아침에 식사를 하는데 나와 딸아이는 밥을 먹고 아내는 미숫가루를 물에 타서 먹었다. 아마도 아침을 미숫가루로 해결할 모양이었다. 그 모습을 보고 있자니 하고 싶은 말이 파노라마처럼 펼쳐졌다.

'어이! 김 선생! 당신, 허구한 날 나를 촌놈이라고 놀리지? 당신 말처럼 깡촌에서 자란 나도 미숫가루 따위로 끼니를 때우는 일은 없었어. 그리고 당신처럼 마트에서 겨우 한 주먹 사가지고 조금씩 아껴 먹지도 않았다고. 우린 스케일이 달라서 한 번에 몇 대씩 미숫가루를 만들었지. 그리고 당신처럼 빈티 나게 그냥 맹물에 말아 먹지 않았어. 럭셔리하게도 무려 설탕을 섞어서 먹었다고. 그리고 고생하는 어른들을 생각하면 철없는 행동이었지만, 먹다 먹다 지치면 분무기처럼 미숫가루를 친구들의 얼굴에 뿜어댔지. 마치 용이 불꽃을 내뿜는 것처럼 말이야. 그러니까 당신은 지금 내가 그 옛날 촌에서 간식 겸 장난감 비스름하게 생각했던 것을 맛있다며 냠냠 쩝쩝 먹고 있는 거야. 알겠어? 푸하하!'

물론 '생각만' 했다. 마음속으로나마 나의 승리로 끝내는 편이 나았다.

05 부산 여행

나의 생각: 6월 초순, 오랜만에 연휴를 맞아 아내가 가족 여행을 제안했다. 부산으로 가잔다. 그러고 보니 마지막으로 가족 여행을 간 게 언제인지 기억이 가물가물할 정도다. 여행지도 마음에 들었다. 부산이라면 손수 운전해서 갈 수 있으므로 그동안 실추된 가장의 권위와 위엄을 오랜만에 맘껏 드높일 수 있었다. 정신 연령에서든 우리집 권력 순위에서든 이미 나를 추월한 지 오래인 딸아이는 당연히 운전을 할 수 없는 나이고, 아내는 운전을 하기는 하나 장거리 운전 경험이 손에 꼽을 정도니 부산 지역을 며칠 운전하는 일은 언감생심 상상조차 못 하는 고차원의 영역이다.

여행은 2박 3일 일정으로 결정되었다. 숙소로는 해운대 앞에 있는 호텔을 예약해두었다고 한다. 호텔 예약 같은 사소한 업무는 이번 여행 내내 가족의 안전을 책임질 내가 할 일이 아니었다. 내가 여행을 주관하는 우두머리니까. 아니나 다를까, 출발하는 날부터 모든 권력이 나에게 집중되었음을 충분히 느낄 수 있었는데 그들은 언제쯤 휴게소에 들를 것이며, 간식은 무엇을 먹을지에 대한 결정을 모두 나에게 일임했다. 평소에는 상상하기 어려운 권력에 취했던 나는 그들이 소상한 여행지를 문의할 때 부산에 도착해서 발표하겠으니 그때까지 기다리라고 말했다. 물론 그들은 군소리 없이 나의 권위에 복종했다. 사실 나는 그때까지 부산이라는 넓은 지역 가운데 어디를 어떤 경로로 들를지 결정하지 못한 상태였다. 하여 얼른 휴게소의 화장실로 몸을 숨겨 휴대 전화 검색을 통해 대략적인 2박 3일간의 일정을 미리 메모해두는 등 권력자로서의 위기관리 능력을 유감없이 발휘했다.

나의 빛나는 운전 실력으로 무사히 부산에는 도착했는데 뭔 놈의 돈을 달라는 요금소가 줄을 이었다. 내가 짜증을 남발하자 아내는 옆에서 동전을 준비해 냉큼 건네주는 조수 역할을 자청했다. 부산에 도착하고 나서는 그날의 방문지를 전격 발표했다. 나 역시 한 번도 가보지 못한 '이기대'라는 곳이었다. 그곳의 해변 산책로가 환상적이라고 인터넷에 나와 있었다.

마침내 나의 눈부시고 탁월한 지리 감각 덕분에 초행길인데도 이기대 주차장에 무사히 도착했다. 나는 우매한 백성을 이끌고 해변으로 향했다. 과연 해변은 아름다웠고 산책로는 네이버 지식인에서 보았던 어느 현자의 말처럼 아름다웠다. 그러나 걸으면 걸을수록 돌아갈 일이 걱정이었다. 날은 무더웠고 다리는 아팠다. 지도자의 이런 깊은 속마음을 알지 못한 채 우매한 두 백성은 자기네끼리 기념사진을 찍는다고 정신없었으며, 저 바다 너머 보이는 긴 다리 이름이 무엇인지 나에게 묻는 불충을 일삼았다. 내가 그런 사소한 것을 어떻게 알겠는가?

우매한 백성을 이끌고 다니느라 녹초가 되었는데 마침 해녀가 운영한다는 주막이 보였다. 나는 아랫것들에게 멍게 만 원어치를 사 와 진상하라고 분부를 내렸다. 그들은 이상한 냄새가 난다며 먹지 않았다. 하긴 만 원어치라고 해봐야 겨우 한 접시인데 나눠 줄 게 뭐가 있겠는가.

이기대에서의 산책을 마치고 아내가 예약했다는 호텔로 가면서 내비게이션의 정보를 참고해 그들이 이기대에서 궁금해했던 긴 다리의 이름이 광안대교라는 사실을 알려줌으로써 가장의 위용을 유감없이 발휘했다.

첫째 날의 일정은 만족스러웠다. 한 치의 착오도 없었으며 식솔들은 가장의 지시에 잘 따라주었다. 둘째 날의 일정은 당일 아침 10시에 발표했다. 가기로 한 곳은 용두산 공원 일대였다. 용두산 공원을 비롯해 영화인의 거리, 보수동 헌책방 골목, 깡통시장, 국제시장을 망라하는 화려한 구경거리와 먹거리가 즐비한 야심 찬 관광 일정이었다. 해운대에서 출발해 오직 내비게이션에 의지한 채로 운전하는데 거의 50분이나 걸리는 먼 거리였지만 오로지 식솔의 즐거운 여행을 위해서 운전했다. 그런데 거의 다 와가서 길을 살짝 잘못 들어서는 바람에 시간을 좀 허비했는데, 갑자기 희한하게 생긴 데다 무지막지하게 큰 건물이 우리 앞에 버티고 서 있는 것이 아닌가! 내내 시큰둥한 표정이었던 딸아이는 "와! 저게 뭐야?" 하면서 감탄했다. 뭐긴, 한눈에 보기에도 백화점 건물이었다. 딸아이가 유서 깊은 관광지보다 백화점을 더 반기는 것 같아 그쯤부터 살짝 기분이 상했다.

마침내 용두산 공원 근처에 주차한 뒤 관광에 나섰는데 어째 그냥 도심일 뿐 특별한 구경거리가 눈에 띄지 않았다. 무작정 걸어보기로 했다. 우여곡절 끝에 영화인의 거리에 도착했고, 유명하다는 계단과 조각을 구경했지만 딸아이는 표정이 영 마땅찮았다. 딸아이의 기대 대로 스펙터클한 구경거리는 눈을 씻고 봐도 없었다. 그냥 문화와 풍물의 거리인 것이다. 그다음에는 용두산 공원에 가기로 했는데 길을 잘 모르니 자꾸 헤맸다. 딸아이는 심통과 짜증이 가득한 얼굴이었다. 화가 났다. 그래도 가장이 가솔들을 위해서 정보를 모으고 운전해 왔는데 뜨악한 표정은 너무하지 않은가?

버럭 화를 내고 말았다.

"여기까지 와서 백화점 같은 곳이나 다니고 싶으냐? 애비가 안내한 여기보다 그런 곳이 좋으면 지금이라도 엄마랑 거기로 가거라!"

딸아이는 가뜩이나 울고 싶은 마음에 뺨까지 맞은 심정인지 왈칵 눈물을 보였다. 막상 딸아이가 울음을 터트리니까 미안하고 나 자신이 실망스러웠다. 부녀간의 불화를 지켜보던 아내는 우리 둘 모두에게 실망하고서 화를 냈다. 나와 딸아이를 마구 꾸짖은 후 앞으로는 너희 둘과 놀지 않겠다며 어디론가 휙 걸어갔다. 딸아이는 내가 화내는 것보다 제 엄마가 자기를 놔두고 어디론가 가버리는 것이 훨씬 무서웠는지 제 엄마에게 매달리며 쫓아갔다.

혼자 버려진 나도 걷기 시작했는데 곧 두 여인을 추월하고 말았다. 부산 바닥에서 가족이 뿔뿔이 흩어지는 사태는 만들지 말아야겠다고 생각해서 그들보다 앞서지도, 나란히 걷지도, 그렇다고 너무 뒤처지지도 않게 페이스를 조절하며 걸었다. 그러나 낯선 풍경을 감상하고,

또 기대했던 보수동 헌책방 골목이 보이자 집중력을 잃은 탓에 조금 빠르게 걸어버렸다. 그러자 두 여인이 시야에서 사라졌다.

순간 걱정이 되었지만 아내에게 전화를 걸어 어디냐고 묻기도 뭐해서 아주 천천히 걸으며 헌책방 골목을 구경했다. 한참을 혼자 서성이고 쉼터에서 기다려봐도 그네들은 보이지 않았다. 더구나 나는 지갑을 차에 두고 나왔다. 배고프다고 해서 뭘 사 먹을 수도 없는 처량한 신세였다.

고심 끝에 차로 되돌아가기로 했다. 기다려도 차 안에서 기다려야 두 여인이 돌아오면 금방 만나기라도 하지 않겠는가? 어차피 이 넓은 길거리에서 우연히 마주치기란 불가능한 일이었다. 하여 근 한 시간 혼자 걸어 피곤에 찌든 발을 이끌고 터벅터벅 내 차로 돌아가는 중이었다. 그때 아내에게서 전화가 왔다. 확실히 아내는 대인배이며 아량이 있었다.

아내는 식구들의 호응이 신통찮으면 실망이야 하겠지만 그렇다고 해서 화내면 되겠느냐고 나를 질타했고, 딸아이의 심경도 대변해 주었다. 이어지는 아내의 마지막 말은 신호등 건너 엔제리너스라는 커피 전문점에 있으니 어쩔 거냐는 질문이었다. 잠자코 아내의 훈시를 듣던 나는 조금 뜸을 들인 후 그쪽으로 가겠다며 전화를 끊었다. 시내 전체를 통틀어 엔제리너스가 하나뿐인 김천도 아닌 부산에서 자세한 설명도 없이 엔제리너스에서 기다리겠다고만 하는 아내에게 항변할 기력도 의지도 없었다.

굶주림과 절박함에서 나오는 집중력은 어찌나 대단한지 나는 두 여인이 기다린다는 엔제리너스를 단숨에 찾아냈다. 눈치를 보아하니 그들도 나의 만행을 응징하기보다는 나를 유용히 쓰기 위해 화해가 더 필요했던 모양이다. 누가 먼저랄 것도 없이 우리는 헌책방 골목을 거닐었고 좋은 분위기 속에서 먹거리가 유명하다는 깡통시장으로 향했다.

아내 생각: 모처럼 연휴를 맞아 딸아이를 위해서 여행을 계획했다. 여행 장소로는 부산을 골랐다. 아름다운 자연 경관은 물론 쇼핑을 비롯한 도시의 편리함까지 만끽할 수 있기 때문이었다. 그보다 더 시골일 수는 없을 만큼 조그마한 산동네에서 자란 큰 지지배(남편)와 그 피를 물려받은 작은 지지배(딸)는 시골 출신의 본능을 숨길 수 없는지 편안하고 호젓한 휴양지보다는 도시 경관과 편리한 시설에 더 환호하므로 도시를 완전히 떠날 순 없었다.

이번 여행을 계획하면서 가장 걱정했던 일은 '부녀'라고 쓰고 '허구한 날 아웅다웅하는 자매'라고 읽는 저 두 박 씨가 혹시나 여행지에서 다툴 가능성이었다. 나는 저 두 박 씨가 다투면 누구 편을 들어주어야 할지 난감하고 괴롭다. 어느 한 편을 들면 다른 박 씨가 금방 토라지기 때문이다.

드디어 여행 당일. 오래되었지만 나의 깔끔한 손길을 받아 깨끗하고 쾌적한 내 차를 두고, 더러우며 먼지투성이인 남편의 차로 여행하는 게 마음에 걸렸지만 가족이 함께 떠나는 장거리 여행이니만큼 이는 내가 감수해야 할 부분이다. 운전할 때 옆에서 이런저런 조언을 하면 굉장히 싫어하는 속 좁은 남편이니 여행 내내 무엇을 하든 웬만하면 그냥 내버려두었다. 그러자 남편은 모처럼 만의 가장 역할에 신이 났는지 해박한 지리 지식까지 뽐냈다. 사실은 자기도 내비게이션에 의지해가면서 운전하는 처지인데 말이다.

휴게소에 내리자고 하더니 누가 촌놈 아니랄까 봐 대뜸 떡볶이를 사 먹자고 한다. 나는 공공장소나 길거리에서 군것질하는 것을 좋아하지 않으나 떡볶이는 남편뿐만 아니라 딸아이도 좋아하는 군것질거리니 그러자고 했다. 역시 두 박 씨는 정신없이 떡볶이를 먹었다. 그리고 어디서 배운 식사 예절인지 배를 채우더니만 커피를 한 잔 하겠단다.

남편은 고상하게 아메리카노 따위는 마시지 않는다. 오로지 다디단 캐러멜마키아토만 즐긴다. 다디단 놈을 마실 거면 뭐하러 비싼 커피 체인점에서 사 먹는지 이해가 안 된다. 그냥 커피 믹스를 마시면 되지. 화장실을 다녀왔더니 역시 나의 예상대로 남편은 캐러멜마키아토를 사 왔고 얇은 빨대로 마시다가 입을 뎄는지 인상을 찡그리고 있었다. 그리고 얼마 못 가, 그도 사람인지라 다디단 그놈을 반도 못 마시고 운전대 옆에 내려놓았다.

부산에 도착하자 남편은 기특하게도 정확히 이기대의 주차장을 찾아가는 실력을 발휘했다. 이에 대한 공로로 남편은 한 번쯤의 '까임 방지권'을 획득했다.

이기대는 아름답고 시원한 해변 산책로였다. 좋기는 한데 끊임없이 걸어 나가기만 하면 나중에 주차장에는 어떻게 가며, 혹시 길을 잃을지도 모른다고 작은 계집애가 걱정을 늘어놓았다. 이 아이는 걱정이 너무 많아서 탈이다. 남편도 지쳤는지 해녀들이 운영한다는 주막에 털썩 주저앉았다. 그러고는 멍게를 먹겠단다. 사람들이 오가는 오솔길 옆에 자리한 주막이라 그리 위생적이지 못한 데다 접시를 받아서 쭈그리고 먹어야 하므로 탐탁지 않았지만 흔쾌히 허락해줬다. 남편은 멍게를 받더니 바닷가 바위에 앉았다. 아, 하필이면 제일 지저분한 곳이었다.

나와 딸아이는 당연히 먹지 않겠다고 했다. 그러자 남편은 바위에 앉아서 혼자 주섬주섬 맛나게 먹는 눈치였다. 사람이 품격이 좀 부족하다. 그런데 남편 뒤로 보이는 바다의 풍경은 정말 멋졌다. 그리고 저 멀리 바다 위로 길고 아름다운 대교가 보였다. 그 대교의 이름이 궁금해서 남편에게 물었더니 잘 모르는 눈치였다. 남편은 대교 이름을 모른다는 사실을 만회하기 위해 내가 묻지도 않은 주변 지역을 설명했다. 물론 나 역시 남편과 마찬가지로 안내 표지판에서 읽어 아는 내용이었는데 남편은 마치 자기가 익히 알고 있던 사실인 양 자랑했다. 그리고 그 긴 대교는 광안대교였다. 남편이 일러주어 알게 된 사실은 아니고, 광안대교 근처를 들어서니 친절한 내비게이션 속 여자가 다리의 이름을 알려주었다.

이틀째 되는 날, 남편에게 오늘은 어디를 갈 건지 물었다. 남편은 자세를 거만하게 고쳐 앉더니 자세한 계획은 오전 10시에 발표하겠단다. 필시 여태껏 어디에 갈지 정하지도, 알아보지도 못한 모양이었다. 별생각 없이 휴대 전화를 만지작거리는 척하지만, 나는 안다. 저 사람은 지금 정신없이 네이버 지식인을 검색하는 한편, 자기가 애용하는 인터넷 커뮤니티 게시판에 "저기요, 가족이랑 부산에 놀러 왔는데 어디에 가면 좋을까요?"라는 질문을 올리는 중일 것이다.

인터넷에 답변이 올라왔는지 남편은 내각 명단이라도 발표할 법한 근엄한 말투로 여러 명소가 자리한 용두산 공원 인근을 가자고 했다. 들어보니 괜찮은 곳일 듯했다. 딸아이의 견문을 넓히기에도 매우 좋아 보였다. 그런데 해운대에서 꽤 먼 거리라 남편이 제대로 도착할수 있을지 걱정스러웠다. 남편은 그래도 나름 잘 찾아가는 듯하더니 거의 다 와서 약간 헤매고 말았다. 불안했다.

어찌어찌 무사히 도착은 했으나 날씨는 덥고, 구경이라도 하려면 볼거리를 찾아 구석구석 다녀야만 하는 곳이었다. 난 괜찮지만 딸아이가 걱정되었다. 아직 나이가 어려 한눈에 신기하고 대단한 풍경이어야만 감탄하고 즐거워한다. 역시 딸아이는 즐거워 보이지 않았다. 그래도 남편은 우리를 이리저리 데리고 다니면서 여기가 이런 곳이야, 저런 곳이야 설명해줬다.

용두산 공원을 찾아 나섰는데 입구가 어딘지도 모르겠고, 오르막 길이라서 조금 힘이 들었다. 그런데 남편이 갑자기 딸아이를 꾸짖었다. 이수일과 심순애도 아닌데 "백화점이 그렇게 좋으면 여길 떠나 거기로 가거라"란다. 인상을 찌푸리고 있던 딸아이가 못마땅했고, 역사 깊은 유적지나 볼거리보다는 백화점 같은 편리하고 화려한 곳을 좋아한다고 생각해서 화가 난 모양이었다. 딸아이는 딸아이대로 그게 아니라고 항변했다. 이 두 박 씨는 항상 나의 예상을 벗어나지 않는다. 부산까지 와서 한 살 터울의 자매처럼 아웅다웅한다. 딸아이가 좀 호응을 안 해준다고 화내는 남편이나, 조금 힘들다고 심통을 부리는 딸아이나 둘 다 미웠다.

화가 나서 부녀를 두고 혼자 길을 걸어갔는데 딸아이가 훌쩍거리며 쫓아와 내 손을 잡았다. 그대로 한참 걷다 보니 어느 순간 남편이 보이지 않았다. 걷기도 힘들고 어딘지 모르겠고 해서 눈에 띄는 엔제리너스에 들어섰다. 카페에 들어가서도 딸아이가 눈물을 멈추지 않아 화를 거두고 딸아이를 위로했다.

그나저나 남편을 본 지 한참이나 지났는데 연락도 없고 얼굴도 안 보였다. 이 속 좁은 사람이 먼저 연락할 것 같지는 않은데 차를 세워둔 곳도 어딘지 알 수 없었다. 나는 길치인 데다 처음 와본 곳이라 언감생심 길을 나설 생각도 못 했다. 분명 작은 계집애도 배가 고프리라. 그렇다고 행방불명인 사람을 두고 우리끼리 밥을 먹으면 또 삐칠 게 틀림없었다. 딸아이를 위해서 남편에게 전화를 걸었다. 나는 대인배이니까. 전화를 걸어서 이런저런 말을 하고 올 거냐 말 거냐고 물었는데 남편은 잠시 망설이는 시늉을 하더니 오겠다고 했다.

그냥 엔제리너스에 있겠다고만 했는데 남편은 잘 찾아올 것 같다. 남편을 마지막으로 본 게 이 앞이었기 때문이다. 다행히 남편을 무사히 만났다. 남편도 딸아이도 자신들의 행동을 반성하는 눈치였다. 카페를 나와 함께 헌책방 골목을 구경했는데 예쁜 카페도 있고 나름 괜찮은 곳이었다. 남편은 깡통시장을 향했고 우리는 뒤따랐다. 남편도 우리도 배가 고팠다.

딸의 생각: 아빠와 엄마가 부산 여행을 가자고 했다. 휴일이라 학원도, 피아노 선생님의 수업도 쉬는 데다 해운대가 있는 곳이니 재미날 것 같아서 그러자고 했다.

드디어 부산 여행을 가는 날. 아빠가 운전할 때 집중하지 않고 자꾸 나한테 장난을 걸었다. 불안한 마음에 아빠에게 운전에 집중해달라고 부탁했다. 사실은 음악을 듣고 싶었는데 아빠 차에는 1년 전부터 같은 CD가 꽂혀 있었고, 그나마도 내가 알지 못하는 시끄럽고 이상한 외국 노래였다. 그렇다고 휴대 전화로 음악을 들으면 엄마가 심심하다고 투정 부릴 것 같아 그냥 엄마랑 끝말잇기 놀이를 했다. 하지만 부산은 너무 멀었다. 엄마와 나는 끝말잇기 놀이를 하다가 곧 지쳐버렸다. 엄마 말고는 놀 사람이 없어서 너무 심심했다. 엄마는 자기랑 말하면서 가면 된다고 했지만, 나는 내 또래와 놀고 싶었다. 그러나 어쩌겠는가? 나는 외동딸이니까 어쩔 수 없다.

아빠가 앞장서 이기대라는 곳을 갔는데 바다가 보이고 길도 예뻐서 참 좋았다. 한창 길을 걷다가 아빠는 해녀가 운영하는 길거리 식당에서 멍게를 사 먹었고 엄마와 나는 공룡 발자국이라는 유적을 관찰했다. 그리고 바다를 배경으로 서로 사진도 찍어주었다. 그런데 사실 그렇게 즐겁지만은 않았다. 엄마와 아빠가 차를 세워둔 반대 방향으로만 계속 걸어서 걱정되었기 때문이다. 주차장으로 돌아가려면 다시 걸어 나와야 할 텐데 엄마와 아빠는 그리 강한 체력이 아니다. 엄마에게 이제 돌아가는 게 좋지 않겠느냐고 말했더니 그냥 계속 가자고 했다. 그런데 엄마도 은근히 걱정되었는지 얼마 지나지 않아 돌아가자고 했다.

둘째 날, 아빠가 여러 구경거리가 있는 곳을 가자고 했는데 정말 여러 구경거리가 있는지는 가봐야 알 것 같았다. 아빠도 처음 가보는 데라 잘 찾아갈지 걱정이었다. 가는 길도 멀고. 차 안에서 조금 졸다가 아빠가 급정거해서 눈을 떴는데, 희한하게 생긴 큰 건물이 눈앞에 보였다. 내가 사는 동네에는 없는 크고 이상하고 독특하게 생긴 건물이었다. 하도 생긴 게 신기해서 나도 모르게 "와! 저게 뭐야?"라고 말해버렸다.

목적지에 잘 도착하긴 했는데 아빠가 미리 익힌 지리와 다른 모양인지 아빠와 엄마는 그냥 물따라 흘러가듯 되는대로 길을 거닐었다. 아빠와 엄마의 얼굴에는 실망한 기색이 또렷했다. 그래도 간혹 "아! 여기가 거기였구나!"라는 작은 감탄을 내뱉으면서 구경을 했다. 나는 여기가 어딘지도 모르겠고 뭘 눈여겨봐야 하는지도 모르겠어서 그냥 엄마와 아빠 뒤만 쫓아다녔다. 날도 덥고 슬슬 다리가 아파왔다.

용두산 공원이란 곳을 가자는데 오르막길이었다. 더위에 지친 데다 아까부터 다리도 아팠다. 그래도 아빠가 힘들게 조사했고, 운전해서 왔으니 걸어보기로 했다. 그런데 아빠가 갑자기 화를 냈다. 내가 이런 곳보다는 시원하고 쇼핑도 할 수 있는 곳을 가고 싶어 심통을 부린다고 생각한 듯했다.

그런데 아빠가 잘 모르는 게 있다. 애초에 여행을 가자고 했을 때 내가 가장 걱정했던 것은 비용이었다. 엄마도 고등학교 교사인데 월급이 60만 원이라고 언젠가 고백한 적이 있었다. 사실 그건 엄마의 농담이었고, 그것보다 더 큰돈을 월급으로 받는다는 것을 안 게 불과 몇 달 전의 이야기였다. 어쨌든 나는 다른 남매가 없으니 부모님이 늙고 병들면 나 혼자서 돌봐야 하며, 또 우리 집은 저축을 많이 하지 않는 편이라고 생각한다. 놀러 가는 것은 좋은데 돈을 많이 쓸까 봐 걱정되었다. 그래서 내내 초조하게 굴었던 나를 아빠가 오해한 모양이었다.

서러워서 울음을 터트렸는데 엄마마저도 내 편이 안 되어주고 나를 혼냈다. 화가 난 엄마가 우릴 두고 혼자 걸어가기에 나는 엄마를 뒤쫓았다. 우리 둘은 말없이 걷다가 다리가 아파서 커피숍에 들어갔다. 거기에서 엄마가 나의 잘못을 조곤조곤 일깨워주었고, 한편으로는 따뜻하게 위로해주어서 마음이 한결 가벼워졌다. 다행히 우리는 아빠를 무사히 만나 깡통시장으로 향했다.

06 나의 노래

군 시절 내가 복무한 중대는 본부대인 대대와 떨어져 산 너머에 따로 있었다. 그래서 끼니때마다 고개를 넘어서 대대로 식사하러 가야 했는데 이게 참 고역이었다. 왼쪽 옆구리에 식기와 숟가락을 견고하게 파지하고 오른팔은 90도 각도로 흔들어가면서, 게다가 군가를 목청껏 부르며 고개를 넘어야 했기 때문이다. 물론 선임자들은 이 거추장스러운 의식에서 열외로 빠졌다. 제대를 앞둔 말년 병장의 가장 큰 특권은 고개 너머로 밥을 먹으러 가지 않아도 된다는 것이었다.

졸병들이 이 의식을 끔찍이도 싫어하는 이유는 또 있었다. 행진 중 악마 같은 인솔자의 입에서 "전체 제자리 서!", "식기 걷어!"라는 명령이 언제 튀어나올지 모른다는 점 때문이었다. 제자리에 서서 식기를 거둔다는 이야기는 다양한 기합과 구타를 하겠으니 준비하라는 말과 같았다. 물론 나도 이 명령을 두려워했지만 가장 무서운 명령은 아니었다. 인솔자가 경사진 마사투성이의 길 아래쪽으로 원산폭격을 하라고 해도 그런 것쯤은 이미 익숙해져서 어쩐지 그냥 서 있는 것보다 더 안정적으로 느껴졌고, 그 상태로 잠을 자라고 해도 잘 수 있을 것 같았다. 그런 장난스러운 짓보다 더 무서운 것은 바로 "노래

1발 장전!"이란 명령이었다. 나를 제외한 대부분의 병사는 이미 음주가무에서 신의 경지에 이른 듯 보였다. 그래서 그들은 노래 1발 장전을 반겼다. 경사가 가파른 오르막길에서 왼팔 안쪽으론 식기를 파지하고 오른손은 90도 각도로 흔들며, 휴가 가서 배워 온 이승철의 〈소녀시대〉를 무려 바이브레이션까지 넣는 극강의 기교를 발휘하면서 부른 동기도 있었다.

불행히도 나는 그들과 달랐다. 인솔자가 내 이름을 호명하고 노래 1발을 발사하라고 명령했지만 나는 관등 성명만 댔을 뿐 노래는 절대 부르지 않았다. 수리되지 않는 불발탄이 나였다. 당황한 인솔자가 몇 번씩 명령을 반복해도 상황은 똑같았다. 인솔자는 요즘 군인들의 나약해진 정신과 국가에 대한 충성심 결여 및 부실한 졸병 관리를 개탄하면서, 유사시 적의 탱크를 맨손으로 때려잡을 수 있는 정예 6사단의 용사를 만들기 위한 '교육'의 중요성을 재차 강조했다. 그때 내가 받은 고충은 제네바 협정 따위는 안중에도 없는 악랄한 적에게 생포된 포로 신세와 비슷했겠다.

그런 일이 몇 번 반복되자 한 선임자가 내게 이런 말을 해주었다.

"넌 아주 쉬운 일을 아주 어렵게 하고 있어."

20대 초반의 나이인데도 80대 초반의 목소리를 가졌던 그는 절대 노래를 잘할 수 없는 성대를 지녔었다. 나와 같은 고초를 많이 겪을 수밖에 없는 유전자를 지니고 태어난 것이다. 아마 그가 말하고자 한 메시지는 '못 부르면 못 부르는 대로 목청껏 불러서 다시는 네게 노래시킬 엄두를 내지 못하게 하라'는 것이었으리라.

그러나 나는 단 한 번도 노래를 부르지 않음으로써 결국 내가 엄청난 음치라는 사실을 전 중대원에게 발설하지 않고 제대했다. 물론 남들보다 두세 배 더 힘들게 군대 생활을 해야 했다. 그러니까 맨 정신으로 노래를 부르는 행위는 혹독한 구타와 기합을 받고서라도 피하고 싶은 일이었던 것이다. 나의 노래 실력이 그렇다.

그 뒤 교사가 되어서 학생들과 소풍을 갔던 어느 날, 놀이 시간에 분위기가 축 처진 적이 있었다. 무슨 정신이었는지 모르겠으나 잠시 춤을 췄다. 그랬더니 모든 학생이 나의 춤에 고무되어서 격정적으로 재미나게 놀았는데 나는 '잘생긴 총각 선생이 분위기를 띄워서 그런 것'으로 생각했다. 그러나 나중 소문을 들으니 '상체와 하체가 따로 노는 것이 하도 웃기고 재미나서' 흥이 났다고. 나의 춤 실력도 그렇다.

그러나 이렇게나 곧은 내 의지와는 별개로 어쩔 수 없이 노래와 춤을 선보여야 할 경우가 있다. 때는 몇 년 전 겨울, 우리 집 베란다에서 일어난 일이다. 나는 베란다로 나갈 때마다 항상 움찔한다. 내가 베란다로 나간 사이 아내와 딸아이가 문을 잠가버리는 경우가 간혹 있기 때문이다. 그래서 나는 그들의 불순한 행위에 대비해 베란다로 나갈 때마다 내가 다시 들어오기에 충분한 시간을 확보할 수 있도록 네 짝의 문을 활짝 열어놓거나 한쪽 발을 길게 뻗어서 여닫이에 걸쳐놓는다.

문제의 그날, 오랜만에 그들과 함께 막장 드라마에 심취하고 있었다. 막장 드라마라는 게 욕을 하다가도 막상 보다 보면 정신없이 빠져드는 마력이 있지 않은가? 그날 내가 그랬다. 심하게 빠져든 나머지 전체 줄거리를 파악하기 위해 그 드라마의 홈페이지에 접속해서 모든 등장인물의 소개를 읽어가며 드라마를 보는 중이었다. 이는 드라마 이해 능력이 현저히 떨어지는 내가 드라마를 보는 방식이다.

텔레비전에 몸뚱이를 집어넣을 듯이 몰두하고 있는데 마치 꿈결에 들리는 미세한 잡음처럼 베란다에 나가서 빨래 좀 거둬 오라는 아내의 음성이 들려왔다. 드라마를 제외한 다른 것에는 집중력을 상실한 나머지 드라마가 끝나면 하겠다는 융통성을 발휘할 생각도 못 하고 마치 몽유병 환자처럼 아무런 생각 없이 베란다의 문턱을 넘고 말았다. 호시탐탐 나를 노리는 무리로부터 보호해줄 안전장치를 마련하지 않고서 말이다.

꿈속 거리를 방황하는 듯한 몽롱한 상태에서 잠시 베란다 밖의 눈보라에 눈길을 주고 있는데 등 뒤에서 '철커덕' 하는 견고한 금속음이 내 귀를 때렸다. 아내와 딸이 베란다 문을 잠근 소리였다. 순간의 방심이 무시무시한 화를 초래했다. 말하자면 '밖에 감금된' 상태가 되었는데 이 경우에도 내가 살 수 있는 길이 아주 없는 것은 아니다. 우선 널찍한 창문이 있는 딸아이의 방 쪽으로 달려가서 탈출하면 됐다. 그러나 그들은 10년 이상의 호흡을 맞춰온 환상의 콤비인 데다 무엇보다 혈연이라는, 말없이 서로의 눈빛만 봐도 메시지가 전달되는 관계였다.

그들은 나를 감금할 때의 상황 매뉴얼이 체득되어 있어서 그들 중 누군가가 행동 개시를 하면 상대방은 그 후속 조치를 지체 없이 실행한다. 그 모습은 마치 수십 년간 호흡을 맞춰온 어선의 어부들 같다.

가령 아내가 베란다 문을 잠그면 딸아이는 별도의 지시 없이도 신속하게 자기 방으로 달려가 재빨리 창문을 잠금으로써 나의 탈출 경로를 미연에 방지하는 역할을 수행한다.

나는 탈출에 실패했고 더구나 주변 환경은 최악이었다. 여름이라면 수치스러운 항복보다는 농성을 선택해 그 자리에서 버티는 일이 가능하다. 베란다라 풍경이 좋고 갖다 놓은 책도 있으니 여차하면 책을 읽다가 여기서 한숨 자겠다고 그들을 압박할 수도 있다. 그러나 이때는 한겨울인 데다 눈도 매섭게 내리는 추운 날씨였고 더욱이 맨발로 나와버렸다. 딸들에게 버림받고 눈보라가 휘몰아치는 광야를 헤매는 리어 왕 같은 신세가 되어버린 것이다. 추운 겨울날 궁핍한 남한산성에서 청나라 군사에 힘겹게 항거하다가 삼전도의 치욕을 겪은 인조의 심정도 조금은 이해할 듯했다. 한겨울의 베란다에서 발은 시려왔고 식량도 없었으니 말이다. 여지없이 그들의 요구를 들어주는 치욕스러운 항복을 해서라도 따뜻한 거실로 돌아가야 했다. 더욱이 그곳에는 내 영혼을 사로잡은 막장 드라마가 방영되고 있지 않은가. 그러나 비굴한 웃음을 지으면서 들여보내달라고 부탁한들 나를 순순히 풀어줄 그들이 아니며, 얼굴을 붉혀가면서 미친 듯이 화를 낸다면 그 정도 장난도 못 받아주느냐는 비난을 받을 터였다. 졸지에 속 좁고 형편없는 가장으로 전락하는 것이다. 더구나 거실에서 두 여자가 빙긋이 웃는데 베란다의 사내가 격하게 화내는 장면을 누군가 본다면 어떻게 생각할까? 내가 생각해도 웃기는 상황이었다.

놀이터의 아이들이 눈싸움하는 풍경이 내다보이는 베란다에서,

거실의 소파에 온몸을 깊숙이 묻고 느긋한 표정을 짓는 두 여자를 위해 송대관의 〈네 박자〉를 목청껏 부르고, 2부로 춤을 요구하는 그들의 요구도 들어주고서야, 민트색과 회색 줄무늬가 조화를 이룬 잠옷 바지와 눈처럼 하얀 메리야스로 힘껏 멋을 낸 40대 후반의 아저씨는 거실로 돌아올 수 있었다.

07 딸과 나

아침을 먹으면서 아내가 딸아이를 학교까지 태워주겠다는데 딸아이가 거절했다. 버스를 타고 가겠단다. 그 소리를 들으면서 딸아이가 만원 버스에 시달릴 수도 있겠다고 생각하니 조금 걱정되었다. 학교는 버스로 5분 거리에 있었지만 아직 어린애 같은 딸아이가 만원 버스에서 낑낑거릴 생각을 하니 안쓰러웠던 것이다. 그런데 딸내미의 눈치를 보아하니 무슨 이유가 있는지 타협의 여지가 없어 보여서 아무 말도 하지 않았다.

그날 늦게야 아내로부터 딸아이가 제 엄마 차를 타고 가지 않겠다고 한 이유를 들었다. 아내가 딸아이를 학교 근처에 내려주고 출근하는 모습을 뒤에서 지켜보니 큰 차에 끼어 있는 엄마의 쪼끄만 차가 애처롭고 너무나 불안해 보였다는 것이다. 참고로 아내의 차는 큰 차는 아니지만 그렇다고 티코급의 아주 작은 차도 아니다.

아내와 딸의 훈훈한 이야기를 듣고서 그들과 엄연히 한 식구이기도 한 나는 궁금해졌다. 왜 딸아이는 부모에 대한 연민을 유독 아내에게서만 느끼고 표현할까? 내 차가 아내의 것보다 훨씬 크긴 하지만 시내버스와 트럭에 비해서는 아주 작다. 그래, 어쩌면 딸아이는 무지막지하게 큰 트럭과 시내버스 사이에 낀 내 차를 보고도 '불쌍한 아빠'라고 생각했을지 모른다. 또 굳이 차가 아니더라도 아내에게 느낀 것과는 다른 유의 동정심을 느끼고 있지 않을까?

직접 확인해보기로 했다. 물론 아빠가 너를 학교 근처에 내려주고 갈 때 어떤 생각이 들었냐는 둥 대놓고 노골적인 질문은 하지 않기로 했다. 나는 문학을 전공한 남자 아닌가? 대학 때 배웠던 '이야기를 이끌어가는 문학적 기법'을 모두 사용하기로 했다. 그리고 《신영복의 엽서》에 나오는 '아이들에게 이야기를 걸어서 친구가 되는 방법'도 참고하기로 했다.

샤워를 마친 후에 느긋하게 침대 위에서 음악을 감상 중인 딸아이에게 접근했다.

나: 너한테 진지하게 할 말이 있다.

(딸): 뭔데?

나: 내일부터 아빠가 너 등교시켜주면 안 될까?

: 왜? 나 버스 타고 다닐 거야.

나: 버스는 복잡하고 늦잖아.

: 괜찮아. 내 친구들도 버스 타고 다녀.

나: 근데 말이야. 내가 너 태워줄 때 엄마는 시내로 가는데 나는 지름길로 가잖아. 성당을 지날 때 차가 휘청거려서 넘어가는 줄 알았다.

: 그래? 난 잘 모르겠던데.

나: 우야뜬 내가 너 태워줄게.

🧑: 괜찮대도. 버스 타고 다닐 거야.

　　나: 야! 근데 아빠도 시내로 너 데려다줄 때 있었잖아? 그때 큰 트럭 무지 많더라.

🧑: 그래? 아빠! 나 졸려. 아빠도 어서 가서 자.

　　나: 어, 그래. 잘 자.

08 리모델링

저녁나절에 나, 아내, 딸아이가 모여서 순대와 김밥을 먹는데 여동생이 새 아파트를 하나 청약해놨다는 소식을 아내가 전했다. 그 말을 듣는 순간 뛰어난 살림꾼으로서의 자질을 갖춘 여동생에 대한 흐뭇함보다는 조만간 나에게 튈 불똥이 걱정되었다. 학생들에게 꿀밤을 먹일 때를 생각해보자. 학생들이 정작 무서워하고 가슴 졸이는 순간은 내가 준비 동작을 취할 때지, 타격의 순간이 아니다. 마찬가지로 분명 나에 대한 원망의 프롤로그임이 분명한 주변 사람의 성공담은 나에게 꿀밤 맞기 직전의 긴장감으로 다가왔다.

아내와 딸아이는 눈치채지 못했지만 나는 다가올 후폭풍에 너무 긴장한 나머지 두 번이나 순대가 아닌 김밥을 소금에 찍어 먹었다. 아니나 다를까, 우리 집처럼 5년 후나 10년 후를 내다보지 않으며 금융 상품이나 재테크에 무지한 집도 없다고 아내가 말했다. 김밥을 먹느라 오물거리는 아내의 입은 '우리'라고 말했지만, 그 눈동자는 분명 '당신 또는 너'라고 말하고 있음을 눈치 없는 나도 알아챘다. 멀쩡히 잘 살고 있는 집이고, 이사를 하면 이사 비용과 세금 등의 비용은 어쩔 거냐는 나의 주장은 이미 자주 써먹은 터라 다른 기발한 변명을 생각하려는데 숨 쉴 틈도 없이 아내는 다음 현안으로 화제를 돌렸다.

딸아이가 영어 학원을 그만 다니고 싶어 한단다. 이 현안에 대해서는 나도 나름 전문가이니 자신 있게 결론을 내려주었다.

"계속 다녀라."

마지막 안건은, 정 이사를 가기 싫으면('이사 갈 능력이 안 된다면'이라고 말해주지 않아서 고맙다) 리모델링이라도 해야 하는데 직장 동료가 편백나무를 사용해서 벽을 리모델링하는 것이 좋겠다고 조언했단다. 이 대목에서 바람직한 가장이라면 편백나무로 리모델링했을 때의 장점과 단점을 함께 토론한 후에 장점이 더 많으니 그게 좋겠다고 말함으로써 해박한 집안 살림 지식을 자랑하는 한편 아내의 의견에 동조하는 자상한 남편상을 보여주었을 것이다. 그러나 불행하게도 나는 이렇게 말하고 말았다.

"거 편백나무가 뭐 어떤 긴데?"

어떻게 사람이 이렇게 무식할 수 있느냐는 비난을 듣고 평소처럼 나의 은신처인 서재로 발걸음을 돌렸다. 아내의 무서운 공격에 숨 쉴 틈이 필요했다. 단 30초라도.

멘털이 완전히 무너진 채로 몸뚱이를 서재의 소파에 내던진 다음 곰곰이 생각해보니 그런 소리를 들어도 할 말이 없겠다는 생각이 들었다. 왜냐하면 내가 퇴근 직전까지 머리를 싸매고 고민한 것은 예전부터 눈여겨봐오던 대하소설 전집을 살까 말까였기 때문이다.

09 정권 교체

아무래도 우리 집의 정권이 교체되는 것 같다. 돌아가는 정세를 보아하니 아내는 상왕으로 물러나는 듯하고, 중학교 2학년 딸내미가 실세로 군림하는 형국이다.

며칠 전, 기념일을 챙기는 것에 젬병인 나는 딸내미가 아내의 생일이 얼마 남지 않았다는 사실을 알려주기에 자식 키우는 보람이 이런 것이구나 하고 감탄했다. 그리고 이틀 전에 다시 알려달라고 당부했다. 그러나 딸내미는 내게 아내의 생일을 다시 알려주면서 편지를 쓰라고 강요했다. 나는 나만의 축하 방식이 있고 따로 선물을 준비하니 그런 것은 강요하지 말라고 항변했다. 그러나 딸내미는 편지 쓰기를 계속 주장할 뿐만 아니라 몇 줄로 짧게 쓰지 말고 편지지를 꽉꽉 채워서 빼곡하게 쓰란다. 나는 서간문에 익숙지 않고, 민망해서 도저히 못 쓰겠다고 항의했더니 그렇다면 앞으로 나오는 대화도 하지 않겠다고 엄포했다. 할 수 없이 알겠다면서 편지지를 부탁했는데 달랑 한 장만 가져왔다. 나는 실수가 잦으니 여분으로 두어 장 더 가져오라고 했다. 그러나 딸내미는 일단 컴퓨터로 초고를 작성한 다음 정성을 다해서 편지지에 옮겨 쓰면 되지 않느냐며 거절했다.

인터넷을 뒤져서 남편한테 편지를 받고 감동한 아내가 올린 편지와 카드를 참고 삼아 저장했다. 수집한 자료를 기초로 내가 가진 문장력을 총동원해서 간신히 아내에게 보내는 편지를 작성하고서야 잠자리에 들 수 있었다. 앞으로 딸아이라는 새로운 유형의 여자에게 적응하는 일이 녹록지 않으리라는 예감 탓인지 꿈자리가 그리 상큼하지는 않았다.

다음 날 아침에는 정권 교체의 징조를 몸소 체험했다. 식사 자리에서 딸아이가 평소처럼 매우 큰 소리의 방귀를 시연하기에 나는 식사 예절에 어긋난다고 점잖게 조언했다. 그러자 아내는 "딸아이의 방귀는 당신 것과 달리 전혀 냄새가 없다"라며 일갈한 다음 딸아이를 향해서 계속 시원하게 방귀를 보시라고 힘을 실어줬다.

밥을 다 먹고 욕실로 향했다. 칫솔에 '아빠'라고 쓰여 있는 것을 발견했다. 딸아이는 나의 뒤통수에 대고 사용 후 반드시 제자리에 꽂아두어야 한다고 하명했다. 그 말을 들은 아내는 아이가 스트레스를 받지 않도록 말을 잘 들으라며, 주상으로 등극한 딸아이의 뒤를 봐주었다. 과연 상왕의 자세였다.

옷을 차려입고 출근하려는데 딸아이가 친히 욕실로 가 자신의 지시 사항이 잘 이행되었는지 확인했을 뿐만 아니라 조용히 서재로 들어와 '나지막하고 단호하게' 어제 말한 편지를 달란다.

"구관이 명관이다"라는 말이 절로 생각났다. 아, 새로운 정권의 강도 높은 '국민 개조 정책'에 적응할 생각을 하니 마음이 무겁다.

10 아내의 생일

이번 아내의 생일은 토요일이었다. 그 전날 편지를 딸아이에게 맡기고 일 때문에 출장을 갔다. 토요일 오후에 집에 돌아오면 외식이라도 할 작정이었다. 그런데 막상 집에 와보니 아내는 거실 소파에 누워 텔레비전을 보고 있고, 딸아이는 골이 나서 제 방에 들어앉아 이불을 뒤집어쓰고 있었다.

나 없는 사이에 두 사람이 우리 집 패권을 두고 세력 다툼이라도 했나 싶었다. 그렇다고 아내가 나에게 싸늘한 반응을 보이는 것도 아니었고 저녁나절에 조심스럽게 살펴보니 둘 사이가 나쁜 것도 아니었다. 참 이상한 경우였다.

무슨 일이냐고 물어보기도 그렇고, 저녁 외식이라도 하자고 청할 분위기도 아니어서 일찌감치 잠에 빠져들었다. 나는 추리에 능하지 않고 또 우리 집을 움직이는 높은 분들의 깊은 뜻을 감히 헤아릴 자신도 없었기 때문이다. 그러다가 일요일 점심나절에 아내의 증언을 통해서 그간의 사정과 전날 분위기가 묘했던 이유를 알게 되었다.

아내의 생일날, 딸아이가 백화점에서 목걸이를 선물하겠다고 해 기차를 타고 백화점에 갔단다. 그런데 때마침 아내의 컨디션이 급작스럽게 저하되고 두통이 심해지는 등 쇼핑하기는커녕 제 한 몸 가누기가 힘들어졌다고 한다. 그래도 투혼의 모정을 발휘해 목걸이는 못 사겠지만 딸아이의 최근 숙원인 반바지는 구입하자고 딸에게 말했단다. 그런데 딸아이는 함양 박씨 특유의 '입은 거절하지만 손은 내미는' 소극적인 사양의 뜻을 표했고, 자신의 옷은 못 사더라도 제 엄마의 옷이라도 샀으면 했지만 아내는 너무 피곤해서 그러지 못했으며, 결국 딸아이는 목걸이를 선물하지도, 백화점에 온 주요한 이유 중 하나였을 자신의 반바지도 구입하지 못해 화가 난 것이었다. 그래서 내가 집에 돌아왔을 때 아내는 컨디션 저하로 넋 놓고 텔레비전을 봤으며 딸아이는 제 엄마에게 화를 분출하지 못하는 묘한 화를 삭이느라 날이 어두워지기도 전에 이불을 뒤집어썼던 것이다.

일요일에 아내의 말을 듣자 하니 딸아이는 전날의 아쉬움을 달래기 위해 패밀리 레스토랑 외식을 제안했고 아내는 흔쾌히 그러자고 대답한 상태란다. 아, 서로를 아끼는 훈훈한 가정의 표상이라 할 법한 단란한 일상이다. 그럼에도 내 마음 한편은 계속 불편했는데, 이유인즉 아내의 설명을 듣기 직전 딸아이에게 김밥천국에 가서 떡볶이를 사 먹자고 제안했던 것이다.

11 간식

　휴일에는 주로 서재에서 서식한다. 책도 읽고, 소파에서 낮잠도 자고, 글도 쓰고, 인터넷 서핑도 하고, 야구 중계도 본다. 사실 두 여자와는 텔레비전 프로그램의 취향이 달라서 거실에 머무는 시간이 적기도 하다.

　아쉬울 게 없는 서재에서의 칩거지만 단 하나, 굶주림에는 장사가 없다. 식사 시간에는 주로 딸아이가 와서 "지금 식사를 하시겠느냐" 묻거나 "식사를 하시오"라고 통보하는 편인데 사람이 주식만 먹고 살 수는 없는 노릇! 식사란 것이 어느덧 틀에 박힌 일상의 습관이거나 의무감에서 이뤄지는 행위라면, 순수하게 호감으로 선택해 즐거운 마음으로 먹는 것이 '간식'이다. 그러나 불행하게도 간식의 존재는 나의 서재 생활에 치명적이다. 그렇지 않아도 아내는 서재를 할렘처럼 생각해 우리 집에서 유일하게 손을 놓고 있는데, 음식 찌꺼기가 나뒹굴거나 냄새마저 고약하다면 서재 철폐령이 내려질지도 모른다. 그래서 가급적 서재에 먹거리를 들이지 않는다.

　나는 서재 생활에 심취하더라도 늘 바깥세상의 동향을 파악하기 위해 문을 완전히 닫지는 않는다. 그래야 후각으로 그들이 어떤 간식을 준비하는지와 요리는 완성되었는지, 청각으로 그 양은 어느 정도 되는지와 간식을 얼마만큼 먹었는지를 파악할 수 있다. 그렇다. 그들이 언제 간식을 먹는지 어떤 종류의 간식을 먹는지 그 양은 얼마나 되는지 서재에 앉아서도 간파할 수 있어야 한다. 그래야 괜히 가장의 체면을 손상하지 않으면서도 그들과 분쟁을 일으키지 않으며 나의 식탐도 충족시킬 수 있다. 내가 싫어하는 음식, 즉 카레라든지 치즈를 잔뜩 얹은 옥수수 비빔밥을 먹겠다고 쪼르르 나갔다가 괜히 체면만 구길 이유는 전혀 없는 것이다. 물론 아내가 야구 중계 소리가 신경 쓰이니 문을 닫으라는 요청을 하면 당연히 꼬~옥 닫아준다.

그들은 대체로 식사를 끝내고 30분 뒤에 간식을 먹는다. 그때쯤에는 더욱 레이더를 정교하게 가동시켜야 한다. 그들이 완성된 간식을 탁자에 딱 올리자마자 염치없이 달려 나가서는 안되기 때문이다. 그들의 포만감이 3분의 1 정도 충족되어서 타인에 대한 경계심이 얼마간 사라지고 나눔의 미학을 고려할 수 있을 때여야만 한다.

하지만 이러한 일은 진즉부터 준비한 자에게만 찾아오는 법. 오는 정이 있어야 가는 정이 있다. 가령 딸아이가 순댓국밥이 먹고 싶은데 취객들이 있을지도 모르는 순댓국밥집에 행차하기가 거시기하다면 냄비를 들고 가서 포장해 와야 하고, 그들이 새우버거가 먹고 싶다면 냉큼 운전하고 가서 사 와야 한다.

이날도 여느 때처럼 느긋하게 메이저 리그를 감상하는데 촉이 왔다. 간식 시간이었다. 가장 적절한 시간에, 너희의 간식을 뺏어 먹기 위해서 나온 게 아니라는 표정과 몸짓으로 군웅이 할거하는 거친 광야인 거실로 나갔다. 그들이 먹으려는 것은 골드 키위였다. 그런데 이 대목에서 잊지 말아야 할 것이 있다.

여인들의 간식을 뺏어 먹는 하이에나도 지켜야 할 상도가 있다. 칠거지악에 삼불거라는 예외가 있듯이 나도 삼불식을 지킨다. 삼불식이 무어냐면, 우선 딸내미가 직접 장만한 간식이다. 아직 과도를 능숙하게 다루지 못하는 딸내미가 직접 깎은 과일은 딸이 그걸 극도로 먹고 싶었음을 의미한다. 그 과일을 뺏어 먹는다면 돌이킬 수 없는 지탄을 받을 것이다. 둘째, 양이 얼마 되지 않아서 내가 뺏어 먹었다가는 그들의 식탐이 충족되지 못해 원망받을 수 있는 경우다. 셋째는 배스킨라빈스 31의 체리쥬빌레 속 왕체리. 그건 절대 먹어서는 안 된다, 절대로.

불행하게도 이날 작은 접시 위에 올라앉은 골드 키위를 보아하니 키위 두 개쯤을 딸내미가 직접 깎아서 마련한 간식이었다. 삼불식 중 무려 두 가지나 해당된다. 아내도 딸아이를 위해서 먹지 않고 있었다. 지킬 것은 지키는 매너남답게 조용히 물러나려 했는데 거실까지 나온 것이 괜히 머쓱해져 딱 한 조각만 먹겠다고 했다. 예상대로 딸아이와 아내는 완강히 거부했다.

내가 키위를 먹고 싶은데 너희가 거절해서 못 먹고 돌아선다면 속이 편하겠느냐? 그러니 뒤늦게 괜한 죄책감을 느끼는 것보단 한 조각만 먹게 해주는 편이 낫지 않겠느냐며 나름 논리적인 읍소를 했다. 나의 비굴한 통사정에 한결 경계심을 푼 딸아이는 아내가 지목한 가장 작은 조각을 포크로 찍어서 내 입에 넣어주었다. 물론 포크에 침을 절대로 묻혀서는 안 된다는 지엄한 조건과 함께 말이다.

　사실 그 골드 키위는 어머니께 드리려고 사둔 것인데 어찌하다 보니 가져가지 않아서 우리 집 냉장고에 있었다. 딸아이도 제 할머니처럼 골드 키위를 아주 많이 좋아한다. 그뿐 아니라 유년 때부터 제 할머니처럼 노란 시루떡을 좋아해서 재래시장에 들러 사 오곤 했다.

　제 할머니와 식성이 닮은 딸아이에게서 어머니를 본다. 어머니가 느껴진다. 어머니와 함께 살고 있는 것 같다. 골드 키위 한 쪽이 아니라 열 쪽을 먹었대도 이보다 큰 충족감은 느끼지 못할 것이다.

12 자존심

나와 아내의 과실 비율이 40 대 60인 사건으로 이틀째 냉전 중이었다. 퇴근을 하는데 전화가 왔다. 영락없이 제 엄마 편인 딸내미는 아~주 잘 들리는 전화를 두고 소리가 들리지 않는다며 아내에게 전화를 넘겼다. 전화를 건네받은 아내는 냉우동을 먹고 있는데 같이 먹을 거냐고 물었다. 내가 가장 좋아하는 음식을 이용한 아내 특유의 화해 제스처였다.

머리로는 고작 냉우동 한 그릇에 자존심을 팔 수 없다고 외쳤지만, 입은 "어, 그러지"라고 말해버렸다. 너무 배가 고팠다.

냉우동을 맛나게 먹고, 아내의 그릇까지 깨끗이 설거지해서 현관에 내놨다. 미안하다, 나의 자존심아. 지켜주지 못해서.

13 쥐구멍에도 볕 들 날이 있다

아주 가끔 이런 날이 오기도 한다. 약소국으로서 강대국의 눈칫밥을 먹은 지 수삼 년, 드디어 나에게도 찬란한 서광이 비치는 날이 오고야 말았다. 콘크리트보다 더 견고해 보였던 그들의 동맹 관계에 드디어 균열이 보였던 것이다. 부부 사이도 그렇지만 모녀간의 우정도 아주 사소한 일에서 큰 싸움으로 번지는 법이다. 사건의 발단은 이랬다.

모임에 참석하느라 귀가가 늦어졌는데 집에 들어서니 역시나 딸아이가 나의 돌출된 배를 손가락으로 찌르면서 "이건 뭐야?"라고 질문해 졸지에 나의 소중한 몸이 '사물화'되었고, 게다가 내 손가락에 코를 박고서 흡연했는지를 확인함으로써 내가 그들의 관리하에 있다는 사실을 출근부에 도장 찍듯 확인했다. 또한 흡연자들의 천국인 친구 모임에 참석하느라 고기와 담배 냄새를 한껏 달고 온 나의 비매너에 대해 두 사람 모두 개탄스럽다며 한목소리를 냄으로써 그들의 우정과 우위를 확인하는 행사를 치렀다. 이렇게 우리 집안의 평화를 떠받드는 두 개의 큰 주춧돌은 어김없이 안녕을 유지하는 듯 보였다.

나는 시키는 대로 샤워를 마치고 그들이 거실을 비운 5분 동안 텔레비전으로 프로 야구를 시청하는 호사를 누린 다음 조용히 서재로 들어왔다. 그때 사건이 터진 것이다. 사실 조짐은 전날부터 감지할 수 있었다. 딸아이가 요새 다이어트 바람이 불었는지 가만히 앉아 있어도 땀이 흐르는 무더운 집에서 헬스용 자전거를 열심히 탔는데, 아내는 너무 다이어트에 신경 써서 충분히 먹지 않는다고 걱정하는 눈치였다. 결국 딸아이와 아내의 다이어트에 대한 관점 차이는 그들 사이를 벌어지게 하는 아주 작은 틈새를 만들어냈고, 급기야 사건까지 터뜨리고 말았다.

어제 퇴근길에 아내가 마트를 다녀왔다. 그런데 장바구니의 상당 부분을 차지한 품목은 바로 빵이었다. 전날 딸아이가 굉장히 먹고 싶은 빵이 있는데 살찔까 봐 못 먹겠다던 바로 그 빵. 차라리 눈에 안 보이면 참을 만한데 눈에 잘 띄는 주방에 빵을 놓아두다니……. 그건 딸아이 입장에서 도발이 아닐 수 없었다. 딸아이의 다이어트 계획에 정면으로 반기를 드는 처사였던 것이다.

오늘도 딸아이가 거실에 둔 자전거를 타기 위해서 안장의 높이를 낮추느라 부산을 떨었는데 아내가 대뜸 거기에서 더 이상 낮출 수 없는데 뭐하러 쓸데없는 수고를 하느냐고 말해버렸다. 즉 그 헬스용 자전거는 아직 너의 키에 맞지 않는 성인용이며, 다시 말해 너는 그 자전거를 타서는 안 된다는 말이었고, 더 나아가 다이어트를 하지 말라는 속마음을 대놓고 말하는 무리수였다. 요즘 다이어트를 공부 다음의 중요한 과제로 삼고 있는 딸아이에게는 차마 참을 수 없는 큰 도발이었다. 그나마 혈맹으로 뭉친 아내와 딸 사이니까 대충이라도 넘

59

어가지, 그들의 잠재적인 적군인 내가 그런 말을 했다면 독도가 자기네 땅이라고 주장하는 일본인의 망언에 버금갈 언행으로 간주되었을 것이다.

더군다나 그들의 돈독한 우정을 깨뜨릴 사건은 아직 하나 더 남아 있었다. 딸아이가 휴대 전화로 동영상인지 음악인지를 감상하면서 열심히 자전거 페달을 밟고 있는데 아내가 콘텐츠 제공 업체와 그 내용의 건전성에 대하여 딸아이에게 의문을 표시했고, 그러자 딸아이는 발끈하면서 단지 유튜브에서 노래를 감상하고 있었을 뿐이라고 항변했다. 아내는 그렇게 건전한 내용이면 왜 자기가 보려고 할 때마다 감추느냐며 내전을 확대했다. 이에 딸아이는 폰이 구려서 인터넷이 잘 안 된다, 그래서 유튜브로 음악을 듣는다고 대응했으며, 그러자 아내는 인터넷이 안 되는데 어떻게 유튜브는 볼 수 있느냐고 되물었다. 서재에서 강대국들의 다툼을 조용히 관전하던 나는 아내의 마지막 발언이 내가 아는 IT 지식과 일치하며 매우 합리적인 의심이라고 평가했다. 인터넷이 잘 안 되는 휴대 전화로 유튜브의 콘텐츠를 감상할 수 있다는 것은 나로서도 납득하기 어려운 가설이었다.

바로 이때, 딸아이가 반박하기 어려운 회심의 일격을 날렸다.

"엄마도 혼자 휴대 전화 보다가 내가 같이 보자고 옆으로 가면 '안 알라줌'으로 일관하잖아!"

즉 국제 관계에 있어서 호혜 평등의 원리를 새삼 요구하고 나선 것이다. 그러자 합리적이고 이성적인 발언으로는 제압할 수 없는 딸아이의 공격에 아내는 어느 정도 예상했지만 비논리적인 슈퍼 강대국의 힘을 앞세웠다.

"나는 어른이잖아!"

냉엄한 국제 관계에서는 호혜 평등의 원리보다 힘이 더 앞선다는, 즉 법보다 주먹이 앞선다는 다소 비근대적이고 제국주의적인 논리를 내세운 것이다. 이건 아내가 당황했다는 증거였다. 영어가 모국어인 싱가포르로 여행을 갔을 때 상인에게 다급히 "아니, 두 개 말고 하나만!"이라고 외치던 상황을 연상케 했다.

그런데 강대국들의 이권 다툼에 온갖 안테나를 곤두세웠어야 할 나는 큰 실수를 저지르고 말았다. 그 와중에 컴퓨터로 관전하던 프로야구 게임에서 삼성의 선수가 홈런을 치는 장면에 잠시 넋을 뺏긴 사이 그들의 다툼이 전혀 엉뚱한 방향으로 치달았던 것이다. 홈런을 날린 삼성의 선수가 느긋하게 세러모니를 마치고 더그아웃으로 돌아와 냉장고에서 게토레이를 시원하게 마시는 장면까지 보다가 문득 정신을 차리고 보니 두 강대국이 진한 애정을 담아 말다툼 아닌 말다툼을 나누는 중이었다.

방금 전까지 거실의 패권을 두고 세력 다툼을 하던 아내와 딸이 어쩐 일인지 "왜 넌 엄마를 그렇게 걱정하느냐?"라고 물으면, "딸로서 엄마를 걱정하는 게 당연하지 않느냐"라며 서로를 향한 애정을 과시하고 있었다. 은근히 강자들의 내분을 통해 어부지리를 얻길 기대했던 나에겐 당황스럽기 그지없는 상황인데 더 큰 문제는 어떤 계기로 이토록 상황이 반전되었는지 알 수 없다는 사실이었다. 황새의 뜻을 뱁새 따위가 알 수 없다고 했던가? 괴이하게도 서로를 끔찍이 걱정

하고 위하는 훈훈한 말로 콩트를 연출하던 딸아이는 제 방으로 사라
졌고, 아내는 아내대로 욕실로 향하는 이해 못 할 상황이 이어졌다.
우매한 나로서는 저들이 다툼을 했는지 아니면 서로에 대한 깊은 애
정을 확인한 자리였는지조차 헛갈렸다.

　이런 상황까지 이어지자 나는 두 가지 이유로 무주공산이 된 거실
로 나갔다. 첫째, 저들이 다퉈 우정에 균열이 생긴 것이라면 둘 중에
누구를 포섭해야 나의 이익을 극대화할 수 있는지 궁금했고 둘째, 서
로를 비난하다가 어떤 말을 계기로 서로 따뜻한 애정을 주고받는 상
황으로 변했는지 궁금했던 것이다. 여자들의 이런 이해 못 할 행각에
대한 연구와 조사는 앞으로 내가 가장의 권위를 무탈하게 유지하는
데 무엇보다 중요한 자료가 될 터다.

　그러나 안타깝게도 여자들의 행동 양식에 대한 나의 학구열은 가
볍게 무시되었다. 딸아이의 방에 조심스럽게 접근한 나는 방문턱을
넘자마자 자기 방에서 나가줬으면 좋겠다는 말을 들었고, 그나마 딸
아이보다는 구체적인 대답을 해주리라 기대했던 아내는 나의 정성스
러운 마사지 신공이라는 조공을 받고도 구체적인 대답을 회피하는
슈퍼 강대국으로서의 면모를 과시했다.

14 아내의 운전

어제 아침 아내가 손수 운전해서 한 시간 거리의 대구로 출장을 가겠다고 했다.

외교권, 예산 심의 의결권, 자식 교육 통제권, 텔레비전 채널 결정권에 이어서 '이동 시 작전 통제권'마저 위태로웠다. 앞의 모든 권한이야 애초부터 나의 소관이 아니었으니 박탈당한다 한들 별다른 거부감이 없지만 이동 시 작전 통제권은 위태위태한 나의 권력을 그나마 지탱해주었던 버팀목이었는데 이마저도 아내에게 이양해야 할 처지였다. 이동 시 작전 통제권이란 가족 여행을 가거나 쇼핑할 때 여행지와 구매처 결정권, 국도와 고속 도로 선택권, 여행의 이동 경로와 식당 선정권을 포함하는 매우 중요한 권력이다. 그리고 이 모든 권력은 '고속 도로와 대도시를 포함하는 장거리 운전이 가능한 자'에게 귀속된다.

결혼 이후 간혹 사소한 소요 사태가 있었지만 나는 이 권한만큼은 굳건히 지켜왔다. 아내는 결혼 이후 나의 든든한 외조 덕에 간신히 운전 면허증을 취득한 터라 운전에 관련된 모든 일이나 행사에서 아내를 제압하는 건 간단했다. 자기 딴에는 나와 똑같은 운전자라고 생각해서 조수석에 앉아 "깜빡이를 넣어라", "여기선 속도를 줄여라"부터 시작해 심지어는 윈도 브러시의 작동 여부와 시기까지 간섭하는 무례를 범했을 때도 나는 전혀 당황하거나 분노하지 않고 "그럼 당신이 운전하든가"라는 조용한 말 한마디로 간단히 제압해왔다.

그때까지만 해도 나는 적어도 차 안에서는 무소불위의 권력자였다. 그러나 권력은 무상하고도 짧다. 운전 면허증을 취득하자마자 아내는 자동차를 구입했는데, 작은 물건 하나를 사더라도 며칠을 고심하고 신중하게 지갑을 여는 사람이 자동차를 살 때는 마치 거대한 해일처럼 밀어붙여 금방 구매해버렸다. 그때부터 철옹성 같던 나의 차 속 권력에 균열이 가기 시작했다. 아무리 제왕이면 뭐하겠는가? 차 속에 백성이 한 명도 없는데 "에헴" 하고 유세해봐야 소용없다.

아내는 날이 갈수록 무섭게 기고만장해져 심지어는 같은 경로의 퇴근길에서 가장의 차를 추월하는 오만함도 서슴지 않았다. 여필종부인데 어디 감히 아내가 남편의 차를 비웃듯이 휙 추월한단 말인가? 그녀는 더 이상 '기어 박스에서 약간의 탄 냄새를 맡고 겁에 질려 돈은 마련해줄 테니 빨리 새 차를 사라며 애원한' 그때의 그 순진한 여자가 아니었다. 이제는 타는 냄새는 물론이고 심지어 타이어에 불이 붙어도 "대충 고쳐서 한 10년 더 타"라고 명령하고, 앞의 차가 답답하게 속도를 내지 않으면 거친 말도 쏠쏠하게 하는 전형적인 대한민국 운전자가 되었다.

그러나 10년간의 나의 자동차 속 왕조는 호락호락 붕괴되지 않았다. 얼마 전까지만 해도 아내의 운전은 시내와 인접한 직장까지로 한

정되어 있었다. 따라서 장거리 여행을 가거나 백화점에라도 가려면 당연히 나에게 부탁해야 했다. 때때로 아내가 우울할 때면 온정을 베풀어 아내가 좋아하는 백화점에 데려다주곤 했는데, 그때 나에 대한 아내의 존경심은 극대화되었다. 장거리 운전 탓에 피곤한 기색이라도 보이면 자발적으로 목을 마사지하는 내조도 잊지 않았다. 나는 이런 무소불위의 권력을 행사할 때에는 항상 노블레스 오블리주를 실천했다. 운전의 괴로움을 함부로 토로하지도, 권력을 남용하지도 않았다. 장거리 운전을 할 때 조수석 탑승자의 가장 큰 임무인 '끊임없이 재잘거려서 운전자를 졸리게 하지 않기'를 요구하지도 않았다. 원래 최고 권력자는 겸손한 법이니까.

그러나 나의 소박한 권력도 이제 공중분해가 될 위기였다. 아내가 대구까지의 자가운전에 성공하기라도 한다면 말이다. 그래서 '여성 자가운전의 위험성'과 '장거리 운전이 여성의 건강에 미치는 영향'과 결정적으로 '당신 목적지의 심각한 주차난'에 대해서 심도 깊은 걱정을 늘어놓았다. 사실 알고 있었다. 이 여자가 시도만 한다면 성공하리라는 것을. 일찍이 신혼 초에 테니스 레슨을 함께 받은 적이 있는데 레슨 경력이 3년 차인 나보다 이제 두 달째 들어선 아내가 더 가능성이 보인다고 코치는 평가했다. 즉 전직 초등학교 교사 배구 대회 면 대표 출신의 딸인 아내가 나보다 압도적으로 운동 신경이 좋다는 이야기다. 그러니 내가 하는 일을 아내가 못 할 가능성은 제로에 가까웠다.

나는 친절하게도 표를 끊어줄 테니 기차로 대구에 간 다음 택시를 타고 목적지에 편안히 가는 편이 훨씬 좋지 않느냐고 꼬드겼다.

내가 필사적으로 아내를 만류한 이유는 또 있었다. 아내의 목적지와 아내의 마음의 고향인 백화점은 지척이었다. 즉 이 운전에 성공하면 아내는 내 도움 없이도 언제든 혼자서 백화점에 갈 수 있다는 얘기였다.

나의 온갖 회유와 만류에도 불구하고 아내는 스마트폰의 내비게이션을 작동시키는 여유를 부리면서 출발했다. 물론 가다가 무서워서 길가에 차를 세워두고 울며불며 남편을 찾는 전화도 오지 않았다. 무사히 잘 오고 있냐고 전화했더니 "운전 중이니 빨리 끊어"란다. 집에 도착하고 보니 아내가 가장 좋아하는 장소에 아내의 차가 주차돼 있었다. '어디 하나 다친 흔적이 없는', 그리고 '앞으로 장거리 여행을 많이 다닐 예정인' 아내의 애마가 날 측은하게 바라봤다.

15 아내와 딸의 영특함 1

딸아이를 학원에 데려다주고 오는 길에 생각해봤는데 딸아이와 아내는 나를 정치적으로 치밀하게 활용한다. 자기들이 밀월 관계일 때는 나를 놀려먹는 공통된 취미로 친선을 극대화하며, 불화를 겪을 때는 나에 대한 뒷말로 관계 개선의 물꼬를 튼다.

저들이라고 어찌 나에게 아쉬운 소리를 할 때가 없겠는가? 그러나 안타깝게도 그런 경우 역시 저들은 나에게 굽실거리지 않는다. 평소에 나를 놀리거나, 뒷말을 하다가도 필요할 때면 당당히 요구 사항을 말하는 비결은 간단하다.

각자의 아쉬움이나 필요 사항은 절대 자기 입으로 말하지 않는다. 아내가 허리가 아파서 마사지를 받고 싶으면 딸내미가 내게 "엄마가 허리 아프니 안마 좀 해줘"라고 말하고, 비가 와서 걸어 이동하기 귀찮은 날에는 아내가 나에게 "비 오니까 도윤이 학원에 데려다줘"라고 말한다. 그래서 그들은 아쉬울 때조차 나에게 비굴할 필요가 없고 또 자식을 극진히 위하는 모정, 엄마를 배려하는 효심 깊은 아이라는 사실을 과시할 수도 있다. 반면 나는 그 요구를 거절했을 시 돌이킬 수 없는 무심한 남편, 냉정한 아빠의 나락으로 떨어진다.

16 아내와 딸의 영특함 2

아내와 냉전 중이었다가 냉우동 한 그릇에 화해 각서를 교환한 사건과 관련해 지금 생각해보니 조금 웃기는 대목이 있다.

1. 딸내미가 제 엄마 휴대 전화로 전화를 했고 나는 "여보세요"라고 말했는데 딸내미는 아무 소리가 안 난다며 제 엄마에게 휴대 전화를 건네주었다.

2. 딸내미에게서 휴대 전화를 건네받은 아내는 내가 아무 소리를 하지 않았는데도 딸내미에게 "잘만 들리는데"라며 대꾸하고는 나한테 냉우동 먹을 거냐고 굴욕적인 외교 정상화를 제시했다.

소리를 듣고도 안 들린다는 딸내미와 아무 소리를 못 듣고도 잘 들린다는 아내는 대체 왜 그러는 걸까?

17 나는 딸이로소이다

나는 올해 열다섯 살 난 여자아이다. 아빠는 영어 교사로, 엄마는 국어 교사로 일한다. 엄마와 아빠는 어문 계열을 전공했다는 공통점이 있지만 마치 국어와 수학을 공부한 사람들처럼 서로의 특기가 아주 확실히 다르다. 아빠는 책을 좋아하는데 모르는 사람이 보면 책장가득한 아빠의 책이 국어를 전공한 엄마의 책일 것이라고 생각한다는 점, 엄마는 학창 시절 영어 공부를 좋아했고 잘하기를 간절히 원했다는 점만 제외하면 부모님은 서로의 세상에 교차점이 없다.

엄마 아빠의 다른 세상은 여행을 가보면 확실하게 드러나는데, 2년 전 싱가포르 여행 때가 딱 그랬다. 싱가포르 여행은 우리 가족이 패키지가 아닌 자유 여행으로 떠난 첫 여행이었다. 그러니까 모든 여행 일정은 엄마 아빠의 역량에 따르게 될 거였다.

우선 비행기 표와 호텔 예약은 엄마 담당이었다. 비행기 표를 예약한 것도 모자라서 비행기가 도착하는 시간에 맞춰 외국의 호텔을 예약한 엄마의 업적에 아빠는 가슴 깊숙이 경의를 표했다. 아마도 아빠가 했다면 싱가포르에 도착은 했는데 호텔 예약은 다음 날로 되어 있다든지 뭐 이런 황당한 실수를 했을 것이다.

아빠는 인천 공항에서 필사적으로 나와 엄마의 뒤꽁무니를 따라다녔다. 혹시나 우리가 아빠를 떼어버리지 않을까 노심초사하는 눈치였다. 심지어 혼자서는 화장실에도 가지 않았다. 다른 장소였다면 혼자 이리저리 마구 돌아다녔을 텐데 낯선 공항에서는 우리가 볼일을 마칠 때까지 화장실 앞에서 얌전히 기다렸다. 더욱이 아빠는 중학생인 내가 본인보다 더 공항의 지리와 시스템에 정통하다고 여기는 게 확실했다. 엄마가 잠시 어딜 다녀오는 동안 내 옆에 딱 붙어서 절대 떨어지려고 하지 않았다. 나도 여자라서 육감이라는 것이 있는데, 보아하니 아빠는 나를 보호하는 게 아니라 사실 나에게 의존하고 있었다. 아빠는 엄마와 내가 비행기를 탈 때 신발을 벗어야 한다고 알려주면 신발도 벗을 태세였다. 그리고 비행기를 탈 때, 입구에 비치된 신문을 여러 부 가져가도 되는지 확신을 못 해 스튜어디스 언니의 눈치를 보는 것 역시 쉽게 알아챘다.

아빠에게 난관은 또 남아 있었다. 끔찍한 고소 공포증 환자인 아빠는 이륙할 때 눈을 꼼 감고 좌석의 팔걸이를 마치 목숨을 지켜줄 보루나 되는 것처럼 꽉 쥐고서 놓아주지 않았다. 그러고 보니 나지막한 산을 올라가던 케이블카에서의 아빠 모습이 떠올랐다. 아빠는 눈을 감고 손가락으로 이마를 받친 채 고개를 푹 숙였다. 마치 교과서에서 나올 법한 시대의 아픔에 고뇌하는 지식인처럼. 그러나 실은 지면에서 발이 떨어진 상태의 고통을 견디기 위한 몸부림이었다. 아, 비행기가 난기류를 만나 흔들릴 때 공포가 극에 달한 나머지 마치 지구의 종말을 맞은 듯 엄마의 손을 세게 부둥켜 쥐던 아빠의 표정이란!

고난의 시간이 끝나고 스튜어디스 언니가 입국 서류를 나눠 주었을 때 마침내 아빠의 세상이 도래했다. 아빠가 입국 서류를 영어로 메꾸면서 온갖 유세를 부려 엄마와 나는 짜증이 폭발할 지경이었지만, 그래도 죽을상을 짓다가 모처럼 살 만해 보이는 게 반가워서 참아주기로 했다. 아빠는 정말 모르는 모양이었다. 엄마와 나는 아빠 없이 해외여행을 한 적이 있었고 우리도 그런 간단한 입국 서류쯤은 이미 작성해봤지만 아빠의 체면과 기를 살려주기 위해서 모른 척한다는 사실을 말이다. 아빠는 그간의 서러움을 한 번에 만회하려는 듯 기고만장해져서 '내가 아니었으면 어디 감히 너희가' 해외여행을 편히 할 수 있겠느냐며 뿌듯한 미소를 지었다. 불과 몇 시간 전 공항에서 길을 잃을까 봐 열세 살 딸내미의 손을 놔주지 않던 기억은 어디로 갔는지 모르겠다.

　아빠는 늘 덜렁거리고 나의 말을 듣지 않는다. 가령 내가 짜게 먹지 말라고 몇 번이나 주의를 주었는데도 지키지 않아서, 결국 내가 양념을 그때그때 숟가락으로 얹어줘야 한다. 마찬가지로 이번 여행에서도 아빠는 싱가포르에 대해 충분히 조사하지 않았다. 싱가포르에 도착하고 나서야 달랑 우리 식구끼리 움직여야 한다는 무서운 현실을 뼈저리게 실감하고 이곳저곳 들를 곳을 검색하기 시작했다.

　알다시피 검색과 임기응변은 단연코 아빠 세상이다. 아빠는 이리저리 검색하더니 단 몇 분 만에 그날의 일정을 엄숙하게 발표했다. 교통수단으로 아빠는 택시를, 엄마는 나의 현장 체험을 위해 지하철을 주장했는데 나는 당연히 엄마 편을 들었다. 여자의 적은 여자가 아니다. 적어도 우리 집에서는 그렇다.

지하철 사용에 대해서 말하자면, 이는 엄마의 세상이다. 아빠는 서울에서 지하철 티켓을 사지 못해 30분간 고군분투한 적이 있다. 보증금 500원 때문에 생긴 불상사였는데, 아빠는 지하철을 타고 오라 했던 죄 없는 친구를 향해 온갖 욕설을 퍼부었다고 한다. 반면 엄마는 능숙하게 싱가포르의 대중교통을 이용했다.

아빠가 정한 일정은 나쁘지 않았다. 쇼핑과 볼거리를 적당히 배합한 괜찮은 스케줄이었다. 그러나 거기에도 아빠의 보이지 않는 실수는 있었다. 예전에 아메리카 원주민, 즉 인디언에 관심이 많았던 아빠는 싱가포르의 관광 명소 목록을 보다가 '리틀 인디아'를 발견했고 별생각 없이 "한 꼬마 두 꼬마 세 꼬마 인디언"의 인디언을 생각했음이 분명하다. 어리고 귀여운 인디언들이 재롱을 부리는 목가적인 풍경을 상상하고서 우리를 이끌었을 아빠는 그곳에서 인디언이 아닌 인디아를 발견했다. 더욱이 야속하게도 쨍쨍 내리쬐는 햇볕. 아빠는 어이없는 표정을 감추지 못했다. 차마 내가 생각한 건 이게 아니었다고 하기엔 너무 어이없는 실수라, 아빠는 평생 카레 한 번 먹어본 적 없으면서 억지로 인도의 거리를 거닐어야 했다. 정말 인도의 거리를 보고 싶어서 온 것처럼 태연히 걸었지만, 나는 봤다. 아빠의 몸이 파르르 떨리면서 기대감에 차 있던 눈은 초점이 풀리고, 입가는 팔자주름으로 축 처지는 모습을.

서양 문학을 전공했다는 아빠가 먹거리의 천국이라는 싱가포르에서 먹은 것은 주로 된장찌개와 김치찌개였다. 그나마 용기를 내서 먹어본 색다른 음식이라곤 칠리 크랩이 유일했다. 싱가포르에 가면 누구나 맛본다는 그 칠리 크랩. 반면 아빠는 싱가포르의 물건에는 심취해서, 라이카 카메라 매장 앞에 서자 여행을 시작한 이후 처음으로 우리들을 아빠의 시선에서 풀어주었다. 사실 아빠는 먹거리뿐만 아니라 호텔의 57층에 위치한 옥상 수영장에서도 다른 사람들처럼 풍경을 감상한다든지, 수영을 즐긴다든지, 선탠(이건 내가 봐도 불필요하다. 아빠는 모태 선탠이라는 축복을 받고 태어났다)을 즐기지 않았다. 한눈에 보기에 마치 도심 한가운데에 우뚝 솟아오른 듯 보이는 세계적으로 유명한 수영장에서 아빠가 몰두한 일이라곤 '카메라 방수 팩'에 잠깐 호기심을 보인 남미 계열의 연인에게 그것의 놀라운 성능을 설명하는 것뿐이었다. 괜한 관심의 눈길을 보냈다가 졸지에 붙잡혀서 20분간 카메라 방수 팩의 놀라운 성능에 대해 듣게 된 그 불쌍한 커플은 본국에 돌아가자마자 방수 팩을 주문하겠다는 맹세를 하고서야 아빠에게서 풀려날 수 있었다.

여행의 마지막 날, 하루 종일 걸어 다녔던 터라 우리 가족은 모두 만신창이가 되었다. 그런데 아무리 걸어도 지하철역은커녕 택시 정류장도 보이지 않았다. 싱가포르는 특이하게 택시를 지정된 장소에서만 탈 수 있는데 초짜 여행객인 우리가 정류장이 어디인지 알 리 없었다. 그때 아빠는 잠시 고민하더니 우리를 인적이 드문 도로로 데리고 가서 지나가는 택시를 향해 손을 들었다. 한국에서 택시를 잡는 그 방식 그대로 말이다. 조금만 잘못해도 벌금을 무는 벌금의 나라에서 아빠가 한 행동에 우리는 넋을 잃을 만큼 놀랐지만 아빠를 나무랄

기운조차 없었다.

그런데 신기하게도 한 택시가 우리 앞에 섰다. 우리는 택시 기사가
법규를 위반한 우리를 고발이라도 하는 것은 아닌지 걱정했는데 놀
랍게도 한국의 택시 기사처럼 우리에게 타라는 수신호를 급하게 보
내왔다. 아빠의 그리 바람직하지 않은 임기응변 능력이 빛을 발한 순
간이었다. 자기 나라의 교통 법규를 위반하면서까지 손님을 태운 기
사의 성취감과 위기의 가족을 자신의 기지로 구해냈다는 아빠의 자
부심이 서로 만나니, 둘은 무슨 전생의 인연이 현생에 이어지기라도
한 듯 감격하고 서로의 용기와 배려심을 치하하기 바쁜 눈치였다.

아빠의 임기응변을 고마워해야 할지, 타박해야 할지에 대해 고민
할 기운조차 없이 멍한 표정으로 뒷좌석에 앉아 있는 우리를 두고 아
빠와 택시 기사는 호텔에 도착할 때까지 내내 열심히 대화를 즐겼다.
한국으로 돌아오는 비행기 속에서 대체 무슨 이야기를 그렇게 열심
히 나누었냐고 아빠에게 물었더니 '싱가포르의 비밀경찰 제도와 위
협받는 민주주의', '교육을 통한 싱가포르 국민의 시민 의식 함양'에
대해서 토론했다고 한다.

국산 옥수수로 만든 강냉이 같은 일상

01 나의 반격

내가 늘 그들(아내와 딸)에게 굴욕적으로 패배하는 것은 아니다. 나도 승리하는 순간이 엄연히 있다. '국산 옥수수로 만든 강냉이' 대첩이 바로 그 경우다.

지난 일요일 재래시장에 들렀다가 그들에게 조공할 먹거리로 '국산 옥수수로 만든 강냉이'를 발견했다. 중국산은 노르스레한 것이 먹음직스럽게 생기고 국산 옥수수는 꺼무칙칙한 것이 좀 맛없어 보였지만 역시 농산품은 신토불이 아니던가. 더구나 조공용이니 원산지에도 각별히 신경 써야 한다. 나는 흐뭇하여 까만 비닐봉지에 든 국산 강냉이를 의기양양하게 마누라 상전에 바쳤으나 그딴 걸 뭐하러 사오냐는 예상치 못한 혹평을 받았다.

순간 울컥 화가 치밀어 국산 강냉이를 거실에 패대기치려고 했으나…… 상전 앞에서 감히 그런 불손한 행동은 못 하고 그냥 내 서재로 들어와 소파에 살포시 던져버렸다. 저들에게 국산 강냉이를 절대로 주지 않으리라 결심하면서.

사실 강냉이는 무려 5,000원어치이기도 했고, 나와 안면 있는 주인아주머니가 가래떡 뻥튀기와 쌀 뻥튀기까지 덤으로 줘서 혼자 먹기엔 벅찬 양이었다. 그래도 어쩌겠는가? 나 혼자 매일매일 먹기로 하고 봉지를 열었더니 구수한 뻥튀기 냄새가 확 풍겼다. 첫맛이 고소하니 맛있어서 자꾸만 꾸역꾸역 밀어 넣었는데 곧 입안이 뻑뻑하고 목구멍이 따끔거렸다. 냉장고 안 음료수라곤 내가 가장 싫어하는 자몽 주스뿐이었다. 절대로 먹지 않겠다고 결심한 주스인데 너무 급하다 보니 어쩔 수 없었다. 쓰디쓴 자몽 주스를 벌컥벌컥 마시고 다시 서재로 복귀했다. 저들의 비웃음 소리가 들리는 듯했다.

다음 날부터 야구 중계를 보면서 국산 강냉이를 먹었다. 서재의 형광등을 꺼두어서 마치 영화관에 온 듯한 운치가 느껴졌다. 역시 국산 강냉이를 사길 잘했다. 그러나 금세 또 목이 따가워졌다. 나가서 자몽 주스를 마셨다. 처음에는 왜 이렇게 맛없는 걸 샀냐고 조금 짜증을 냈는데 이제 자몽 주스가 입맛에 맞기 시작했다.

그러다가 문득 저들이 무서워지기 시작했다. 저들도 분명 강냉이를 싫어하지 않는데 자신이 내뱉은 소리 때문에 참고 있을 터였다. 새삼 강적이라는 생각을 했다. 나는 겨우 냉우동 한 그릇에 자존심을 쉽게 버리는 위인이 아닌가? 저들은 자신의 자존심과 명분을 위해서라면 먹거리쯤은 안중에도 없구나!

강냉이를 사 온 지 6일째 되는 날, 여느 때처럼 야구를 보면서 강냉이를 먹는데 아내가 덜컥 문을 열었다. 그러더니 나보고 강냉이를 마치 떡처럼 우적우적 씹어 먹는다며 타박했다. 당황스러웠지만 곰곰이 생각해보니 저 여자도 강렬한 강냉이 냄새를 맡았을 테고 적어도 인간인 이상 '입질'이 왔을지도 모른다는 생각이 들었다. 더구나 저녁을 먹은 후 두 시간이 지났다. 간식 욕구가 극대화되는 시점이었다. 서재를 나가는 아내의 뒤통수에 대고 "지금이라도 먹고 싶으면 말해"라는 호기를 부렸음은 물론이다.

과연 정확히 18분 후 아내가 "뻥튀기 이리 좀 가져와봐"라며 백기를 들었다. 감격스러운 순간이었다. 실로 얼마만의 승리인지 모르겠다. 그러나 승자라고 해서 자만해서는 안 되었다. 당연히 "먹고 싶으면 여기 와서 가져가"라는 모욕적인 언사를 패자에게 해서는 안 된다. 거실에 있는 아내에게 조용히 국산 강냉이를 가져다주었고 다음 날 아침 그들이 소비한 강냉이의 양이 적지 않음을 보고 나서 나의 승리를 재확인했다.

이번 승리에 오점이 아주 없지는 않았다. 다음 날 학원을 다녀온 딸내미가 강냉이를 찾았는데 승리에 도취한 나머지 약간의 '조롱'을 날리다 화난 딸내미를 달래주기 위해서 결국 제발 강냉이를 먹어달라고 애원해야만 했다.

02 유고의 시작

월드컵으로 온 나라가 떠들썩하던 2002년 5월 말의 어느 이른 아침. 나는 아내와 함께 출근 중이었다. 이제 10분 뒤면 직장에 도착할 그때, 운전석 옆에 둔 휴대 전화의 벨이 요란하게 울렸다. 일상적인 용무 때문에 전화 오기는 어려운 시간이라 무딘 나도 굉장히 꺼림칙해서 갓길에 차를 세우고 전화를 받았다. 여동생이었다.

"오빠, 엄마가 쓰러지셨어. 119 불러서 병원에 가고 있어."

수화기 너머로 들리는 높고 날카롭고 황망한 여동생의 목소리. 홀로 농사를 짓던 어머니가 쓰러졌다.

그로부터 지금까지, 병원과 병원 사이를 전전하는 어머니의 긴 외출은 아직도 끝나지 않았다.

03 어머니와 개

　요즘 아이들의 이해하지 못할 언어 습관 중 하나가 '매우', '굉장히'의 뜻으로 '개'라는 접두어를 사용하는 일이다. 가령 '개맛있다', '개짜증 난다' 식이다.

　2002년 어머니가 인적이 드문 들판에서 뇌졸중으로 쓰러졌을 때 어머니를 구한 사람은 내가 아니었다. 어머니와 하루를 꼬박 함께 보내던 조그마한 잡종견이었다. 어머니가 쓰러졌을 때 그 개는 어머니 주위를 돌면서 맹렬히 짖어댔고 덕분에 동네 주민들이 어머니를 발견했다.

　그 개가 없었다면 어머니는 아마 세상을 떠난 뒤에야 발견되었을지 모른다. 그래서 나는 고마운 마음이 들어 개고기를 먹지 않는다. 내 장서표에 그 개에 대한 고마움의 표시로 조그마한 개 모양의 그림도 그려 넣었지만, 그날 이후로 어머니를 다시 보지 못한 그 고마운 개를 생각하면 가슴이 쓰라린다.

04 나의 어머니

진주 강씨, 숙 자 이 자 쓰는 나의 어머니는 1937년 경북 상주시 청리면 삼계리에서 태어났다. 과수원집에서 외동딸로 태어나 오빠들의 귀여움을 많이 받았고, 오밀조밀 모여 살던 친척의 형제자매들 사이에서 남부럽지 않은 어린 시절을 보냈다. 외할아버지는 그 시대의 모든 아버지가 그랬듯 매우 가부장적인 가장이었고, 외할머니는 손이 빠르고 민첩하여 집안 살림을 빈틈없이 꾸린 분이었다. 어머니는 겨우 미성년을 벗어나자마자 아버지에게 시집을 왔다. 옛날이라면 어린아이를 업고도 너끈히 다녀올 수 있는 인근 면인 상주시 공성면 인창리에서 벼농사를 주로 짓는 함양 박씨 가문의 장남이 바로 아버지였다.

아버지는 원래 장남이 아니었다. 4형제 중 둘째로 태어났는데, 아버지의 형님인 나의 큰아버지가 한국 전쟁 때 전사했다. 아버지는 공직 생활을 그만두고 장남으로서 고향을 지키며 농사를 짓게 되었고 어머니도 농부의 아내가 되었으며 나는 농부의 자식이 되었다. 농부의 체질이 따로 있을 리 없겠지만 아버지는 농사를 짓기에는 너무 허약했다. 아버지에게도 어머니에게도 매우 불행한 일이었다.

1980년대 초반 내가 초등학교를 다니던 시절, 아버지는 대구의 파티마병원에서 큰 병으로 사경을 헤맸다. 의료 보험도 간병인도 없던 시절, 어머니의 고충은 상상을 초월했을 터였다. 병원 관계자의 말이 파티마병원이 생긴 이후로 그토록 위독했던 환자가 살아서 퇴원한 것은 처음이라고 했으니, 환자뿐만 아니라 간병을 했던 어머니와 누님의 고생은 상상조차 하기 어렵다. 유일한 아들이었던 내가 당시 한 일이라고는 중환자실에 입원한 아버지를 찾아갔다가 병원 냄새 때문에 토한 것뿐이었다. 그러나 누님은 아버지를 헌신적으로 간병해 주위에서 효녀라는 칭찬을 받았다.

기적적으로 소생한 아버지는 술은 끊었는데 담배는 끊지 못했다. 어머니가 아버지의 건강을 염려해 음식을 싱겁게 만들면 아버지는 "이렇게 음식을 만들면 더 짜게 먹을 거야"라고 했고, 담배를 끊으라고 타박하면 "내가 살면 얼마나 산다고"라고 했다.

그래서였을까. 겨우 건강을 회복했던 아버지는 내가 고3 때인 1986년에 다시 뇌출혈로 쓰러졌다. 아버지가 병원으로 실려 간 날에도 가축을 돌보느라 어머니는 집에 있어야 했다. 쇠죽을 끓이는 아궁이 앞에서 아버지가 아파도 농기계를 사고, 남의 손을 빌리면 농사지을 수 있다며 스스로 위로했지만 그 이후의 농사일은 그리 녹록치 않았다. 아니, 매우 힘겹고 고통스러웠다.

퇴원했으나 이제 지팡이에 의존해 간신히 몇 발자국 옮기는 기력만 남은 아버지를 대신해 어머니는 혼자서 농사일을 해야 했다. 물론 자식들이 도와는 준다지만 그것은 어디까지나 도와주는 것에 지나지 않았다. 1988년 크리스마스를 이틀 앞둔 겨울날, 나는 아버지에게 큰절을 하고 입대했다. 당시 아버지는 병환 탓으로 누워서 생활했기에 그런 아버지 앞에서 큰절을 해야 했다. 이에 대해서는 훗날 첫 휴가를 받아 고향 집에 갔을 때 여동생이 한마디 한 적이 있다. 원래 아파서 누워 있는 어른에게는 큰절을 하지 않는 거라고. 여동생도 알고 있던 터부를 아버지가 몰랐을 리 없건만 아버지는 누워서 큰절을 받았다. 여동생의 말을 듣고 나니 그때 아버지가 조금 당황스럽고 속상하지는 않았을까 하는 생각이 들었다.

인사를 하고 집 밖을 나서는데 아버지는 당연하고 어머니조차 동구 밖에 나와 보지 않았다. 나의 입대가 그만큼 두 분 모두에게 애절히 느껴졌기 때문일 터다. 텔레비전에서 군인들이 출연하는 프로그램이 나올 때마다 아버지는 눈물을 보였다고 한다. 그러나 제대를 몇 달 앞둔 1991년 겨울, 아버지가 위독하다는 연락을 받고 거의 온종일 걸려 고향 집에 겨우 도착했다. 그러나 아버지는 이미 이 세상 분이 아니었다. 평소에 그토록 눈을 감고 잠을 많이 자던 아버지가 마지막에는 눈을 감지 못했다.

그때부터였다. 어머니는 어느 이른 아침, 뇌졸중으로 들판에서 쓰러질 때까지 고생스럽게 혼자서 농사를 지어야 했다.

05 노부부의 사랑

　책에서 읽은 내용인데, 남자는 일곱 살 정도 연상의 여인과 결혼하는 것이 사회적으로 바람직하단다. 일반적으로 여자가 남자보다 7년쯤 더 오래 산다는 것을 감안하면 부부가 거의 비슷한 시기에 세상을 떠난다는 이유에서다. 아무리 여성 상위 시대니 뭐니 해도 보통 여자는 남자보다 더 희생하는 삶을 살아간다. 그러니 노년마저 병든 남편을 간병하는 희생은 나도 못마땅하다. 그런데 어머니가 쓰러진 이후로 대략 12년간 다양한 의료 기관을 순례하면서 깨달은 의외의 사실은, 장기간의 간병을 헌신적으로 하는 경우는 대개 아내가 아닌 남편이라는 점. 단기간은 모르겠으나 장기간의 간병은 체력이 필요하므로 남자가 더 적합하다고 생각한다. 한평생 남편과 자식들을 위해서 헌신한 아내는 자식이나 남의 식구보다는 남편의 보살핌과 간병을 받는 쪽이 더 바람직하지 않겠는가.

　어머니와 같은 요양원에 입소 중인 한 할머니의 남편은 산 중턱에 위치한 요양원으로 매일 아내를 찾아왔다. 그것도 자동차가 아닌 자전거를 이용해서. 요양원에는 간병사도 있고 간호사도 있지만 그는 자신의 아내를 돌보기 위해 매일 정장 차림으로 왔다. 산 중턱의 요양원으로 오는 여정 중 무려 8킬로미터 정도는 오르막이라서 자전거를 끌고 와야 했는데, 무더운 날씨나 매섭게 눈보라 치는 날의 고통은 이루 말할 수 없었으리라. 그렇게 어렵사리 아내를 찾아오면, 혼자서는 거동도 못 하는 아내가 그 옛날 출근하는 남편의 옷매무새를 만져주었던 것처럼 산속으로 자신을 찾아온 남편의 옷깃을 바로잡았다. 한평생을 함께한 부부라면 적어도 이 정도의 '의리'는 있어야 한다고 본다. 이 광경이 몹시 아름다워서 사진으로 남겼는데 몇 년 후 할머니는 먼저 세상을 떠났다.

06 칭찬은 고래도 춤추게 한다

부모님은 나를 귀하게만 여기셨지 칭찬에는 인색하셨다. 그렇다고 모든 집안 어른들이 다 그런 것은 아니었다. 가령 나의 작은할아버지들은 어떻게 칭찬을 하면 사람을 반쯤 미치도록 부지런하게 만들 수 있는지 아는 분들이었다. 두 분의 작은할아버지와 함께 선산에 벌목을 하러 갔었다. 사람은 셋인데 연장은 톱과 낫 각각 한 자루뿐이었다. 그 사실 하나만으로 나의 고난은 예견되어 있었다.

작은할아버지들은 퇴직 교사로서, 최소 40년 동안 아이들을 지도하고 다뤄본 경험을 보유한 노회한 분들이었고 나는 힘없는 무지렁이일 뿐이었다. 당신들이 가진 무기는 오직 "균호야 잘한다!", "옳지", "야, 우리 장손 잘한다", "속이 다 시원하다"의 몇 마디 말뿐이었다. 그런데도 당신들은 장조카라는 장기판의 '졸' 하나만을 이용해 강호의 무시무시한 적들을 모두 소탕하는 전과를 올렸다. 작은할아버지들은 오직 나이가 어리다는 장점만 있을 뿐 비실비실한 장조카를 어떻게 하면 효과적으로 활용해서 좀 더 많이 벌목할 수 있는지만 고심한 것 같았다.

절묘하고, 기막힌 타이밍에 나오는 칭찬 몇 마디에 이성을 잃고 신들린 듯 톱과 낫을 휘두른 결과 어두컴컴할 때쯤 되자 마치 포클레인이 지나간 듯 눈앞의 시야가 탁 트였다. 그 벌목 작업을 오직 나 혼자 해낸 것이다. 도저히 믿기지 않는 성과였다. 하루 종일 두 분의 작은 할아버지가 한 일은 양지에 쪼그리고 앉아서 나에게 칭찬을 던진 것뿐이었다. 아! 그러고 보니 지루해지면 가끔 담배도 태웠다.

아내는 그분들과는 조금 다른 방식으로 나를 칭찬한다. 그렇다고 절대 칭찬을 남발하지는 않는다. 내가 대외적으로 한 일 중에 가장 최근 칭찬받은 일은 7년 전쯤 무슨 체육 대회에 나가 다섯 명이 달린 달리기에서 1등을 했을 때였다. 아마도 내가 꼴찌를 해서 자신의 명예를 실추하지는 않을까 노심초사했는데 히로뽕도 맞지 않은 내가 예상을 뒤엎고 1등으로 골인하자 감격한 눈치였다.

그러나 아내는 역시 노련하다. 순간의 감격으로 필요 이상의 칭찬을 함으로써 자신의 칭찬 가치를 떨어뜨리는 실수를 하지 않았다. 이 일에 대한 칭찬은 얼마 뒤 처가에서 딸아이에게 아빠의 빛나는 공로를 나지막이 말하는 형식으로 이루어졌는데, 그 옆엔 나와 처가 식구들 모두가 있었다.

말하자면 아내의 칭찬은 효과가 정점일 때만 하는 '고급화' 전략인 셈이다. 서재만 해도 그렇다. 1년에 한 번쯤 서재로 순시를 오는데 올 때마다 읽을 책이 없단다. 그렇다고 아주 절망감을 주지도 않는다. 슬쩍 한 권 꺼내 감으로써 나로 하여금 더욱 정진해 읽을 만한 책을 많이 모으리라는 다짐을 하게 한다.

급기야 나는 책을 고를 때마다 이 책은 아내의 취향에 맞을지 생각하며 종종 체크 리스트를 확인하기도 한다. 책 이야기가 나와서 하는 말인데 2011년에 나온 나의 첫 책《오래된 새 책》은 주요 일간지, 심지어 공중파에서도 기사와 인터뷰를 실어주었다. 어찌하다 보니 초판이 모두 팔렸고 내가 그 소식을 조심스레 아내에게 전하자 아내의 말은 이랬다.

"와! 당신 책을 돈 주고 사 보는 사람이 있단 말이야? 그 저작권, 딸내미한테도 전해지는 거지?"

이 말의 피상적 내용은 비웃음이었지만 실은 따뜻하고 격려로 들리는 어감의 칭찬이었다. 묘하게 더욱 정진해야겠다는 다짐을 하게 됐다. 말하자면 할아버지들의 칭찬은 사정없이 몰아쳐서 사람의 혼을 빼앗는 폭풍우라면, 아내의 그것은 별것 아닌데 묘하게 긴장하게 되는 가랑비와 같다.

요즘은 믹스 커피를 끊겠다고 더치커피를 마시고 있는데, 역시 나의 관심사 중 하나는 더치커피가 '아내의 입맛에는 어떤가?'였다. 먼저 맛을 보게 했는데 가타부타 말이 없었다. 그러려니 하고 구매한 두 병을 모두 직장의 냉장고에 두고 조금씩 마시고 있었다. 그러던 어느 날 퇴근 무렵 아내에게서 연락이 왔다. 두 병 중에서 한 병을 집으로 좀 가져오란다. 감격했다. 오로지 내 손으로 산 물건을 아내가 마음에 들어 한 적이 하도 오래되어 기억이 가물가물할 정도였으니.

혹시 집에 가면서 아내가 가져오라는 더치커피를 잊어버리고 갈까 봐 책상 위에 '커피 가져갈 것'이라고 쓴 큰 메모지를 붙이고서야 안심하고 남은 업무를 볼 수 있었다.

07 양말

지난 주말 한 모임에 참석했다. 대낮인데도 환하지 않은 공간이었다. 나는 사람들과 선 채로 이야기를 주고받았다. 그러다 내 오른쪽에 서 있던 친구가 내 양말이 야하다고 너스레를 떨었다. 과연 내려다보니 내가 한 달 전 여름을 대비해 열 켤레들이 한 묶음으로 산 저렴한 양말이 보였다. 그 양말에 매료된 이유는 간단한데, 발등 부분이 아주 얇아 무더운 날씨에 빛을 발하기 때문이었다. 면이 얇다 보니 발등이 훤하게 보여서 친구 녀석이 야하다고 한 모양이었다. 나는 "너희가 촌에 살아서 잘 모르지? 이게 말이야, 그 요즘 유행하는 시스루 양말이란 거야. 알겠어?"라고 자랑했다. 그런데 왼쪽에 있는 녀석이 "그래? 근데 난 발등이 안 보이는데?"란다. 과연 내려다보니 이상하게 발등이 안 보였다. 왼쪽이 더 어두운 지점이라서 그런가 싶어 오른쪽 발을 친구에게 들이댔다. 그제야 그 친구도 나의 야심작 시스루 양말의 위엄에 감탄했다.

한창 발등을 들여다보고 있는데 한 친구가 뒤늦게 뛰어왔다. 그 친구는 늦었을 뿐 아니라 방금 전까지 들판에서 농약을 치다가 온 행색이었다. 게다가 맨발이 아닌가. 나는 그에게 이런 점잖은 모임에 참석하면서 갖추어야 할 옷차림 그리고 양말 착용의 중요성을 설파하면서 신랄하게 그를 비판했다. 조선 시대 양반들은 아무리 날씨가 무더워도 학문을 논하거나 벗과 교류할 때는 반드시 의관을 정제했다는 역사적 사실도 인식시켰다. 나의 호된 지적을 받은 그 친구는 머리를 긁적이며 자신의 부주의한 복장을 사과했다. 물론 나는 '네가 내 친구고 아껴서 한 쓴소리'였으니 마음에 담아두지 말라고 위로하는 것도 잊지 않았다.

식사를 마치고 바람을 쐬러 밖에 나왔는데 제법 운치 있게 지은 정자가 보였다. 짧아서 볼품은 없지만 다리를 쭉 뻗고 시원한 평상에 앉았다. 친구들과 이런저런 이야기를 하면서 줄곧 만지작거리던 전경린의 소설《내 생에 꼭 하루뿐일 특별한 날》을 가방에 넣으려다 별 신경을 안 쓰던 나의 시스루 양말을 주시하게 되었다. 그제야 알았다. 시스루 양말은 오른쪽 발에만 신었고 왼쪽 발에는 비(非)시스루 양말을 신었던 것이다. 더구나 양쪽 색깔도 확연히 달랐다. 시선을 다른 곳으로 재빨리 돌리고 짧은 다리를 조용히 내 몸통으로 불러들였다.

무사히 집에 돌아왔는데 아내는 "다 큰 어른이 뭔 놈의 과자를 가방에 넣고 다니냐?"라고 타박할 뿐 양말의 불화는 눈치채지 못했다. 욕실 앞에서 양말을 벗고 있자니 아내가 며칠 전 "심지어 양말 색깔까지 다르게 신고 다닐 때가 있다"라고 훈계했던 것이 귀에 웽웽거리고, 행방이 묘연해져 짝이 맞지 않을 것이 분명한 나머지 양말들의 처리가 고심되기는 했지만 일단은 빨래 바구니에 넣긴 했다.

ⓞ⑧ 쥐 잡기

　지역의 한 모임에서 우연찮게 한 학생이 쌀집 아저씨의 딸인 걸 알았다. 나도 그 아이도 이 동네 근처에서 나고 자란 처지라 별생각 없이 이야기를 주고받다가 "혹시 너희 집이 기차 역 앞 옥수식당 옆 쌀가게가 아니니?"라고 물었다. 놀랍게도 그 가게가 맞단다.

　딱 30년 전 고등학교 1학년 겨울 때 내 절친한 친구가 "이번 겨울에 너 쥐 몇 마리 잡을 거냐?"라고 묻기에 "안 그래도 아버지가 쥐를 좀 잡으라고 해서 쥐덫도 두고, 쥐약도 좀 놓을까 생각 중이다"라고 대답했더니 그 쥐가 그 쥐가 아니란다. 내 친구가 말하는 쥐는 어떤 정치인과 닮았다는 그 쥐가 아니고 가을에 수확한 벼를 자기 집에서 훔쳐내는 일을 말한다. 그러면서 친구는 어떻게 아직 그걸 몰랐냐고 타박했다. 그러게 말이다. 진작 그런 신세계가 있는 줄 알았다면 나도 잡았을 텐데 왜 다른 친구들은 다 아는 걸 나만 몰랐을까? 지나간 것은 지나간 것이고 친구에게 나도 너처럼 쥐를 잡을 테니 서로 공조하자고 다짐했다. 나는 친구에게 처음 하는 것이니만큼 일단 두 마리만 잡겠다고 했는데, 그 친군 나보다 스케일이 크고 동네 할머니들한테 여기저기 푼돈을 빌린 것도 있고 해서 무려 일곱 마리나 잡겠다고 했다.

드디어 디데이가 왔다. 그날은 달이 참 밝고 고요했다. 거사를 앞
둔 우리에게 달 밝은 밤의 운치 따위가 눈에 들어올 리 없었고, 다만
너무 어둡지는 않아서 거사를 치르는 데 도움이 되겠다는 생각은 했
다. 우리는 낯선 내 친구를 경계할지도 모르는 우리 집 개를 위해 미
리 오징어를 준비하는 치밀함을 갖췄던 터라 쥐 잡는 일 역시 계획한
바에 따라 아주 정확하게 이뤄졌다. 내 친구는 우리 집 벼 창고의 창
아래서 등을 대고 기다렸고, 나는 창문 밖 친구의 등 위로 벼 가마를
밀었다.

힘센 내 친구가 벼를 지고 손수레에 실었다. 친구의 집에서도 같은
방법을 이용해 성공적으로 거사를 마쳤다. 그러나 한밤중에 쌀가게
에 갈 수는 없으니 우린 동네 앞 넓은 논에 벼 가마를 숨겨두기로 했
다. 당시엔 논에서 타작을 했는데, 수북하게 쌓인 볏잎을 비롯한 찌
꺼기 더미 안에 총 아홉 가마를 숨겨두었다.

주말이 되었고 우린 그 친구 집의 경운기를 이용해서 면 소재지의
쌀가게에 벼를 내다 팔기로 했다. 그러나 톱니바퀴처럼 착착 아귀가
맞아들어가던 우리의 프로젝트에 작은 걸림돌이 생겼다. 친구의 어
머니가 꿈자리가 좋지 않다며 경운기 운전을 허락하지 않았던 것이
다. 하기야 농사일을 하는 것도 아닌데 일요일에 경운기를 몰고 가겠
다는 게 명분이 부족하긴 했다.

그런데 놀라운 일이 일어났다. 대박 꿈에 부풀었던 친구가 실망감
과 좌절감이 너무 큰 나머지 울음을 터트리는 게 아닌가? 시커먼 남

자 놈의 눈물에 순간 당황한 친구 어머니가 마지못해 허락했고, 나는 친구의 울음 투혼에 감동한 나머지 "운전은 내가 한다"라고 선언하고 우리의 보물을 숨겨둔 논을 거쳐서 면 소재지로 나갔다. 찬란히 내리쬐는 햇볕은 우리의 성공을 축하하는 듯했다.

그러나 난관은 여전히 남아 있었다. 누가 봐도 장물임이 분명한데 쌀가게 아저씨가 매입해줄까 하는 문제였다. 우리는 면 소재지에 있는 쌀가게 서너 곳 중 왠지 '느낌이 좋은' 기차역 앞 쌀가게로 향했다. 일요일 이른 아침에 문을 두드리는 우리를 쌀가게 아저씨는 뜨악한 표정으로 맞이했다. 조금은 떨리는 목소리로 '거래'하러 왔다고 하자 아저씨는 물건을 보자 했다. 물건은 만족스러운 듯했다. 그럴 만도 하다. 우리 집 논은 옥답이었고, 부모님의 꼼꼼함이 배인 최상급 벼였으니까. 쌀집 아저씨는 우리를 힐끗 보더니 이렇게 말한다.

"너희 이거 쥐 잡은 거지?"

어쩌겠는가? 그렇다고 했다. 다행히 쌀집 아저씨는 우리의 물건을 매입했다. 고객의 개인 정보와 비밀을 철저히 보호해주는 분이었다. 소매가가 대략 2만 1,000원인데 우린 1만 7,000원에 팔았다. 우린 쥐를 판 돈을 쥐고 당장 이웃한 맞춤 옷가게로 직행했다. 시대의 댄디보이답게 나는 뒷주머니에 단추가 네 개나 달린 1만 2,000원짜리 푸른색 바지와 푸른 줄무늬가 영롱한 빛을 발하는 8,000원짜리 셔츠를 맞춰 입었다.

기차역 앞 쌀가게 딸인 그 학생에게 "혹시 열쇠가 자그마하시고, 눈 밑에 큰 점이 있으며, 얼굴이 발그스레한 분이 너희 할아버지 아니시니?"라고 물었더니 눈이 동그래지며 아저씨가 우리 할아버지를 어떻게 아냐고 되묻는다. 그래서 "허허 이 녀석아! 여기가 내 고향인 걸 잊었느냐? 고향의 어르신들을 내가 대충 다 알지"라고 대답했다. 그리고 할아버지의 안부를 묻고는 "오래오래 사셨으면 좋겠다"라는 덕담도 잊지 않았다. 물론 할아버지와 나와의 과거사에 대해서는 입도 뻥긋하지 않았다. 그나저나 부모님께 참 죄송하다.

ⓞ⑨ 상엿소리꾼 김 아무개 일대기

내 친구의 부친인 김 아무개 씨는 소작농의 자식으로서 온갖 고생은 다 겪었다. 김 아무개 씨의 부친은 마을에서 처음으로 단발령을 받아들여 상투 대신 성인 남자의 보편적인 헤어스타일인 하이칼라를 선보일 정도로 신문명에 관심이 많았지만 타고난 가난은 어쩌지 못하고 김 아무개 씨에게 가난을 대물림했다.

김 아무개 씨는 정규 교육은 거의 못 받고 온갖 농사일에 시달렸는데 마을의 대소사에도 일찍이 부친 대신 동원되었다. 그가 가장 힘겨워한 일은 상여 매기였다. 어렸던 그는 어른들과 키가 맞지 않아서 어떨 땐 상여를 지탱하는 끈이 허공으로 다녔고, 또 어떨 땐 상여의 무게가 그의 얄팍한 어깨로 집중되어 몸이 땅으로 꺼질 것만 같았다.

그런데 그의 눈에 신세계가 보이기 시작했다. 상여를 끈으로 매고 온몸으로 버텨야 하는 상여꾼을 비웃기라도 하듯 상엿소리꾼은 맨몸으로 설렁설렁 걷기만 할 뿐 그 어떤 힘도 쓰지 않는 것이었다. 상엿소리라는 것이 두고두고 쓰지, 변하거나 망자에 따라서 다르게 할 필요가 없으니 한 번만 익혀서 소리꾼이 된다면 평생 편하게 상을 치를 수 있을 것 같았다. 더구나 흥이 나면 상여에 올라타고 가는 호사를 누릴 수 있을뿐더러, 어느 순간 상여를 멈추게 하고 상주들로부터 절을 받거나 망자의 노잣돈이라는 핑계로 돈을 뜯어내는 것 역시 소리꾼의 몫이었다. 이를 본 김 아무개 씨는 소리꾼이 되어야겠다고 결심하고 상엿소리를 배우려고 했지만 그 동네의 소리꾼은 그가 자신의 라이벌이라고 생각했는지 가르쳐달라는 소리는 가르쳐주지 않고 버럭 화만 내면서 김 아무개 씨를 쫓아낼 뿐이었다.

김 아무개 씨는 잠시 낙심했지만 다른 동네에도 소리꾼이 있겠다 싶어서 무작정 길을 나섰다. 인근의 여러 마을을 헤맨 끝에 그는 마침내 소리를 가르쳐주겠다는 스승을 만났다. 그렇지 않아도 궁색한 살림에서 훔친 콩 두어 되로 수업료를 지불해가며 그는 상엿소리를 배울 수 있었다.

본래 목청이 좋고 상엿소리에 대한 동기 부여가 남달랐던 김 아무개 씨는 곧 상여꾼과 상주 들을 애달프게 할 수 있는 다양한 레퍼토리의 상엿소리를 갖추게 되었다. 김 아무개 씨가 특별히 바라던 바는 아니었지만, 수십 년간 상엿소리꾼 노릇을 한 할배가 바람을 맞아서 유명을 달리했고 김 아무개 씨는 냉큼 그 자리를 차지했다. 인근에서 최연소 상엿소리꾼에 취임한 그는 그로부터 근 50년간 무수한 망자를 구성진 목소리로 달래 저승길로 데려다주었다.

그 무수한 망자 중에는 나의 조부모와 아버지도 포함되었다. 그의 상엿소리는 마치 망자 자신이 이 세상을 떠날 때 읊는 신세 한탄과도 같았다. 그는 나의 할아버지가 되었다가 할머니가 되었고 아버지 목소리를 마지막으로 들려주기도 했다.

김 아무개 씨는 무수한 망자를 음택으로 인도했다. 가는 사람이 있으면 나는 사람도 있는 법인데 마을에서는 점점 아이 우는 소리가 들리지 않게 되었고, 그가 마침내 유명을 달리했을 때 그의 상여를 든 이들은 자기 몸조차 가누기 힘겨워 보이는 열댓 명의 노인들이었다. 문상을 온 김 아무개 씨의 아들 친구들이 대신 상여꾼이 되어주고 싶은 충동이 일 정도였다.

장지는 김 아무개 씨의 집에서 멀지 않은 나지막한 산 아래였다. 불행하게도 김 아무개 씨가 반백 년 동안 상엿소리꾼 노릇을 할 때 그 자리를 탐내는 젊은이가 전혀 없었고, 김 아무개 씨의 아들은 갑작스러운 부친의 죽음에 타동네에서 소리꾼을 초빙할 여유가 없었다.

김 아무개 씨가 망자들과 함께 거닌 마을 골목골목을 거쳐서 마침내 장지에 이르기까지 그의 저승길을 위로한 것은 상여 귀퉁이에 매달린 일제 카세트에서 흘러나오는 녹음 소리였다.

10 말다툼과 간식

어느 날, 아내가 나를 아이 취급을 해 조금 짜증을 냈다. 물론 나를 걱정해서라는 걸 알지만, 그래도 내가 엄연한 이 집안의 가장임을 간혹 잊는 듯해 그 사실을 상기도 해줄 겸 내 감정을 표현해봤을 뿐이었다.

그런데 그 일로 아내가 대노한 바람에 집안 분위기가 예사롭지 않았다. 퇴근해서 서재에서 잠시 쉬고 있었는데 그들이 나를 부르지도 않고 자기들끼리만 저녁을 맛나게 먹는 소리가 들렸다. 분노 게이지가 약간 상승했으나 나에게도 김밥천국이라는 훌륭한 대안이 있었으므로 금방 안정을 되찾았다. 김밥천국의 화려한 메뉴를 떠올리면서 술꾼이 술맛을 위해 배를 비우듯, 나의 굶주림을 애써 즐기기로 했다.

그러나 느긋하게 자리를 비우기에는 삼성과 SK의 야구 경기가 너무 급박히 돌아갔다. 더구나 그들은 밥을 먹고 이제 배스킨라빈스 31을 정답게 나눠 먹는 소리를 흘림으로써 나의 굶주림을 통제하기 어려운 수준으로 몰고 갔다.

죽으란 법은 없는지 그네들이 외출하는 기척이 감지되었다. 그들이 나가자마자 전광석화같이 주방으로 달려갔다. 아뿔싸! 표시 안 나게 배를 채울 만한 음식이 보이지 않았다. 굶주림은 채우되 나의 금쪽 같은 자존심이 상해서는 안 되는데 이걸 어떻게 해야 하나! 머릿속이 하얘졌다. 체념하고 돌아서려는 찰나, 밥솥 옆에 그릇이 하나 보였다 (아니, 그걸 보지 말았어야 했다). 그 그릇은 그들이 저녁으로 비빔밥을 만들어 먹고서 내 몫으로 남겨둔 음식인 듯했다. 또 생각이 오만 가지로 뻗어갔다. 저 밥을 냉큼 먹으면 내가 자기들이 외출한 틈을 타 몰래 나와 밥을 먹었다는 사실을 공표하는 것이나 다름없었다. 자존심도 자존심이지만 이 정도면 굴욕에 가깝다. 쥐덫 안에 든 맛난 고구마를 먹을까 말까 고민하는 쥐 생각도 나는 것이 영 개운치가 않았다.

그렇다고 먹지 않자니, 이 싸늘한 분위기가 장기화되는 것도 두려웠다. 더구나 나도 배스킨라빈스 31의 아이스크림을 맘껏 먹고 싶고, 이 칙칙한 서재에서 저 거실의 넓은 광야로 나가고 싶었다. 명분과 실리를 두고 오래 고민하지는 않았다. 역시 배가 몹시 고팠다. 일단 비빔밥을 먹기로 결정했다. 밥을 먹고 나니 아, 이번에는 깨끗이 씻어놓은 포도의 자태가 나를 유혹했다. 포도도 먹기로 했다. 단 굶주림에 굴복해서 자존심을 버린 채 허겁지겁 먹었다는 인상을 줄 만큼의 양이 아닌, 지극히 정상적인 양의 식사를 했다고 보이게끔 적정량을 덜어 먹었다.

설거지를 하고 나니 교양인답게 후식으로 아이스크림 정도는 먹어야 하지 않겠느냐는 생각이 들었다. 냉장고를 열자마자 그들은 아이스크림을 남겨줄 만큼의 자비심은 없다는 사실을 깨달았다. 교양인의 식사 프로세스를 지키지 못했지만 어쩌겠는가? 그들과 주방에서 만나는 최악의 상황을 면하기 위해서 나의 본거지 서재로 총총히 물러났다.

정확히 3분 뒤 그들이 요란한 소리를 내면서 집으로 돌아왔다. 아이스크림이 냉장고에 없길 천만다행이었다. 그렇지 않았다면 자제심이 턱없이 부족한 나는 커다란 아이스크림 통을 안고 입에 묻혀가며 허겁지겁 먹는 현장을 들킬 운명이었다.

11 잠옷

오늘만 벌써 딸아이를 세 번째 픽업하러 가야 했다. 옷을 몇 번째 갈아입는지 모르겠다. 잠옷, 외출복을 거듭해서 갈아입었다. 옷을 갈아입는 것에 대한 귀차니즘이 순간 치밀어 올랐는데, 그 순간 나는 쿨한 일탈을 해보기로 결심했다. 잠옷을 그냥 입고 나가기로 한 것이다. 내가 이런 과감한 결정을 한 데에는 나름의 이유가 있었다.

첫째, 어둑어둑해지는 시간이라 다른 사람의 눈에 띌 확률이 현저히 적다.

둘째, 우리 동네에 자리한 대학 기숙사에 서식하는 여대생들은 나보다 더 야한 잠옷을 아주 거리낌 없이 입고 다니며, 시골에 가면 노인네들이 밖에서도 하얀 러닝셔츠를 자연스럽게 입고 다니는 모습을 봐서는 이러한 잠옷이 '사회적 통념'에서 크게 벗어나지 않는다.

셋째, 우리 집은 1층이기 때문에 상대적으로 이웃을 만나지 않고 나다닐 수 있는 천혜의 지리적 요건을 갖췄다. 더구나 나에겐 선견지명이 있어 지하 주차장이 아닌 아파트 출입구 근처에 차를 주차해놓기까지 했다.

넷째, 나의 잠옷은 주머니도 달려서 캐주얼한 운동복이라고 주장할 수 있다.

꼼꼼하게 외부 상황을 파악한 다음 대문을 나섰다. 물론 대문을 열고 대뜸 튀어 나가는 어리석은 짓은 하지 않았다. 고개만 살짝 뺀 뒤 주위를 다시 한 번 둘러보는 꼼꼼함을 먼저 발휘했다. 성공적으로 차 앞까지 진출했고 서둘러 차에 올라타려는데, 아…… 다른 요인들을 검토하느라 '차 키'를 두고 왔음을 깨달았다.

차 뒤에 숨어서 아내에게 전화를 걸어 심부름을 시키면 좋겠는데 아쉽게도 전화기 역시 집에 두고 왔다. 딸내미가 도서관에서 기다리고 있으니 빨리 가라는 아내의 명령이 귓가에 울리는 듯했다. 선택의 여지가 없었다. 아파트 입구로 내달렸다. 입구에 도달하기 직전 "까르르" 소리가 들려 반사적으로 고개를 돌렸더니 딸내미 친구들이 한 무더기 걸어오는 모습이 보였다. 나는 그들에게 인사할 틈도 주지 않고 우리 집 현관까지 내달았다. 아직 성장이 완전하지 않은 아이들이니 시력도 성숙해지기 전일 터이므로 날 못 알아봤을 확률이 컸다.

현관 앞에는 앞집 할아버지가 휠체어에 앉아 병원 갈 채비를 하는 듯했다. 연로한 할아버지는 내가 입은 옷을 운동복으로 생각하지 않을까? 급하게 집 현관의 비밀번호를 눌렀지만 맘이 급해서인지 자꾸 잘못 눌러졌다.

급할수록 돌아가라고 했다. 천천히 꼼꼼히 숫자 하나하나를 누르는데 등 뒤에서 상냥한 인사 소리가 들렸다. 등골이 오싹해졌다. 이렇게 된 이상 그나마 안면이 있어 인사를 주고받는 스튜어디스 출신의 3층 아주머니만 아니길 바랐다. 그러한 바람을 안고 부득불 포커의 마지막 카드를 빼듯이 아주 느리게 고개를 조금씩 돌렸다. 오늘따라 유난히 예쁘게 차려입은 그 스튜어디스 출신 아주머니가 해맑은 미소를 보내고 있었다.

　오, 신이시여.

12 책 사냥

헌책 희귀본을 수집하는 재미로 살았던 때의 이야기다. 거의 3년을 찾아 헤매던 희귀본을 손에 넣었다. 감격에 겨워 내게 그 책을 양도한 판매자 A와 이런저런 이야기를 하다가 신영복 선생의 《엽서》 이야기가 나왔다. 《엽서》는 희귀본 수집 업계에서 수집가의 신분증과도 같은 책이다. 그러니까 수집가라는 소리를 들으려면 반드시 갖추어야 할 책이란 뜻이다.

그런데 A는 《엽서》가 반드시 재출간될 것이기 때문에 자신은 그때 구매하지, 절대 절판된 구판을 비싼 값에 사지 않겠단다. 덧붙여서 책이란 게 '텍스트'만 확보해서 읽으면 되는 것이고, 비싼 값에 절판된 판형을 사는 건 어리석은 일이라고도 했다(당시만 해도 전자책이 활성화되기 전이었다). 나 역시 그 의견에 격하게 동의했다. 재출간되었을 때 사서 읽으면 되지, 굳이 비싼 값에 구판을 사지 않겠다고! 우리는 독서의 본질에서 벗어난 그런 저급한 수집 놀이를 하지 않을 것이며, 희귀본이라고 해서 얼토당토않은 비싼 가격에 사지도 않을 터였기에 오직 책만 열심히 읽겠다는 서로의 신념을 치하했다.

그런데 공교롭게도 며칠 뒤 개인 간 헌책 거래 사이트의 판매 리스트에 신영복 선생의 《엽서》가 올라왔다. 가격은 대략 7만 원이었던 것으로 기억한다. 생각할 겨를도 없이 손가락이 얽히고설킬 만큼 급하게 예약 댓글을 남겼으나 결국 1순위가 되진 못했다. 물론 그 책을 사겠다고 야밤에 남긴 예약 댓글의 행렬 속에서 A의 이름과 연락처도 발견할 수 있었다. 그는 나보다 좀 더 절박했는지 자정이 되어가는 시간인데도 같은 서울이니 당장 달려가겠다고 써놓았다…….

13 딸과의 저녁 한때

　금요일 저녁을 좋아한다. 아내는 야간 자율 학습 감독을 하느라 늦게 오고, 중학교 2학년 딸내미는 학원에서 8시나 되어야 돌아온다. 그러니 그때까지 거실에서 느긋이 야구를 볼 수 있다. 즐거움을 극대화하기 위해 퇴근길에 재래시장에 들러서 족발을 비롯한 간식거리도 샀다. 야구를 보면서 족발을 먹었고, 후식으로 국산 강냉이를 먹는데 딸내미가 돌아왔다. 나는 제왕답게 아빠의 저녁상을 차리라고 명령했으나 딸내미는 족발까지 먹고 무슨 저녁을 또 먹느냐고 훈계하며 거부했다. 그리고 내가 먹던 강냉이를 빼앗았다. 그러더니 난데없이 할아버지가 어떻게 돌아가셨는지 묻는다. 간단히 설명해주자, 가족의 병력에 대해 이것저것 묻더니 나더러 담배를 끊으란다. 끊지 않으면 집을 나가겠다는 무시무시한 경고를 했다. 일찍이 아내한테도 들어보지 못한 수위 높은 경고였다.

　딸내미가 근처 고등학교에 운동을 가잔다. 일단 거절했는데 결국엔 딸내미가 하는 부탁이니 들어주기로 했다. 더욱이 집을 나서면서 제 엄마한테 전화해 현재의 상황과 내가 시장에서 사 온 품목과 수량 등을 보고했다.

운동하면서 딸내미가 들려준 이야기를 요약하면,

1. 자신의 학교 성적과 교생 선생님 이야기

2. 내 책의 판매 부진 원인과 대책

3. 앞으로는 소설을 써보라는 권유

4. 영어의 관계대명사와 부정사에 대한 강연

5. 스마트폰의 과다 사용으로 인한 사회적인 문제

등이었다.

고등학교 운동장을 열 바퀴나 돌고서야 나는 운동에서 풀려날 수 있었다. 집에 돌아오니 냉장고에서 수박화채를 꺼내주었고 다 먹었더니 샤워를 하란다. 샤워를 하고 나니 어느덧 10시가 넘어 있었다. 숨 돌린 시간도 잠시, 내일 출근해야 하니 이제 그만 잠자리에 들라는 엄명이 떨어졌다.

이젠 확연히 알겠다. 녀석은 내 건강이 염려되어 나를 '운동시킨 것'이었다. 운동을 잘하자 수박화채란 상도 주고. 아내와 함께 귀여운 딸 하나를 키웠는데 벌써 아내 겸 무서운 시어머니 두 명을 모시고 살게 되었다. 서글프고 마음이 좀 그렇다.

14 나의 친절한 가족

아침에 기상했는데 몸이 무겁다. 토요일이지만 번갈아가며 맡는 자습 감독 때문에 출근을 해야 했다. 평소보다 늦은 기상인데도 이상하게 몸이 더 무거웠다. 토요일 출근을 한다는 생각에 편안하게 자지 못하고 중간에 두어 번 깨서 그런 듯했다. 양파 조림과 파인애플(과일을 반찬으로 먹기도 한다)로 아침을 먹고 샤워를 하기 위해 잠시 멍하니 있는데 아내도 일어났다.

일어나자마자 양파 조림과 파인애플로 처량하게 식사하는 남편을 돌볼 생각은 전혀 없고 딸내미를 마치 서방님 부르듯이 몇 번 찾더니 곧 하는 말이 애가 없어졌단다. 난 담배를 끊었으니 나 때문에 가출하지는 않았겠구나 하고 생각 중인데, 곧 도서관에 갔다는 설명이 이어졌다.

아내가 딸아이에게 전화를 걸었다. 역시 전쟁터에 간 남편에게 연락하듯 애잔하고 따뜻하게 서로를 챙기는 모습이 역력했다. 전화를 끊더니 나더러 어디 가느냐고 물었다. 버럭 하면서 "자습 감독하러 가지 않느냐?"라고 대답했는데 아내가 곰곰이 근무 스케줄을 따져보더니 오늘은 내 차례가 아니란다. 아니다! 곰곰이 따져본 게 아니고 사실 이미 어제 내가 일찍 잠자리에 들 때부터 알고 있었다. 자기가 생각했을 때에는 내 차례가 아닌데 일찍 자는 나를 보고서는 혹 다음 날 출근하기 위해서 일찍 잠자리에 드는 건가 생각했는데 역시 자신이 추측이 맞았다고 자랑질이었다. 그래도 괜찮다. 왜 그런 거 있지 않은가? 평일인 줄 알고 출근 준비를 하다가 휴일인 걸 깨달았을 때의 환희. 내가 딱 그랬다.

그 큰 즐거움을 누릴 새도 없이 아내는 준엄한 명령을 내렸다. 도서관에 간 딸내미가 배가 고프다니 나도 도서관에 가서 먹을 것을 챙겨주고 같이 공부도 하고 그러란다. 내가 묵묵부답이자 한 소리 더 해주었다. "어차피 학교 갈 생각으로 일어난 거 아니냐? 도서관이 학교라고 생각해라!"라는 논리. 이상하게 반박을 못 했다.

전날 아침만 해도 그랬다. 아내가 조기를 네 마리 구웠는데 노릇노릇하지 않고 허여멀건한 게 딱 나와 딸내미가 싫어하는 모양새였다. 그래도 우리 둘은 꾸역꾸역 먹었다. 아내는 딸내미더러 남은 두 마리는 학교 다녀와서 먹으라는 준엄한 분부를 내렸고 나는 쾌재를 불렀다. 그런데 퇴근하고 보니 딸내미는 자기가 먹다 남은 볶음밥을 나한테 먹으라고 신신당부할 뿐만 아니라 반찬은 꼭 조기를 먹으란다. "조기는 글쎄?"라고 했더니 '엄마의 성의'를 생각해서 꼭 먹으란다.

그들은 왜 서로를 챙길 때 입으로만 챙기고, 정작 몸을 움직이는 것은 나여야 할까?

어쨌든 아내가 최선을 다해서 준비한 간식거리를 들고 세수도 못한 채 김천 시립도서관으로 향했다.

15 딸아이의 일갈

딸내미가 앞으로 우리 가족은 과일을 줄여야 한다고 선언했다. 본인이 곰곰이 생각해본 결과, 무남독녀인 자기는 부모 공양을 혼자서 해야 하니 지금부터라도 돈을 아껴야 한다는 명분이었다. 딸내미가 그런 생각을 하고 있다는 데 미안해져 위로한답시고 "형제자매가 많다고 꼭 좋은 게 아니야. 사이가 나쁘고 자주 싸우면 차라리 혼자인 게 나아"라고 했더니 대뜸 이런다.

"아빠랑 나랑 매일 싸우지? 그렇다고 아빠가 없어야 되겠어?"

16 딸과 나의 어린 시절

딸아이가 제 엄마랑 무슨 이야기를 하다가 단단히 토라진 모양이었다. 학원을 가는데 태워주겠다고 했더니 거절하고 집을 나섰다. 그래, 녀석은 나를 닮았다. 고등학생 시절 비가 축축이 내리는 일요일에, 뭔지 기억은 안 나는데 부모님에게 뭘 사달라고 했다. 부모님이 사주지 않겠다고 했는지, 좀 더 나중에 사주겠다고 했는지도 기억나지 않으나 그건 중요하지 않다. 두 경우 모두 나는 분명 삐쳤을 테니까.

공부하러 학교에 간답시고 집을 나섰다. 어머니는 밥 먹고 가라 했지만 거절하고 집을 나섰다. 아버지는 아무 말도 하지 않았다.

학교에서 친구를 만났는데 나와 함께 오려고 우리 집에 전화한 모양이었다. 우리 아버지가 전화를 받았고, 다른 말은 없이 이렇게만 말했다고 한다.

"균호는 아침도 안 먹고 학교에 갔다!"

내가 집을 나갈 때 아무 말도 없었지만 밥을 먹고 학교에 가라는 말을 얼마나 하고 싶었으면 내 친구에게 성을 내며 그렇게 말했을까. 우리 딸아이는 나중에 어른이 되어서 오늘 일을 기억이나 할는지 모르겠다.

17 대추나무

　나는 아파트 1층에 산다. 일상적인 불편함보단 편리함이 많아서 대체로 1층살이에 만족한다. 딱 한 가지 불편한 점이라면, 출입구에 막 들어설 때 승강기를 탄 사람이 나를 발견하고는 정지 버튼을 누른 채 기다리는 일이 많다는 점. 그때마다 "저 1층에 살아요"라고 말하거나 신호를 보내야 한다. 고맙기도 하고 미안하기도 한 상황이 늘 애매하다.

　1층살이의 최대 장점은 베란다 앞의 나무와 꽃을 가까이서 볼 수 있다는 점이다. 볕 좋은 날 서재에 앉아서 눈부신 햇빛 아래 조신한 자태를 뽐내는 꽃과 나무를 보고 있노라면 얼마나 고즈넉하고 편안한지.

　그중에서 나는 대추나무를 가장 좋아한다. 여름부터 총총하게 소복이 매달리는 열매가 참 복스럽다. 우리 집에서는 베란다 문을 열고 손만 뻗으면 그 대추를 딸 수 있다. 그래도 따지는 않는다. 남이 볼까 무섭기도 하고, 굳이 딸 이유도 없었다. 나는 나름 대추나무를 아낀다.

　그런데 어느 날, 소파에 누워 자다가 깼는데 대추나무가 심하게 혼

들렸다. 바람이 거세게 부는 줄 알았다. 날씨를 확인하려고 베란다 쪽으로 가보니 대추나무를 흔든 건 바람이 아니고 웬 할머니의 손이었다. 할머니가 나무를 마구 흔들어서 대추를 따고 있었다. 지나가다가 한두 개 따는 것이 아니고 이건 아예 수확 수준이었다. 그 할머니 행동이 이해가 안 되고 화가 났다. 아직 대추는 충분히 여물지도 않았다.

사실 내가 아끼고 애지중지하는 것을 다른 사람이 함부로 다루는 경우가 어디 대추뿐일까? 물론 그 반대 경우도 많다. 일례로 아내와 다퉈서 미울 때 나는 아내를 향한 장인어른과 장모님의 극진한 사랑을 생각해본다. 그러다 보면 내가 그분들의 귀한 딸을 데려다 이게 뭐 하는 짓인가 하는 생각이 든다.

언젠가 드라마에서 '하늘이 준 선물'이었던 딸이 결혼했는데 아이를 못 낳아서 소박맞고 친정에 다시 돌아와 사는 장면을 보았다. 누구에게는 하늘이 준 선물이 어떤 사람에겐 고작 아이 낳는 도구로 취급당한다. 인간만큼 비인간적인 존재가 또 있나 싶다.

누군가를 소모품이나 물건 취급 하는 사람은 참 잔인하다.

18 아내와의 예송 논쟁

아내는 종손인 나와 결혼하기 전까지만 해도 제사나 차례를 지내본 일이 없었다. 이런 자와 예송 논쟁을 벌인다는 것 자체가 어이없었지만, 어쩌겠는가? 어쨌든 아내는 종부이고 시어른이 부재한 상태에서 오로지 혼자서 차례와 제사 준비를 해야 하니 발언권을 인정해 주어야 한다.

그래서 그런지 간혹 아내는 우리 집안의 예법에 대해 아주 날카로운 비판을 한다. 대표적인 것이 추석 때 송편과 함께 먹는 걸쭉한 국을 가리켜 '당신 집안사람들만 먹는 이상한 국'이라고 지칭함으로써 졸지에 우리 집안사람들을 해괴한 음식을 먹는 기인으로 몰아붙인 것이다. 송편을 먹다 보면 좀 느끼해지지 않은가? 그 느끼함을 달래기 위해서 얼큰한 국을 먹는데 그게 왜 이상하단 말인가? 그 국의 조리법이야말로 엄연히 우리 집안사람들의 슬기로운 지혜의 결정체인데 말이다. 어쨌든 아내는 추석 때마다 그 국을 잔뜩 끓여서 대접하고 있으니 1차 예송 논쟁은 나의 승리다.

2차 예송 논쟁은 추석 때 장을 보다가 발생했다. 떡집으로 송편을 사러 가는데 아내가 뜬금없이 조상님 여덟 분 모두에게 각각 송편 그

롯을 올리는 게 '웃기다는' 것이었다. 나는 수백 년간 내려온 우리 집의 전통을 송두리째 부정하는 아내의 만행이 하도 어이가 없어서 허허 웃다가 그럼 다른 집은 대체 어떻게 하느냐고 물었다. 아내의 말인즉 다른 집은 '큰 대접 하나에 담아서 한꺼번에 서빙'한다는 것이었다. 나는 "아니, 조상님이 단체로 탕수육을 시켜 먹는 것도 아닌데 그게 말이 되느냐?"라고 호통쳤다. 나의 분노에 아내는 눈도 깜빡하지 않고 혹시 여덟 분의 조상님이 서로 많이 드시겠다고 싸울까 봐 따로 송편을 대접하느냐는 천인공노할 멘트를 선사했다.

우리 조상님들을 보모가 나눠 주는 간식을 서로 많이 먹겠다고 싸우는 유치원생으로 비유하는 아내의 행태에 이성을 잃은 나는 우리 조상님들은 절대 그럴 분들이 아니라고 항변하는 한편 송편 여덟 그릇은 우리 집안 예법의 하이라이트니 한 치의 착오도 없이 준비하도록 엄명을 내렸다. 2차 예송 논쟁은 승리라기보다는 진압에 가까웠다.

3차 예송 논쟁은 아내의 건망증 때문에 생겼다. 차례에 오르는 으뜸 과일인 대추를 쇼핑 리스트에서 누락했다는 사실을 상을 차릴 때서야 인지한 아내는 우리 집 베란다 앞의 대추나무를 가리켰다. 참고로 이 집에 이사 온 지 12년이 넘었는데 공공재에 대한 양심이 철두철미한 나는 우리 집 베란다를 침투할 기세로 뻗은 나뭇가지의 대추를 단 한 번도 사사로이 취하지 않았다. 그런데 종부인 아내는 나보고 차례에 써야 하니 그 대추를 따란다. 나는 12년간 지켜온 공공재에 대한 양심을 이런 식으로 무너뜨릴 수는 없다고 말했다. 그리고 무엇보다 우리 조상님들께 '훔친' 대추를 바칠 수는 없다고 반박했

116

다. 사실 양심도 양심이려니와 몇 해 전에 설치한 보안 철망의 문을 열 줄 모른다는 것도 중요한 이유였는데 아내는 신 내림을 받은 사람도 아니면서 "당신, 이 문 여는 방법을 여태 모르는 거지?"라며 내 마음을 빤히 들여다보고는 보안 철망을 열어주었다. 그렇다. 공공재를 사랑하는 마음에서 망설였던 나를 졸지에 문 여는 방법을 몰라 대추를 따지 않는 사람으로 치부한 것이다(이런 이유도 있기야 했지만 전부는 아니었단 말이다).

또 아내는 말라비틀어져서 먹지도 못하는 대추보다 싱싱한 대추가 더 낫지 않느냐는 실사구시의 정신을 나에게 내밀었다. 그러고 보니 본관은 다르지만 어쨌든 우린 실학파의 거두 박지원 선생과 종씨이지 않은가? 나는 전격적으로 아내의 제안을 받아들이기로 했다. 사실 북새통일 것이 분명할 마트에 대추 사러 갈 생각을 하니 조금 번거롭기도 했다.

겨우 아파트 1층이지만 베란다 난간에 올라가 대추 따는 일은 만만찮았다. 다리가 바들바들 떨렸다. 그런데 아내는 좀 더 실하고 더 큰 대추를 요구했다. 공공재를 도둑질하면서 품질까지 가리는 아내의 꼼꼼함과 대범함에 기함했지만, 어쩌겠는가? 시키는 대로 좀 더 크고 굵은 대추를 일곱 개 수확했다. 3차 예송 논쟁은 아내의 근소한 판정승이었다.

4차 예송 논쟁은 차례를 지내는 중간에 발생한 우발적 사고였다. 말라비틀어진 대추 대신 두 시간 전에 수확한 따끈따끈한 신상 대추를 맛보느라 정신없는 조상님께 이제 그 풋과실 대신 암팡진 송편을 드시라고 여덟 개의 송편 그릇에 젓가락을 얹는 순간 아내가 갑자기 "잠깐!"이라고 외치며 감히 차례 의식을 중단시켰다. '부인! 이 무슨 해괴한 행패인 게요?'라고 꾸지람할 틈도 없이 아내는 큰 대접에 냉수를 가득 담아 왔다. 조상님들 보기에 창피하여 그게 웬 물그릇이냐고 나지막이 물으니 종부인 아내의 대답이 가관이었다. "상을 가만히 보니 뭔가 마실 것이 없어서 조상님들 떡 드시다가 체할 수도 있으니 준비했다"라고 한다. 세 살짜리 어린아이도 아니고, 이미 귀신이 된 분들이 떡을 드시다 체하는 게 말이 되느냐고 호통칠 정신적 여유마저 상실한 나는 멍한 표정으로 아내를 바라보다가 그냥 차례를 계속 지냈다. 조상님들은 아내가 준비한 물 한 그릇으로 막힌 목이 편하셨으려나.

이 마지막 예송 논쟁은 누구의 승리인지 조금 생각해봐야겠다. 모름지기 권력자란 좋은 건의는 받아들이는 것을 무엇보다 중시해야 하니 말이다.

19 어머니와 함께 거름 내던 날

어머니가 쓰러지기 전의 일이다. 혼자 농사짓는 어머니를 돕기 위해 주말에 고향엘 갔다. 어머니는 벼농사뿐만 아니라 여러 가지 채소도 길렀고 소도 두 마리나 키웠다. 어머니는 경운기를 다루지 못하니 손수레가 아마 어머니 일을 덜어주는 중요한 농기구였을 것이다. 소우리 옆에는 소똥을 모아두는 퇴비장이 있었는데 내가 할 일은 퇴비를 거름으로 밭에 내는 일이었다.

한 해 내내 묵혔던 퇴비라 겨울인데도 더운 김이 모락모락 났다. 산봉우리처럼 거대해 보이는 퇴비를 삽으로 손수레에 퍼 날라 밭으로 향했다. 물론 내가 손수레를 앞에서 끌고 어머니는 뒤에서 밀었다. 그러나 밭으로 가는 길은 오르막이고, 그나마 큰길이었던 오르막을 지나 밭 가까이 가려면 길이 좁디좁고 울퉁불퉁해서 여간 고된 게아니었다. 또 그 많은 퇴비를 옮기려면 퇴비장과 밭을 열 번도 넘게 왕복해야 했다.

밭에 도착하자 어머니와 나는 젖 먹던 힘까지 발휘해 손수레를 덤퍼 트럭처럼 뒤로 젖혀 그 안에 가득 든 퇴비를 밭에 쏟았다. 일은 여기에서 끝나지 않는다. 퇴비를 밭에 고루고루 뿌려주는 일이 남았다.

마치 논에 비료를 뿌리는 것처럼 나는 부지런히 퇴비를 뿌렸다. 정신 없이 퇴비를 뿌리다가 문득 멀찍이 떨어진 어머니를 보았다. 순간 피가 거꾸로 도는 느낌이 들었다. 어머니가 장갑도 끼지 않고 맨손으로 거름을 뿌리고 있었던 것이다. 말이 거름이지 썩은 소똥 아닌가?

화가 나서 삽을 던지고 어머니에게 쫓아갔다. 어머니에게 버럭 화를 내면서 왜 거름을 맨손으로 만지냐면서 다그쳤다. 어머니는 되레 황당하다는 표정으로 말이 없었다. 나는 어머니 손에 들린 거름을 툭툭 치며 계속 화를 냈다. 소똥을 맨손으로 만지다니! 화가 누그러지지 않았다. 아마도 장성한 자식이 어머니 하나 제대로 못 모셔 저렇게 고생시킨다는 자괴감 때문에 그렇게 화를 냈는지도 모르겠다.

그러고 보니 어머니뿐만 아니라 아버지도 그렇게 고생스럽게 농사를 지었다. 당신들은 그리 살아왔던 것이다. 어린 시절 아버지가 큰 소리로 하던 말이 생각났다.

"소똥이 똥이냐?"

소똥은 소중한 거름이니 허투루 다뤄서는 안 된다는 뜻이었을 터다. 동시에 소똥을 다룰 때 더럽다고 생각해서 몸을 사리면 안 된다는 말 역시 하고 싶었던 것이다.

내가 봐도 소똥은 닭똥이나 다른 동물의 똥보다 냄새가 덜하고 역겹지 않다. 그러나 내게 소똥은 똥일 뿐이었다. 그래서 거름을 맨손으로 만지는 어머니에게 불같이 화를 냈다. 사실은 거름을 맨손으로 만지는 것쯤은 당연하다고 여기게 만든, 그간 고생스러운 생활을 하게 한 죄책감을 화로 표출한 것에 지나지 않았다.

20 변소

앞에서 소똥 이야기를 하다 보니 고향 변소 생각도 절로 난다. 총각 시절, 나는 가급적 생리 현상을 밖에서 해결하려고 애썼다. 그게 인력으로 될 일은 아니지만 최선을 다했다. 시골의 본가는 놀랍게도 대가족 규모에 걸맞게 변소를 두 개나 갖추고 있었는데 어쨌든 재래식이긴 매한가지였다. 사실 1990년대 중반까지만 하더라도 학교 같은 공공 기관이나 전방 부대에서도 재래식 화장실을 볼 수 있었다. 그러나 공공 기관의 재래식 화장실 청소는 전담하는 분이 있으니 나는 개인적인 불편함만 감수하면 되었고, 변소의 청소나 '비움'에 대한 책임은 없었다.

그러나 우리 집 재래식 화장실은 이야기가 달랐다. 당시 가족이라고는 어머니, 나, 여동생뿐이었다. 화장실 청소를 누구에게 미룰 수 있는 처지가 아니었다. 아마도 잘 알아보면 변소에 꽉 찬 인분을 퍼 갈 사람이 있을 터였다. 인분은 더없이 좋은 천연 비료이기 때문이다. 하수 시설이 미비했던 조선 시대도 한양의 인구가 폭발적으로 증가하기 전까지는 두 가지 방법으로 인분을 처리했는데, 일부는 집집마다 키우는 똥개가 먹어치웠고 나머지는 집 안 작은 텃밭의 거름으로 유용하게 사용되었다. 그러나 알뜰한 어머니는 당연히 인분을 고스란히 우리 밭 거름으로 사용하길 원했기에, 어느 일요일 아침 우리 셋은 비장한 각오로 손수레와 똥장군 세 개를 마당에 대기시켰다.

사실 물리적으로 봤을 때 그다지 힘든 일은 아니었다. 밭도 집 근처고, 기껏해야 세 번 정도만 왕복하면 끝날 일이었다. 그러나 우리가 우려한 것은 남의 시선이었다. 나로 말하자면 인근 학교에 근무하는 총각 선생이었고, 여동생은 한창 멋 부리고 싶은 20대 초반이었다.

수레에 똥장군을 싣고 바둥바둥 움직이고 있는데 편한 동네 이웃이 아닌 웬 '지인'을 만났을 때의 고통은 말로 표현하기 어렵다. 우리가 이동하는 경로를 따라가다 보면 이웃 마을 사람까지 다닐 정도로 제법 큰 규모의 교회가 있다. 더구나 교인의 상당수가 학생이었고, 그중에는 내가 가르치는 학생도 있었다. 가급적 교인이 지나다닐 시간을 피하려고 했지만 그게 어디 내 뜻대로 될 일인가? 어찌어찌 하다 보면 학생들이 교회에서 나오는 시간을 피하기가 참 묘하게 어려웠다.

어쨌든 똥장군 세 통이 위태롭게 실린 손수레를 몰고 집 밖을 나섰다. 제발 그 누구와도 마주치지 않기를 바라면서 말이다. 들길이 아닌, 사람이 많이 다니는 우리 집 앞의 큰길을 지날 때는 초인적인 힘도 발휘했다. 뒤에서 수레를 미는 여동생과 어머니가 미처 속도를 따라잡지 못해 좀 천천히 갈 수 없느냐고 요청할 정도였다. 심지어 오르막길이었는데도 나는 마치 사륜구동의 힘 좋은 SUV처럼 쏜살같이 수레를 몰았다.

그러나 애당초 동네를 관통하는 신작로를 지나면서 사람과 마주치지 않겠다는 욕심은 이루어질 수 없는 소망이었다. 손수레를 끌고 오간 지 두 번째인가 세 번째, 들로 나가려고 우리 집 대문을 나섰는데 문자 그대로 엎어지면 코 닿을 곳에 여학생 한 무리가 걸어가고 있었다. 딱 봐도 내가 가르치는 학생들이었다. 머릿속으로 후다닥 검색해보니 다음 날인 월요일에 수업할 반 아이들이지 않은가!

　나는 급격히 속력을 낮추었다. 그 방법밖에 없었다. 창피하다고 집에 되돌아갈 수도, 길바닥에 서 있을 수도, 그렇다고 그들을 앞지를 수도 없는 노릇이었다. 그냥 우리는 최선을 다해서 천천히 가고, 그 학생들은 젊은 혈기로 빨리 걸음으로써 그들과 우리의 간격이 점점 벌어지는 게 내가 계획한 최선의 시나리오인 셈이었다. 그래서 내가 일요일에 똥장군을 싣고 들에 가더라는 뉴스가 학생들 사이에서 톱기사로 등극하지 않기를 바랐다.

　그러나 그것마저도 지나친 욕심이었다는 것을 깨닫는 데에는 채 몇 분이 걸리지 않았다. 갑자기 전에 없이 속도를 줄이자 당황한 어머니가 나의 이름을 정확히 호명하면서 좀 더 빨리 가라는 주문을 아주 굵직하게 하달했기 때문이다. 그러니 호기심 많은 학생들은 당연히 뒤를 돌아봤고, 나는 그들과 속절없이 눈을 마주치고야 말았다. 10대 후반인 그 아이들도 눈치는 있어서 인사를 하는 둥 마는 둥이었다. 그 순간의 당혹스러움을 정확하게 표현할 방법이 없다. 참 많이 괴로웠다. 그런데 쓸데없이 예의가 바른 이 녀석들은 아예 길가에 딱 붙어서 내가 먼저 지나가기를 기다리지 않는가? 속으로 녀석들에게 외치고 또 외쳤다.

'야, 이놈들아. 지금은 양보하지 않아도 돼. 너희가 진정 나의 제자라면 제발 모른 척하고 빨리 먼저 가.'

그러나 속으로 외친 함성이 그들의 귓가에 도착할 리 없었다. 아, 차라리 그냥 속 시원하게 냄새에 질겁하겠다고 소리 지르는 편이 낫지. 마치 영구차를 환송하듯 길가에 엄숙히 도열해서 길을 터주는 아이들 사이로 똥장군이 실린 수레를 끌고 가자니 몹시 괴로웠다. 그날 하루가 어떻게 갔는지 기억은 안 나지만 다음 날 출근할 걱정 때문에 잠을 못 이룬 것은 확실하다. 어떻게 학교에 가며, 어떻게 그 아이들을 마주치고 영어를 가르쳐야 한단 말인가? 그 아이들도 그렇다. 내 얼굴을 보고 영어가 머리에 들어올까? 웃음부터 터져 나오지는 않을까?

다음 날 아침엔 여러 생각이 너무나 뒤엉켜 급기야는 될 대로 돼버리라는 심정으로 출근했다. 교실 문을 열고 들어가려니, 지옥으로 향하는 문이 있다면 아마 이 문이 아닐까 싶었다. 그러나 당연히 들리리라 생각했던 그들의 함박웃음 소리는 터지지 않았다. 대신 "선생님, 참 효자시네요"라는 격려만 들릴 뿐이었다.

그날의 일과 관련해 내가 착각한 것은 아이들의 반응뿐만이 아니었다. 십수 년이 지나서 요양원으로 어머니를 찾아뵈며 알게 된 사실인데, 사실은 그날 어머니도 굉장히 무안하고 창피했단다.

21. 어머니와 제사

요양원으로 어머니를 찾아뵐 때 종종 떡을 사 간다. 어머니는 떡을 참 좋아한다. 비싸고 고급스러운 떡이 아닌 가장 흔한 시루떡이나 송편을 좋아한다. 가끔 이런 생각도 든다. 근데 어머니는 정말 어린 시절부터 떡을 좋아했을까? 내가 이런 의심을 하게 된 까닭은 간단했다. 어머니는 종부로서 1년에 열 번을 넘나드는 제사와 차례를 지내고 음식을 장만했기 때문이다.

송편을 만들 땐 솔잎을 따는 것은 아이들의 몫이었고, 쌀을 방앗간에서 빻는 것은 아버지의 몫이었다. 허나 역시 떡을 만드는 대부분의 일은 어머니의 몫이었다. 그러니 평생 헤아릴 수 없이 많은 떡을 만들면서 시나브로 떡을 좋아하게 된 것은 아닐까. 그만큼 어머니는 제사와 차례를 많이 모셨다. 그러나 음식 장만은 어머니가 했지만 정작 제사를 모시는 일은 남자들의 차지였다. 이제는 할아버지와 아버지가 세상을 뜨고 직계 가족으로서 남자는 독자인 나만 남게 되었지만. 작은할아버지나 작은아버지 들은 어쩐지 고조부의 제사에는 참석하지 않아 결국 나 혼자 제사를 모시는 기이한 상황이 오고 말았는데, 문제는 내가 군 입대 때문에 집을 비우게 되었다는 점이다. 제사를 지낸다고 휴가 나올 수 없는 일이니 고조부의 제사 때 음식을 마련하는 일은 물론이고 술을 따르고 제사를 진행하는 일 모두 어머니 혼자 해야만 했다.

솔직히 군대 생활을 할 때는 이런 상황을 생각지도 못했다. 제대하고 어머니와 단둘이 음식을 장만하고서, 제사상을 차려놓은 뒤 술을 따르고 절하는데 조금 우스운 생각이 들었다. 어머니에게 이 상황의 황당함에 대해 말했더니 어머니는 새삼 혼자 음식을 장만하고 직접 술 따르고 절차에 따라 수저를 이리저리 옮기며 제사 지내던 때의 이야기를 꺼내놓았다. 어머니는 아마도 고조부를 직접 보지 못했을 터였다. 시집오기 전에 돌아가신 시댁의 먼 조상의 제사를 여자 혼자 지냈다니, 참 애처로운 상황이다. 그간 제사를 지낼 때면 뒤로 물러서 있던 어머니가 제사 절차를 제대로 알 리도 없다. 제사를 지내지 않는다고, 음식 장만이 시원찮다고 타박할 어른도 없는데 어머니는 혼자서 정성껏 음식을 장만하고, 절차는 모르지만 아는 대로 제사를 지냈던 것이다.

제대하고 처음으로 어머니와 단둘이 제사를 모시던 날에 간신히 자정을 넘겨 일어나 주섬주섬 제사를 지내는 나를 두고 어머니는 말했다.

"나는 제사 모시는 일을 한 번도 귀찮게 생각하지 않았다. 그래도 우리가 이만큼 사는 것도 다 조상 덕분이라고 생각한다."

22 아버지의 마지막 자식 사랑

고조할아버지는 시골의 유학자면서 동네 아이들의 훈장 노릇을 했다. 요즘은 제사도 잘 모시지 않는 4대조 어른이지만 나는 종손으로서 아직도 그분이 곁에 두었던 장서를 집 안에 둔다. 전형적인 한글세대인 나는 그분이 물려준 책을 전혀 읽지도 못하며 심지어 그 책이 무엇에 관한 내용인지도 몰라 주변 사람의 도움을 받아 간신히 짐작만할 따름이다.

장서의 상당 부분은 다양한 종류의 족보가 차지하는데 모두 인쇄본이 아닌 필사본이다. 크기도 다양해서 심지어 휴대용으로 보이는 명함 크기의 족보도 있다. 그중에서도 내가 유독 아끼는 족보는 따로 있다. 겉보기에는 특별하지 않지만 나에게는 특별한 것인데, 다름 아니라 아버지가 이 세상에 남긴 마지막 필체가 적힌 족보다.

아버지가 병환으로 쓰러지고 투병 생활을 하고부터 나는 명절이 싫어졌다. 주부들의 명절 증후군과는 전혀 다른 이유에서였다. 명절 때면 와병 중인 아버지를 대신해 종손으로서 '지방'을 정성스럽게 써야 했는데 나는 당시까지 지방 쓰는 방법을 알지 못했다. 제사 때 아버지는 닭의 목을 비틀어 잡는 것은 물론 제사를 주관했고, 어머니는 음식을 장만했으며 나는 그저 아버지와 주위 어른들의 눈치를 봐가면서 절을 수차례 한 다음 제사 음식을 먹으면 될 일이었다.

그러나 아버지는 뇌 수술을 한 후유증으로 말이 어눌했고 거동도 거의 불가능했으므로 나는 아버지를 대신해서 지방을 쓰고 제사를 주관하는 종손 역할을 해야 했다. 아버지는 명절 아침마다 나를 앞에 앉혀두고 지방 쓰는 법을 가르치려 했다. 아버지의 굳건한 의지에도 불구하고 우둔한 나는 그저 호통과 가르침이 무섭기만 했다. 그러니 제대로 지방 쓰는 법을 배울 리가 만무했다. 아버지는 답답해했고 나는 두려웠다. 급기야 아버지는 손수 지방을 쓰면서 나를 가르치려 했다. 그러나 수술 후유증으로 말이 어둔한 데다 획이 한글보다 복잡한 한자를 쓰려니 뜻대로 되지 않아 갑갑해했고, 글씨 또한 와병 전의 달필이 무색할 정도로 다른 사람이 알아보기 어려웠다. 마치 상형 문자처럼 보였던 그 글씨는 나의 혼란만 가중시켰고 아버지의 분노는 더 커졌으리라. 아버지는 호통과 더불어 혼신의 힘을 다해 시범을 보여주고, 그 앞에서 나는 어쩔 줄 몰라 우왕좌왕하는 모습이 명절 아침 우리 집안 종택의 익숙한 풍경이었다. 그러다 곧 아버지는 종이에 시범을 보이겠다는 생각과 기운마저 잃었다. 그럼에도 불구하고 마지막으로 생의 온 기운을 짜내 평생 보물처럼 아꼈을 족보에다 손수 지방을 써 보임으로써 나를 가르치려 했던 것이다.

나는 종종 그 족보를 꺼내서 아버지가 이승에 남긴 마지막 필체를 보고 또 본다.

23 할아버지 입장에서 본 나의 제사 모시기

오늘 밤에는 손자 녀석이 제삿밥을 대접한다고 해서 제법 먼 길을 왔다. 큰아들이 내 곁에 일찍 오지만 않았더라도 오늘 밤 나와 할망구는 포식했을 텐데…… 선생 노릇을 하는 손자 녀석은 애당초 글러먹었다. 이제야 말하는 건데, 내 아들이 늦은 나이에 어렵게 본 손자 놈은 딱 태어났을 때만 효도했을 뿐 내가 이승을 떠나는 날조차 상복을 입고서 물장구를 치고 논 녀석이다. 내가 저 녀석을 얼마나 애지중지 키웠던가? 녀석이 아프기라도 하면 나도 잠을 설쳤고 죄 없는 할멈에게 버럭 화를 내기 일쑤였다. 참으로 배은망덕한 녀석이다. 그래서 나는 큰 기대는 하지 않고 손자 녀석이 산다는 집으로 마지못해 가보기로 했다.

나는 비가 오는 날이면 어김없이 삽을 들고 아버지 산소로 향했다. 산소를 돌보기 위해서였다. 지붕에서 비가 뚝뚝 새는데도 오로지 방 안에서 서책만 읽고 유학자 노릇으로 일관한 할아버지와는 달리 내 아버지는 일찍감치 부지런히 움직여서 우리 집을 그나마 마을에서 손꼽히는 부잣집으로 일으켰다. 고생을 많이 해서인지, 타고난 수명이 그랬는지 아버지는 미처 환갑도 치르기 전에 돌아가셨다. 내 아버

129

지가 환갑 잔칫상도 못 받고 돌아가셨는데 내가 환갑이 되었다고 잔칫상을 받을 수는 없었다. 환갑잔치도 사양한 나는 아버지의 산소와 기일을 지극정성으로 돌보고 준비했다. 자고로 남자라면 찬물을 마실 때도 부엌 출입을 해선 안 된다는 고루한 사고방식의 집안이지만 제사 음식을 장만하기 위한 장은 내가 직접 보았다. 언제나 가장 비싼 것으로, 에누리도 절대 하지 않았다.

할멈은 손자 놈이 내 제사 음식을 장만하는 모습을 가만히 지켜보는 눈치였다. 손자며느리는 의성 김씨 가문의 사람인데 할멈 말로는 처녀 때는 제사상을 구경조차 해본 적 없는 규수란다. 그 소릴 듣고 철없는 손자 녀석이 오로지 얼굴 예쁜 것만 보고 한 결혼인가 싶어 걱정했더니 나의 기우였다.

손자 놈과는 달리 진중하고 꼼꼼한 손자며느리는 비록 시장에서 음식을 사 오긴 하지만 가능한 최상급의 과일과 음식을 구하려는 성의를 보였고, 제사에 대해 잘 모를 텐데도 최선을 다했다. 그러나 손자 놈은 명색이 종손이라는 녀석이 지방도 그럴듯하게 제 손으로 못 쓰고 컴퓨터라는 요상한 기계로 쑥 뽑는다. 저놈은 저런 쪽으로만 머리가 돌아간다. 눈치를 보니까 컴퓨터라는 요상한 틀에 지방을 넣어 놓고 제사 때마다 꺼내 쓰는 꼼수를 부리는 것 같다.

며느리가 직장에서 조퇴하고 와서 정성껏 제사상을 준비하는데 손자 놈은 사람도 아닌 컴퓨터에 제사상 차리는 방법과 제사 지내는 방법까지 물어보는 중이다. 마침 사정이 그렇게 되어 손자 놈과 손자며느리, 나의 귀여운 증손녀끼리 제사를 지내게 되었으니 혹시 실수라도 할까 봐 할멈도 걱정이 되긴 한 모양이다. 나는 물론이고 시아버지인 내 아들의 얼굴조차 본 적 없는 손자며느리가 기특하게도 내가 좋아하는 생선을 크고 실한 놈으로 정성껏 구워 상에 올렸기에 나와 할멈은 침을 삼키고 있는데, 못난 손자 놈은 자기가 좋아하는 과일이 한 아름 올라 있는 제사상을 보고 군침을 삼킨다.

저놈은 이제 겨우 코흘리개를 면한 증손녀보다 철이 덜 들었다. 증손녀는 걸음마를 뗄 때부터 제사상 앞에서 정성스럽게 절을 해 할멈과 나를 얼마나 즐겁게 만들었던가? 아니나 다를까, 손자 놈이 머릿속으로 평생 지내왔던 제사의 순차를 되살리려고 몸서리치는 게 애처롭기까지 하다. 저놈은 필시 프린터인지가 고장이 안 났다면 제사 지내는 법을 뽑아 내내 옆에 펼쳐놓을 놈이다. 제사상을 대충 둘러봐도 전과 떡을 놓는 위치도 틀렸고, 자기 혼자 절해야 할 순간에 딸에게 같이 절하자고 하는 둥 마구 실수를 저질렀다. 그래도 손자며느리와 증손녀가 알아차릴 턱이 없으니 손자 놈은 자기가 무슨 유교 상례의 고수나 되는 양 근엄한 표정으로 이래라저래라 지시했다.

손자며느리와 귀여운 증손녀 덕분에 저녁은 잘 먹고 간다만 손자 놈이 하는 짓거리를 보니 기가 막혔다. 금연한 지 이제 겨우 두 달 남짓 지났으면서 그걸 자랑하겠다는 심사로 향불을 붙이려면 라이터가 있어야 하는데 그게 없다고 답답해하는 연기를 펼친다. 놈의 서재 서랍에 서너 개 있다는 것을 뻔히 알고 있는데 짐짓 담배를 끊어서 라이터 따위는 없다는 듯 제 식구들에게 과시하고 있다. 저 꼴을 보고 있자니 돌아가기 전에 회초리라도 들어야겠다.

01 준말의 폐해

야구를 좋아하지만 '야잘잘', '야만 없다', '답내친' 따위의 인터넷에서 주로 사용하는 야구 준말은 굉장히 싫어한다. 야잘잘은 '야구는 잘하는 사람이 잘한다', 야만 없다는 '야구에 만약이란 없다', 답내친은 '답답해서 내가 친다'의 준말인데 가령 야만 없다는 표현은 항상 '야만 없지만'의 용례로 쓰인다. '야구에 만약은 없지만 ~했다면 어떨까?'라는 식이다.

나는 준말을 쓰지 않는 사람이 좋다. 2012년 KBS에서 〈넝쿨째 굴러온 당신〉이란 드라마가 방영되었을 때, 출연 배우들이 자기네 드라마를 '넝쿨당'이라고 부르는 모습을 봤다. 그때 여주인공 김남주만 〈넝쿨째 굴러온 당신〉이라고 또박또박 말했다는 이유로 그녀를 다시 보게 됐을 만큼 준말을 싫어했다. 이유는 간단하다. 모국어인데 무슨 말인지 모를 때 짜증이 치솟기 때문이다. 그러나 요즘은 아이들이 더욱 준말을 좋아하지 않던가. 급하게 화장실 갈 때에는 '급똥', 비밀번호를 '비번', 문화 상품권을 '문상'이라고 부른다. 며칠 전 딸아이에게 문자로 몇 가지 부탁을 했더니 이런 답장이 왔다.

"ㅇㅇ"

02 애들아, 오빠 간다

한 살이나 어리면서 나를 한 번도 오빠라고 부르지 않는 아내와, 제 엄마만 챙겨주는 딸에게 나의 위치를 각인시키느라 "오빠"와 "아빠"라는 자칭을 자주 했더니, 수업을 마치고 나오면서 아이들에게 "오빠 간다"라고 말해버렸다.

문제는 얼마 전에는 "아빠 간다"라고 말한 적이 있다는 점이다. 부주의한 나의 성격은 그 뿌리가 깊은데 대학생 시절, 고향에 내려와 심심해서 시립 도서관을 들락거릴 때에도 여지없이 그러했다. 그 도서관은 희한하게 출입할 때 신분증을 요구했는데 내가 세세하게 그런 걸 챙길 리 없었다. 어느 날도 신분증을 요구하기에 당황하며 없다고 말했다. 그러자 그 직원은 떼쓰는 것을 방지할 작정이었는지 이런 말을 했다.

"뭐, 어떤 학생은 학교 체육복을 보여주면서 이걸로 신분증을 대신할 수 없느냐고 떼를 쓰던데 절대로 안 돼요."

그 직원은 '어떤 학생'이 바로 나였다는 사실을 정말 모르고 말했을까? 아니면 나를 두 번 보낼 셈으로 한 말이었을까?

03 은사님의 속 깊은 사랑

공부하는 학생들을 보고 있노라니 나의 학생 시절이 떠오른다.

대학원 때 지도 교수는 한국식 중용의 미덕을 가장 잘 실천하는 분이었다. 내가 난생처음 다른 사람에게 잘 보이려고 노력한 때가 대학원에서 과 대표를 할 때였는데, 이유는 간단했다. 나의 논문 통과를 위해서는 물론이거니와 과 대표로서 분위기를 화기애애하게 이끌어 가야 할 책무가 막중했기 때문이다. 그래서 교수들과의 돈독한 관계가 절실했다.

그러자면 평소의 나와는 완전히 다른 행보를 보여야 했다. 나는 엠티를 갈 때도 답사를 미리 했을 뿐만 아니라 심지어 등산 코스도 먼저 가봤다. 구간별로 가장 절실하리라 싶은 먹거리를 준비했고, 산중턱에서 통닭을 시켜 먹을 루트도 개발했다. 어디 그뿐인가? 심신이 허약해서 등산을 싫어하는 교수들을 위한 돗자리와 유흥거리, 먹거리도 별도로 마련했다. 그리고 심심한 잔류 교수들의 말벗이 되어줄 학생들도 미리 정해두었다.

내가 혹시 대통령이 되어 전쟁 시뮬레이션을 짜야 된다고 해도 이보다 꼼꼼하게는 못 하겠다 싶을 정도로 열과 성을 다해 대표 일을 했다. 과연 교수와 동료 학생 들의 찬사가 이어졌으며, 급기야 교수 중에서도 선임자 격인 나의 지도 교수는 다른 교수들을 불러 모아서 이런 지침을 내렸다고 한다.

"아시다시피 과 대표 한다고 해서 장학금이 따로 나오는 것도 아닙니다. 그래서 말인데 과 대표인 박균호 선생이 여러모로 고생도 많이 했으니 학점을 줄 때 조금 배려를 하는 게 어떨까요?"

그 이야기를 미리 들었는지 나중에 들었는지 기억이 가물가물한데 확실한 것은 내가 교수들을 보필하느라(?) 공부를 게을리했다는 점이다. 시험 전날에도 시험 준비는 뒷전이고 교문 앞 5번 포장마차에서 떡볶이와 순대를 먹었고, 2차로 삼겹살과 소주를 한 기억은 생생하다. 그래도 내 딴에는 시험을 그럭저럭 봤다고 생각했는데 지도 교수가 날 호출했다. 그러더니 "사람이 좋아서 그런가, 공부엔 별 관심이 없나?"라고 물었다. 시험을 형편없이 못 봤다는 이야기다. 단단히 혼이 나고 학점은 B를 받았다. 그런데 지도 교수의 지시를 받은 후배 교수들은 모조리 A$^+$를 주었다.

대학원을 졸업한 지 10년이 되어가지만 가끔 지도 교수의 안부를 묻는다. 스승의 날에는 전화도 한다. 입학하자마자 앉은 자세가 삐딱하다고 20분간 날 꾸짖은 분이지만 나는 그분을 존경한다. 논문 중간 발표 때 지도 교수임에도 불구하고 나의 허술한 논문의 성곽을 마치 아파치 헬기처럼 무자비하게 폭격했는데, 회식 자리에서는 "너무 실망하지 말고, 최종 발표 때 잘하면 되니 힘내라"는 쪽지를 남기고 먼저 자리를 떠났다.

04 나의 동기 김동수

김동수는 나의 군대 동기다. 언젠가 주말에 군대 동기 모임(남자들은 이런 말도 안 되는 짓을 한다)에 참석했다. 같은 통신 부대였지만 주특기는 달라서 암호병(대개의 사람들이 생각하는 그 암호가 맞다. 평범한 글을 암호로 변경하고 암호로 된 글을 평범한 글로 해독하는 업무를 한다), 사진병, 유선 가설병(한마디로 전봇대를 오르락내리락하는 업무를 한다), 행정병 그리고 AM병(그냥 무전병쯤이라고 생각하면 된다) 등이 모였다. 나와 김동수는 AM병이었다. 그래서 우리 부서가 뭔가 멍청한 짓을 하면 선임자들은 '엠(AM)병할 놈들'이라고 놀렸다.

통신병이란 게 각자의 주특기를 터득해야만 밥값을 하는 것이라, 밤 10시 이후에 별도로 교육을 받아야만 했다. 우리 동기 일동은 밤마다 각자의 주특기 교육장에 끌려가서 교육을 받았는데 교육 방법은 간단했다. 끊임없는 단순 암기와 연습이었다. 그리고 선임들의 기대치에 부응하지 못하는 경우에는 기합과 구타가 뒤따랐다.

각 주특기별로 구타와 기합의 방법은 달랐다. 동수와 나는 무전병답게 묵직한 군용 송수화기로 사정없이 머리를 맞거나 콘크리트 바닥에서 원산폭격을 했는데, 나중에는 원산폭격을 한 상태에서 잠을 잘 수 있을 정도가 되었다. 그러고는 피멍이 들고 마치 봉분처럼 봉곳하게 솟아오른 서로의 머리를 가리키며 폭소를 터트리곤 했다. 그러니까 김동수와 나만 같은 주특기를 가진 터여서 이처럼 우리는 끈끈한 유대가 있었던 것이다.

그런데 다른 사람도 아닌 김동수 이놈이, 그렇지 않아도 위태롭던 나의 군대 생활을 나락으로 떨어뜨린 사건이 일어났다. 우리는 매 주말에 이발을 해야 했다. 중대마다 깎사(이발사)의 소임을 맡은 병사가 한 명씩 있었기 때문에 그에게 머리를 맡기면 되었다. 어느 주말, 졸병이라 순서를 한참 기다리고 있는데 김동수가 본인이 훈련소에서 깎사를 한 적이 있으니 내 머리를 깎아주겠다고 했다.

조금 불안했지만 동기의 충정 어린 호의를 거절할 수 없어서 내 머리를 맡겼다. 그는 제법 집중해서 깎는 시늉을 하더니 내게 머리를 이쪽으로, 저쪽으로 돌리라면서 제법 전문 깎사의 위엄을 자랑했다. 그런데 우리 부대의 진짜 깎사가 짬이 생겨 내 머리를 보더니 기함을 했다. 이게 완전 엉터리였던 거다. 그러니까 김동수는 차기 깎사가 되기 위해 내 머리를 가지고 시험해본 것이었다. 그 심정은 충분히 이해가 간다. 우리 엠병의 생활은 비참할 정도로 고달팠으니까.

전문 깎사는 내 머리를 이렇게 저렇게 수습해보려고 노력했으나, 인력으로는 안 된다고 판단했는지 "에이 씨" 하면서 나의 머리를 삭발하고 말았다. 삭발은 엄연히 군법 위반이며 '군대 생활에 대한 반항'으로 여겨지던 터였다. 그날 저녁 우리 부대는 비상이 걸렸고, 내 머리를 민둥산으로 만든 전문 깎사, 그 단초를 제공했던 야매 깎사,

그리고 단지 야매에게 머리를 내준 죄밖에 없는 나까지 중대장에게 끌려가 죽지 않을 만큼 맞았다. 이 머리가 군대 생활에 대한 반항이 아니라는 사상 검증을 거친 다음에야 깍사 두 놈은 훈방 처리 되었고 나를 위해선 좀 특별한 처분이 기다리고 있었다. 외부의 간부나 민간인에게 눈에 띄면 안 되니 '낮에는 무조건 아무에게도 눈에 띄지 마라'는 것이었다.

나라를 지키기 위해 입대한 나는 그날부터 머리가 자랄 때까지 산신령이 되어 뱀이나 개구리만 잡아먹다가 밤이 되면 내려와 잠을 청해야 했다. 거의 한 달 이상 눈만 뜨면 산으로 갔다가 어두워지면 내려왔다. 이 기간 동안 두 번의 큰 위기가 있었다. 한 번은 전 부대원이 출동해야 하는 훈련 때였다. 비상 상황이라 낮임에도 불구하고 완전 무장을 한 채로 산에서 내려왔다. 입대하기 전에는 대구가 가장 더운 줄 알았는데 그게 아니었다. 내가 근무한 강원도 철원이 가장 더운 곳이었다. 그날, 점심시간. 식사 시간만은 모두 철모를 벗었는데 나는 그럴 수 없었다. 다른 전우들은 의아한 표정으로 나를 봤지만 어쩔 수 없었다. 민둥산 머리를 들키기라도 하면 영창을 갈지도 모른다고 생각했다. 필사적으로 돌처럼 무거운 철모를 받쳐 들고 식사를 하는데 그날따라 국이 맛있었는지 순간 방심하고 고개를 과도하게 숙였지 뭔가! 그 순간 지엄한 중력의 법칙에 따라 철모가 벗겨지며 철버덩 내 식판을 내리쳤다. 밥이고 뭐고 철모를 다시 쓰느라 창피한 줄도 몰랐다.

양념과 국물을 철모에 덕지덕지 묻히고 부랴부랴 식당을 나섰다.

그건 그저 지나가는 생활상의 에피소드니까 참을 만했다. 문제는 군대 생활 27개월 동안 딱 한 번 가족들이 면회를 왔는데 하필 그때가 그때라는 점이었다. 내 머리를 보더니 누님이 그랬다.

"균호야, 다른 사람들은 안 그런데 너만 왜 머리가 그래?"

아무 대답도 하지 않고 졸려서 자는 척했다.

김동수 때문에 겪은 이 시기의 수모는 이것뿐만이 아니었다. 어느 날 밤, 한 동료 병사가 자다가 깼는데 베개가 없더란다. 그런데 마침 옆쪽에 베개 하나가 보여서 냉큼 잡아끌었는데 베개가 묵직하고 딱딱해서 깜짝 놀랐단다. 그렇다. 그가 베개라고 생각하고 잡아당긴 것은 다름 아닌 나의 민머리였다. 자대에 배치된 이후 영문과 출신에 영어를 잘하는 병사라고 해서 '박균호'가 아닌 '균호 박'이라고 불렸던 나는 그 사건 이후 내 입으로는 도저히 말 못 할 치욕적인 별명을 얻었다. 이 모든 것이 나의 동기 김동수 덕분이었다.

그러나 나도 김동수에게 치욕적인 오점을 남겨주었다. 대대 회식이 있어서 막걸리를 많이 마신 날 밤, 목이 말라 잠에서 깼는데 저쪽 너머에서 눈에 익숙한 녀석이 부스스 일어났다. 화장실을 가려나 싶었는데 녀석은 내무반을 화장실로 착각했는지 마치 요강에 쉬를 하듯 무릎을 꿇고 시원하게 쉬를 하는 게 아닌가? 그놈이 김동수였다. 나는 솔직히 말리기도 귀찮고 나의 잠자리와는 상당히 멀어서 그냥 물끄러미 지켜보았다. 다음 날 아침, 잠자리가 축축하다고 선임자가 투덜대자 전날 밤에 본 상황을 알려줄 수밖에 없었다.

물론 술 마시고 한 실수니 큰 벌은 받지 않았다. 다만 '오줌싸개'를 짧게 줄인 '싸개'라는 별명으로 나머지 군대 생활 1년을 보내기만 하면 되었다. 아마도 김동수는 자신의 불명예스러운 별명이 나 때문에 생겼다는 사실을 모르는 모양이었다. 제대를 앞두고 김동수는 내게 큰 고마움을 표시했으니 말이다. 매일 얻어맞고 기합을 받던 졸병 시절, 내가 없었다면 자기는 아마 탈영해서 큰 사고를 쳤을 거란다(당시 그의 여자 친구마저 고무신을 거꾸로 신었다). 무슨 말인고 하니 그래도 자기 혼자가 아니라 나와 함께 맞았고, 나와 함께 기합을 받았고, 함께 욕을 먹어서 큰 위안이 되었다고. 내 존재가 군대 생활을 버텨내는 유일한 힘이었다는 것이다.

그건 김동수의 입장이고 한국 전쟁 때 압록강까지 진격했으며, 김일성의 승용차를 탈취했고, 조국의 강산을 침범하는 적의 탱크를 맨손으로 막은 육군 최정예 6사단의 장래가 촉망되는 AM병이었던 나는 민머리로 찍힌 것으로도 모자라 정보 부대로 쫓기듯이 파견을 가야만 했다. 그래도 파견을 가는 것까진 괜찮았으나 거기에서는 군대 생활이 아닌, 인생 전체가 나락으로 떨어질 뻔했던 큰 위기를 맞았다. 이 모든 것이 동기 놈 김동수 덕이었는데, 그놈은 자동차 판매 대리점 소장이 되어 이제 나한테 차까지 팔려고 덤빈다.

05 어머니의 닭백숙

　요양원에 있는 어머니를 가급적 일요일마다 찾아간다. 그때마다 뭔가 간식거리를 사 가는데 매번 무얼 사 가야 할지 고민스럽다. 떡을 사자면 빵이나 과일을 사는 것보단 좀 더 수고를 해야 한다. 따지고 보면 수고랄 것도 없고 조금 더 운전해 조금 더 번잡한 시장엘 들르면 된다. 그래도 게을러서 떡보단 과일이나 빵을 자주 들고 간다.

　내가 입대할 나이가 되자 어머니는 네 친구들은 다 가는데 왜 너는 아직 군대를 안 가느냐며, 사람이 군대 같은 어려움도 겪어봐야 한다고 강조하면서 입대를 부추겼다. 나도 군대를 미루고 싶은 마음은 없어서 1988년 크리스마스를 이틀 앞둔 12월 23일에 자원입대했다.

　어머니는 나의 군 생활 27개월을 통틀어 훈련소 퇴소식 때 딱 한 번 면회를 왔다. 입대를 하기 전에 사귄 여자 친구도 없었으니 날 찾아오는 이는 아무도 없었다. 동료들이 넌 주워 온 자식이냐는 농담까지 했는데 사실 나도 섭섭한 마음이 많았다. 게다가 군대 생활까지 꼬여서 입대한 지 무려 14개월 만에 첫 휴가를 나왔다. 그러니까 군대 생활의 반 이상을 보내고서야 고향에 발을 들일 수 있었다는 이야기다.

　집에 도착하니, 역시 어머니의 야단스러운 환영은 없었다. 인사를 하고 한숨을 돌리는데 어머니가 나지막이 이런 말을 했다.

"구노(우리 모친은 균호라는 발음이 힘든 모양이다)야! 내가 널 군대에 보내고 지금까지 얼마나 걱정했는지 모른다."

그 말을 듣자 과연 어머니도 험악한 군대 생활을 하는 아들을 걱정은 하셨구나 싶었다. 그러나 뒤이은 말은 나의 예상을 뒤엎었다.

"네가 군대 생활을 못 버티고 집으로 쫓겨 올까 봐 엄청 걱정했다."

20대 초반의 어리석은 식견으로는 대체 나에게 왜 이럴까, 왜 다른 집 어머니와는 다르게 이리도 자식을 험하게(?) 키우려는지에 대한 의문마저 들었다. 오만 가지 생각으로 머릿속이 복잡해지려는데 어머니가 큰 냄비를 가져와 뚜껑을 열었다. 그동안 고생 많이 했으니 좀 먹어보란다. 냄비 안에는 큼지막한 닭으로 만든 백숙이 있었는데, 닭은 어려서부터 자주 먹으면서 자란 터라 큰 감흥 없이 냄비를 비웠다.

보름간의 휴가를 마치고 복귀 준비를 하고 있자 여동생이 다가와 넌지시 한마디 했다.

"오빠, 엄마가 해준 닭백숙 있잖아. 그거 엄마가 오빠 휴가 오면 해주려고 키웠던 닭인데 딴 거는 안 먹이고 찹쌀로만 키웠어."

아무리 쌀이 흔한 시골이지만 찰쌀이라면 떡을 해 먹을 때만 꺼내는 귀한 몸이다. 장독에 넣어두고 제사나 중요한 집안 행사 때만 조금씩 꺼내 먹던 찹쌀로 닭을 키우다니! 그러니까 어머니는 언제 올지 모르는 아들을 기다리면서 귀한 찹쌀만 모이로 주며 닭을 키우고 있었던 것이다. 그제야 나는 어머니가 나에게 얼마나 마음을 쓰는지, 군대 생활을 하는 나를 얼마나 애달프게 생각하는지를 깨달았다.

06 고향 방문

나의 생각: 1990년대 초반, 내가 군 복무를 마친 후 복학해서 대학교를 다닐 때의 이야기다. 나는 특별한 취미도, 사귀던 여자 친구도 없거니와(그러고 보니 대학 시절 내내 여자 친구는 없었다) 그렇다고 술을 즐겨 마셔서 불타는 금요일을 외치는 쾌남아도 아닌 터라 금요일 오후 수업을 마치면 항상 "고향 앞으로 갓!"이던 시절을 보냈다. 고향은 시골이었지만 다행히 내가 다닌 대학교 근처의 역에서 한 번에 고향 역까지 갈 수 있어 교통편은 나쁘지 않았다.

서울 사람들은 서울이 아닌 모든 지역은 시골이라고 생각한다지만 보편적으로 시골에도 나름의 등급이 있다. 그나마 간이역이라도 있고, 늙은 마담이라도 상주하는 다방이 한 군데라도 있는 동네 사람들은 스스로 '시내'에 산다고 생각하며 '시티즌'으로서 남다른 자부심을 품고 있었다. 그래서 그야말로 산 밑에 숨어 사는 깡촌 출신들이 "우리 촌놈들은 말이야"라는 식으로 말하면 그들은 발끈해서 너희 동네와 우리 시내는 근본이 다른데 어디 감히 동급에 놓으려는 거냐며 눈알을 부라리기 일쑤다.

불행하게도 나는 시티즌이 아니었고 우리 집은 동네 이름이 '골'로 끝나는 산골짜기 아래에 있었다. 그래서 면 소재지의 기차역에 내리면 4킬로미터 정도를 걷거나 택시를 타고 가야 했다. 그날 내가 기차역에 내린 시각은 밤 9시경. 늦은 시간이지만 걸어가기로 했다. 모름지기 신체 건강한 학생이 튼튼한 두 다리를 두고 택시를 이용한다는 것은 올바르지 않았다. 우리 모친을 비롯한 시골 어른들은 머리에 무거운 짐을 지고도 밤중에 걸어서들 다녔다. 또 이 길은 고등학교 시절 폭우가 쏟아져도 한 손으로 우산을, 다른 한 손으로는 자전거를 몰고 다닌 길이다. 그냥 걷기로 했다. 물론 기차 안에서 삶은 달걀을 사 먹느라 그나마 남아 있던 푼돈마저 모두 써버려서 알거지 신세라는 점도 고려했다.

그날은 몹시 추웠다. 어렸을 적에 걷는 길이 지겨워지면 쓰던 나만의 걷기 비결이 있는데, 고개를 푹 숙이고 땅만 보고서 무작정 걷는 거다. 그러다 한참 뒤에 고개를 들면 나의 목표 지점이 성큼 다가와 있는 것을 보고 깜짝 놀라곤 했다. 그날 밤도 딱 그런 모양새로 걷다가 고개를 들었는데 고향 마을 대신 웬 할아버지의 뒤통수가 성큼 다가와 있어 깜짝 놀랐다. 뒤통수와 체형을 다각도로 분석한 결과 우리 마을 사람은 아닌 듯했다. 다가가서 '혼자 밤길을 걷기는 심심하니 말동무나 하자'고 말을 붙이기도 뭐해서 그냥 걷기로 했다. 아무리 익숙한 고향 길이라도 한밤중이고, 또 인적도 없어서 혼자서 걸으려니 내심 무서웠는데 시골 생활을 70년쯤은 했을 듯한 할아버지가 앞에서 걷고 있으니 은근히 든든하기도 했다.

그냥 할아버지 뒤를 따라 걷기로 했다. 어렸을 적에 배웠던 훈요십

조의 첫 번째 항목이 '밤중의 시골길에서 앞서 가는 할아버지를 만났을 때에는 절대로 앞지르지 마라'가 아니었던가. 집에 도착하면 고구마를 구워 먹을까 아니면 곶감을 꺼내 먹을까를 고민하면서 할아버지의 뒤를 따라 한참을 더 걸었다. 얼마나 걸었을까? 갑자기 어떤 급박한 인기척이 들려 고개를 들었더니 어느새 할아버지가 내 목을 조르고 있지 않은가? 할아버지의 격앙된 목소리와 내 목을 조르는 강도를 고려할 때 밤길의 젊은 동행인이 추위에 떠는 것이 안타까운 나머지 목을 살짝 졸라줌으로써 체온을 유지하도록 돕기 위한 것이 아니라는 것쯤을 충분히 알 수 있었다. 흥분한 할아버지는 내 멱살을 잡아채는 것으로도 부족해서 "저기가 우리 집이다", "우리 집에 가면 내 아들들이 있다"라고 고함을 질렀다. 이상한 노릇이었다. 아무리 생각해도 내가 할아버지에게 "할아버지 댁은 어디세요?"라고 묻지 않았고 "혹시 자녀분들은 이 한겨울에 밖에서 철없이 쏘다니면서 술을 마시는 것은 아닌가요?"라고 물은 기억도 없다. 그런데 왜 이 할아버지는 내가 묻지도 않은 당신의 자택 위치와 아들들의 소재를 일일이 알려주는 자상함을 발휘하고 있느냔 말이다.

불과 반년 전까지만 하여도 최전방의 부대에서, 아침마다 구보와 태권도로 단련했고 유사시 적의 침공에도 당황하지 않고 적을 섬멸하도록 훈련받는 군인이었던 나는 이 난데없는 봉변을 겪자 할아버지의 사정이 매우 급박했고 딱한 것은 이해되었으나 나도 특별히 잘못한 게 없는 데다 "어젯밤에 상주의 시골길에서 70대 할아버지와 갓 제대한 젊은 놈이 사소한 시비 끝에 주먹다짐을 한 개탄할 사건이 발생했다"라는 지방 신문의 기사 주인공이 되고 싶은 마음은 없었던 관계로 도망치기로 결심했다. 더구나 할아버지가 내 목과 함께 움켜쥔 셔츠는 내가 큰마음 먹고 매장에서 직접 구매한 무려 '카운트다운'의 1만 5,000원짜리 정품이어서 상하게 해서는 절대 안 되었다.

다행히 갑작스러운 분노 때문에 과도해졌던 할아버지의 악력이 시간이 흐름에 따라 약화되기 시작했다. 나는 그 순간을 틈타서 냅다 도망쳤고, 정품 카운트다운 셔츠의 무사함을 확인한 다음 다시 집으로 향했다. 운수가 없는 날이었다.

할아버지의 생각: 내가 나고 평생 살아온 우리 마을은 면 소재지는 아니지만 완전히 산골짜기에 붙은 비루한 촌 동네와는 차원이 다르다. 말하자면 면 소재지와 인접한 위성 도시쯤으로 생각하면 된다. 그래서 어렸을 적부터 촌 동네 아이들과는 잘 놀지 않았다. 우리 동네가 면 소재지와 얼마나 가깝냐면, 면 소재지까지는 걸어서 20분 정도라 굳이 하루에 두어 번 지나는 버스를 타지 않고도 쉽게 볼일을 보러 갈 수 있을 정도로 입지가 탁월하다. 촌 동네 사람들은 볼일이라도 볼라치면 이른 아침부터 부산을 떨지만 나는 느긋하게 점심을 먹고 길을 나선다.

그러고 보니 그날 일이 떠오른다. 그날따라 면 소재지에서의 볼일이 제법 많았다. 그쪽에 따로 살림을 차린 장남 놈의 집에 가야 하고, 농협에 가야 하고, 우체국에도 가서 서울서 타향살이를 하는 둘째 놈에게 곶감을 소포로 보내야 했다. 아들 두 놈이 모두 분가하니 편하긴 한데 그 탓에 이것저것 챙겨야 할 일이 많아졌다.

볼일을 보고 오랜만에 친구도 만나서 막걸리를 한잔 걸쳤다. 술자리가 한창 즐거우려는데 버릇없는 촌 동네 친구들이 갈 길이 멀다며 자리를 떴다. 이래서 사람은 동네를 잘 타고 태어나야 한다. 저놈들은 국민학교 시절 소풍을 가서도 보물찾기도 못 하고 점심을 먹자마자 집으로 가야 했던 놈들이다. 집이 너무 멀어서 일찍 출발하지 않으면 한밤중에 도착했기 때문이다.

술도 한잔 걸쳤고 해서 아들 놈의 집에 가서 잠시 쉬었다. 그런데 정신을 차리고 보니 어느새 한밤중이 되었다. 얼른 집으로 가려는데 아들 놈과 며느리는 기왕 이렇게 된 거 오늘 밤은 여기서 자고 가란다. 그러나 나는 음식은 아무것이나 가리지 않고 먹되 잠자리는 꼭 한곳에서만 자는 모범적인 시골 노인이다. 며느리가 쥐어주는 용돈 봉투를 당장 열어보고 싶었지만 체면상 그렇게는 못 하고 모퉁이를 돌아서 아들 내외가 시야에서 사라진 순간 떨리는 손으로 잽싸게 봉투를 개봉했다. 무려 1만 원짜리가 열 장. 역시 우리 며느리는 시쳇말로 '스케일'이 참 크다.

길은 어두웠지만 평생 다닌 길이라 무섭지도 지겹지도 않았다. 그런데 그동안 아내 몰래 조성한 비자금과 방금 전 착한 며느리에게서 받은 10만 원까지 더해져 졸지에 과적재가 되어버린 지갑의 무게 때문에 어깨가 기울어진다. 흐뭇한 마음으로 부지런히 걸었다. 그런데 뭔가 섬뜩한 느낌이 들어서 조심스럽게 뒤를 돌아보았는데…… 그만 머리카락이 쭈뼛 서고 말았다! 분명 사람인 듯한데 괴이하게도 머리가 보이지 않았다. 다리가 후들거리고 심장이 마구 뛰고 머리카락은 철사처럼 빳빳해졌다.

도망치고 싶어도 다리가 움직여지지 않았다. 마지막 남은 용기를 모두 짜내서 조심스럽게 그 검은 물체를 살펴보니 머리가 아주 없는 괴물은 아니고, 누군가와 박치기를 하려는 듯 머리를 푹 숙인 채 나를 쫓아오고 있었다. 혹시 나의 지갑을 노린 소매치기가 아닐까? 그럴 거면 차라리 지금 빨리 지갑만 뺏어 갔으면 좋겠다. 저런 종자들에게 칼부림을 당한다든지 폭행을 당하면 그게 더 큰일이다.

아니다. 그리고 보니 오늘 농협에서 영농 자금을 받았다. 무려 2,000만 원이 입금된 통장과 도장을 지켜야 한다. 저 인간은 내가 오늘 영농 자금을 받은 것을 대체 어떻게 알았을까? 이런 생각까지 들자 나는 사생결단을 각오로 저 무시무시한 정체불명의 괴한과 맞서 싸우지는 못하겠고, 손아귀에서 벗어나기로 작정했다.

이럴 땐 자식 놈을 모두 외지로 보낸 게 후회스러웠다. 이 정도 거리라면 미친 듯이 비명을 지르면 우리 집까지 들릴 테고, 뚱뚱하고 힘은 없지만 나를 닮아 인상만은 조폭인 아들 놈이 달려 나오면 저 괴한이 도망칠 것도 같은데 말이다. 사실 나의 아내도 할멈치고는 목청이 크고 우리 면에서 둘째가라면 서러울 정도로 깡도 세서 나의 든든한 우군이 될 수 있지만 귀가 어두워 내 비명을 듣지 못할 것이다. 더구나 지금은 할멈이 좋아하는 드라마가 나오는 시간이라 그 비명을 들었다손 치더라도 맘 편히 옆집의 부부 싸움으로 생각할 터였다.

그나저나 저 머리 숙인 괴한은 나를 앞지르지도, 그렇다고 뒤처지지도 않고 일정한 간격을 유지하며 따라왔다. 마음 같아서는 그에게 무릎을 꿇고 지갑은 순순히 건네줄 터이니 목숨만은 살려달라고 울며불며 빌고 싶었다. 그런데 역시 그냥 죽으라는 법은 없는 모양이었다. 정신을 차리고 보니 마을 입구에 위치한 우리 집 마당의 백열등이 보였다. 더군다나 화장실을 다녀오는 아내 모습도 보였다. 어찌나 반가운지.

내가 어디서 그런 용기가 났는지 모르겠다. 우리 집의 백열등과 아내의 넓디넓은 등짝을 본 순간 나는 그 괴한에게 달려갔다. 용기라기보다는 그동안 쌓였던 공포에 대한 반작용이었는지도 모르겠다. 나의 전광석화 같은 기습에 괴한은 당황한 듯 보였다. 내가 멱살을 잡자 손아귀에서 벗어나려고 아등바등하는 모습이 가소로웠다. 그렇다고 우습게 볼 인간은 아니었다. 그 녀석은 나의 돈을 노리는 괴한이었다. 나는 우리 집이 바로 저기인데, 우리 집엔 덩치 크고 무서운 아들 놈이 있어서 널 가만두지 않을 거라고 괴한에게 겁을 주었다. 설마 그 괴한이 우리 집에 아들 놈이 있는지 없는지 확인하지는 않겠지. 내 인생 최고의 용기를 낸 순간이었다. 그 괴한은 나의 기세에 눌려 어버버 하더니 어둠 속으로 홀연히 사라졌다. 그리고 동시에 나도 길바닥에 풀썩 주저앉고 말았다.

07 나의 사업 체험기

  26세 때 잠시 취직했다가 그만두고 다른 일을 하려고 계획하던 중에 첫 직장의 동료와 연락이 닿아서 함께 사업을 하기로 했다. 우리는 사기꾼이 득실댄다는 대구 시내의 모 오피스텔을 근거지로 삼았다.

  우리의 취급 품목은 다양했다. 식품으로는 달팽이 진액, 지리산 뱀사골 토종꿀, 국화주 등 각종 건강식품을, 공산품으로는 찻상, 은수저, 골프 우산 등을 망라했다. 한 대기업 계열사의 것을 본떠 우리 회사의 로고로 삼았고, 사명을 '××유통'으로 정했다. 사업의 진행과 홍보에도 나름 신경을 썼지만 정작 우리가 열광한 것은 사업보단 심은하 주연의 드라마 〈M〉이었다. 드라마가 끝나면 상품이었던 국화주를 박스째 마셔버렸다. 물론 사업 계획도 열심히 짜기는 했으나 정작 우리의 눈동자가 초롱초롱해질 때는 사무실을 방문하는 다양한 분야의 예쁜 처자 영업 직원을 볼 때였다. 넉살 좋은 동료는 처자들을 앉히고서 '성공적인 영업은 이런 것이다'에 관한 강연을 자처했고 다음 날에도 반드시 와서 강연을 들으라고 했다. 정작 자기의 영업 실적은 늘 부진했지만 말이다.

  그러다 동료는 시골 동네의 새마을금고 이사장 딸과 결혼하게 되었고, 우리는 전무후무한 영업 건수를 잡았다. 찻상 3,000개를 새마을금고 고객의 사은품으로 납품하게 된 것이다. 친구는 룰루랄라 하면서 신혼여행을 떠났고 아르바이트 처자와 내가 한가로이 사무실에서 놀고 있을 때 갑자기 전화가 요란하게 울렸다.

새마을금고 직원인데 우리가 납품한 찻상의 포장지에 새긴 문구가 잘못되었단다. ○○새마을금고가 아니라 ××새마을금고라나. 나는 욕이란 욕은 다 먹었고, 그 동료는 신혼여행에서 돌아오자마자 새신부와 함께 골방에서 찻상 3,000개마다 새로운 문구가 새겨진 스티커를 덧붙이는 작업으로 밤을 하얗게 새야 했다.

우리는 수치스럽게도 아르바이트 처자로부터 사업을 똑바로 해야 직원 월급을 제대로 주지 않겠느냐는 훈계를 들었다. 물론 그 처자의 월급을 미루거나 적게 준 적은 없었기에 억울함이 밀려왔다.

이런 큰 사건이 터진 후이니만큼 우리는 긴급회의를 했다. 회사의 앞날을 모색해야만 했다. 더욱이 수익도 수익이지만 대외적인 평가가 매우 혹독했다. 특히 우리 집에서는 나를 사기꾼 또는 백수로 분류했고, 불혹이 되도록 백수 생활을 함으로써 친척들의 타깃이 되었던 5촌 당숙은 동료가 생겨서 좋다고 했다. 당시 나를 사회의 당당한 일원으로 인정해준 사람은 역시 어머니가 유일했다. 어머니는 친히 쌀 한 가마니를 택배로 보내주는 응원도 해주었다.

우리가 사업체의 찬란한 앞날을 위해 야심 차게 준비한 아이템은 호신용 경보기였다. 우리 자신도 국화주 말고는 단 한 번도 먹어본 적이 없는 각종 건강식품과 토종꿀은 우리와 맞지 않았고, 찻상이나 은수저는 지성인인 우리가 취급하기에는 너무 상업적인 상품이 아니냐는 내부 비판이 있었다. 더구나 토종꿀은 비스듬히 세워놨다가 쏟아져 내리는 바람에 그렇지 않아도 게으른 우리에게 단단히 밉상으로 찍혔다.

그에 비해 호신용 경보기는 사회적으로 공헌할 수 있는 상품이었다. 여성이 위급할 때 안전핀을 뽑으면 무시무시한 굉음이 나는 이 상품은 잘못 먹어서 다른 사람의 건강을 해칠 위험도 없고, 너무 상업적이지도 않다. 더구나 당시엔 지존파라는 흉악한 범죄 집단이 사회를 떠들썩하게 만들 때였다. 이런 무시무시한 사회에서 연약한 여성을 보호해줄 대안은 호신용 경보기뿐이라고 확신했다.

실로 획기적인 상품이 아닌가? 우리는 홍보를 위해서 대구 효성여대 정문 앞에서 가판하기로 했다. 아름답기로 소문난 효성여대 학생들의 안전을 지켜주는 놀라운 상품이기에 반응이 폭발적이리라 확신했다. 하여 비가 주룩주룩 오는 날 두 남자는 시커먼 바바리코트를 입고 좌판을 벌였다. 우리의 라이벌은 불법 복제한 노래 테이프를 파는 반사회적 좌판 업자였다.

두 업자 간에 신경전을 할 틈도 없이 효성여대의 학생들은 반사회적인 불법 복제 테이프 장사꾼에게만 모여들었다. 내 동료가 그녀들을 붙잡고 열심히 설명했는데 그녀들은 한결같이 자기 얼굴이 곧 무기라서 이런 것은 필요 없단다.

날도 춥고, 배도 고프고…… 우리는 우리의 자랑스러운 호신용 경보기를 단 한 개도 팔지 못하고 은신처로 귀환했다. 희망이 없고 자신도 없었다. 우리는 월급을 절대 걱정할 필요가 없도록 아르바이트 처자에게 해고를 통보했고, 우리도 각자 살길을 찾아 나서기로 했다. 동료는 고향으로 다시 돌아가서 전공(농경제)을 살려 농사를 짓기로 했으며, 나 역시 다른 인생을 모색했다.

며칠 전에 정리를 좀 할 게 있어서 지금은 친척이 살고 있는 고향 집을 갔다. 다락방을 뒤지는데 웬 박스가 하나 보여서 열어보니 그때 팔지 못한 호신용 경보기가 빼곡하게 들어 있었다. 한때 나의 희망이었던 그 녀석들을 껴안고, 비 오던 날 우리의 자랑스러운 상품을 단 한 개도 사주지 않았던 효성여대 학생들을 다시 한 번 원망했다.

08 사기꾼

아마도 20년은 된 일인 듯싶다. 경북 김천 시외버스 터미널 대합실에서 대구행 버스를 기다리고 있었다. 웬 남자가 다가와 안동에 가야 하는데 차비가 없는 것은 물론 3일째 굶고 있다고 말했다. 하도 불쌍하고 간절해 보여서 안동까지 가는 차비 3,500원인가를 손에 쥐어주었다. 그 남자는 꼭 갚겠다며 계좌 번호를 달라기에 별 기대를 안하고 알려주었다.

물론 그는 돈을 갚지 않았다.

한 6개월 지났나. 대구역에서 고향에 돌아오려고 서성거리는데 6개월 전의 그이가 또 내게 다가왔다. 안동을 가야 한단다. 차비가 없단다. 그는 6개월 전에 이미 나에게 삥 뜯었던 사실을 모르고 있는 모양이었다. 지금 생각해보니 좀 미안한데 나는 그이의 멱살을 잡고 6개월 전에 사기당한 돈을 고스란히 돌려받았다.

역시 아주 오래전 총각 시절, 비슷한 일이 또 있었다. 장애인 단체에서 전화를 받았는데, 내 평생에 그 사람보다 더 애절하고 동정심을 자아내려는 의도가 분명한 목소리는 듣지 못했다. 나는 그 단체에서 파는 물건을 받아보기로 했다. 물건이 왔는데 돈을 주고 사기에는 너무나 조악하고, 가격은 호되게 비쌌다. 그 사람에게 전화를 걸어 미안하지만 반품하겠다고 했더니 이렇게 반품이 되면 장애인들이 큰 충격을 받는단다. 가족 중에도 장애인이 있다 보니 그 사람들에게 마음의 상처를 주기 싫어서 보내온 물건의 반만 구매하기로 하고 입금했다. 그리고 그 물건은 당장 버렸다.

그로부터 20년 후, 헌책 수집에 관한 책《오래된 새 책》을 출간하면서 MBC의 〈문화사색〉이라는 프로그램에 출연하게 되었다. 프로그램이 방영되고 담당 작가에게 연락이 왔다. 이 프로그램이 시청자 피드백이 거의 없는데 이번에 피드백이 하나 왔단다. 내가 방송에서 《숨어사는 외톨박이》라는 나름 구하기 힘든 절판본에 대해 이야기했는데 어떤 시청자가 나에게 그 책을 빌려서라도 꼭 읽고 싶다 했다고. 그렇게나 그 책을 읽고 싶다는 마음에 감동해서 내가 가진 한 질을 주겠다고 약속하고 방송사로부터 그 사람의 연락처를 받았다. 전화를 걸었다. 전화를 받는 첫 음성만으로 나는 알아챘다. 이 여자, 그 여자구나. 20년 전 장애인 단체에서 일하던 그 끈적끈적하고 애절한 목소리의 주인공. 물론 나는 아는 체를 하지 않고 주소를 받아 나의 소중한《숨어사는 외톨박이》를 보내주었다.

⑩⑨ 전화 통화

　시골에서 근무하는 공공 기관 직원의 언어 습관은 시골 노인을 닮았다. 농협, 면사무소, 새마을금고, 우체국뿐만 아니라 학교 선생도 그렇다. 시골의 농협 직원은 도시에서처럼 "고객님, 오늘 날씨 무척 춥죠?" 이런 식으로 응대하지 않는다. "아이고, 할배! 이키 추운 날 우짤라꼬 나왔어?"와 같은 식이다. 뭐, 학교 선생도 그 나물에 그 밥이지 별다르지 않다. 어디 그뿐인가? 아이들의 말도 노인의 그것과 흡사하다. 가령 종이 울리고 아이들이 우르르 나갈 때 이런 소리가 들린다. "어허! 야들이 운동을 했는가? 왜 이리 힘이 세~여. 사람을 막 밀어제끼네." 인터넷이 보급되기 전까지만 해도 아이들을 데리고 수학여행을 갈 때 버스 안에서 노는 모습을 보면 시골 노인의 효도 관광과 닮아 있었다.

　친구 하나는 이런 얘기를 들려주었다. 아무리 시골 학교라지만 간혹 도시에서 전학 오는 학생이 있다. 그래서 친구는 팔자에도 없는 서울 출신의 학부모를 만났는데, 이런 경우 시골 학부모를 대하듯이 너무 정겹고 우직스러운 표현은 좀 곤란하다는 생각을 했단다. 그리하여 전화로 상담하면서 국어책에 나오는 표준말과 본인이 아는 가장 고상한 어휘로 대화를 이어나갔다. 물론 한 발자국만 잘못 짚으면 촌스러움의 나락으로 떨어질 테니 온 신경을 집중했다. 그때 느꼈던 감정은 마치 국가 원수 간의 정상 회담을 중간에서 통역하는 정도의 압박감이었다고 한다. 그래도 다행히 서울 중산층의 교양인이 사용하는 말을 구사하는 어설픈 흉내는 막바지에 이르렀고 드디어 클로징 멘트만 남았을 때였다.

차분히 클로징 멘트를 구상하는 선생에게 학부모는 예상 밖의 발언을 했다. 자식이 몰래 나쁜 짓을 하지는 않는지 의구심을 표한 것이다. 표준어 대화가 막바지에 이르러 방심을 했는지, 아니면 예상치 못한 대화의 흐름에 당황했는지 그 불쌍한 선생은 이런 말을 내뱉고 말았다.

"아! 그럼 제가 그놈을 한번 조져보겠습니다."

10 포항 여행

방학을 맞아 가족 여행을 갔다. 포항의 불빛축제를 구경하고, 이동해서 물놀이를 좀 즐기다 보니 피곤해서 일찍 잠자리에 들었다. 얼마나 잤을까? 더운 날씨라 물을 많이 마셨고, 저녁을 과하다 싶을 정도로 잘 먹어서인지 여명이 밝아오는 새벽에 잠에서 깼다. 무심결에 옆을 봤는데 아내가 베개도 없이 자고 있었다. 마취된 채 수술대 위에 뉘인 환자 같은 모습이었다.

그리고 보니 베개가 하나 부족했던 모양이다. 그러니까 아내는 일찍 잠들어버린 내게 베개를 양보하고 저리도 불편하게 잠을 자고 있었던 것이다. 사람 구실을 못 하는 촌놈을 데려다가 사람을 만들어준 것도 모자라 물심양면으로 남편을 위해 희생하다가 잠자리마저 불편하게 자는 아내의 모습. 그날 낮의 일만 해도 그랬다. 워터파크에 갔는데 사물함의 열쇠를 받아서 간신히 번호에 맞는 로커를 찾긴 찾았다. 그런데 어쩐 일인지 사물함이 열리지 않았다. 몇 번이나 번호를 확인해도 틀림없이 내가 쥔 열쇠의 번호와 로커의 번호는 같은 숫자인데 말이다. 결국은 나의 채근에 지친 로커가 짜증스럽게 비상벨 비슷한 소리를 토해냈다. 즉 나를 남의 로커를 탐한 불순한 침입자라고 생각한 모양이었다. 이러지도 저러지도 못하는 나는 방귀를 껴놓고 슬쩍 자리를 뜨는 사람처럼 그 자리를 벗어날까 말까를 고민했다.

진퇴양난에 빠진 내가 우왕좌왕하고 있는 찰나, 구세주가 나타났다. 아내였다. 어린 시절부터 남달리 영특해 대학을 서울에서 유학한 신여성인 아내는 내가 처한 급박한 상황에 대한 명확한 원인 규명과 해결 방안을 제시했다. 당신이 지금 열려고 아등바등한 로커는 여성용이며, 고로 옷을 갈아입기 편한 성별로 태어난 당신은 남성용 로커를 찾아야 한다고 말이다. 아내는 확실히 구구단 7단을 못 외워서 나머지 공부를 한 나와는 차원이 다른 인재이며 기계를 다루는 능력, 공간 감각뿐만 아니라 워터파크에서 성별로 로커를 찾는 능력까지 우수했다.

아내가 아니었다면 나는 여성용 신발에 페티시가 있는 변태 치한이나 도둑으로 낙인찍힐 운명이었다. 내가 책 속이라는 픽션 세상에 살고 있다면 그녀는 현실이라는 논픽션 세상에 살고 있는 셈이었다. '경주 보문호수 근처의 워터파크에 가면 신발을 보관하는 로커가 남성용과 여성용으로 엄격히 구분되어 있으니 남성이면서 여성용 로커의 문을 열려고 여러 번 시도했다가는 치한이나 도둑으로 몰릴 수 있으므로 조심하시오'라는 구절이 내가 좋아하는 작가의 소설 속에 등장하지 않은 잘못도 있긴 하다.

이렇듯 못난 남편을 뒷바라지하느라 아내의 흰머리가 요새 부쩍 많아졌다. 너무 많아서 한 가닥 한 가닥 뽑아주는 것이 의미가 없을 것 같았지만 유난히 앞쪽으로 돌출한 녀석이 맘에 걸려 살짝 뽑아주기로 했다. 그런데 괘씸한 흰머리 한 가닥을 뽑으려고 하니 아내가 아프다고 자지러졌다. 과연 아침 이슬을 머금은 거미줄처럼 가는 내 머리카락과는 비교도 안 되게 아내의 머리카락은 굵고 실해서 뽑아내면 두피에 커다란 웅덩이가 생길 터이고 그 아픔이 남다르겠다 싶었다. 오랫동안 어머니를 따라 온갖 병원과 치료 시설을 순례한 나는 갑자기 가슴이 먹먹해졌다. 아무리 굵고 실해도 그렇지, 머리카락 한 가닥 뽑는 아픔도 참지 못하는 이 신여성이 늙고 병들어서 병원 신세라도 지게 된다면 어찌할꼬. 그때쯤이면 의술이 지금보다 훨씬 발달해서 내가 그간 지켜본 고통스러운 치료와 검사 과정이 무통증으로 가능할까?

이런저런 생각으로 머리가 복잡해졌고, 어쨌든 담배를 끊고 건강을 챙기기 시작한 것은 매우 잘한 일인 것 같다는 생각이 들었다. 내가 건강해야 아내가 아프고 병들면 간호라도 할 것 아닌가? 집에서야 무소불위의 권력자이며, 우리 집 텔레비전의 채널을 관장하는 지휘자이며, 먹거리를 통해 나와 딸아이의 생존권을 쥐고 있는 압제자인 아내지만 사실 머리카락 한 올 뽑는 고통도 참지 못하는 연약한 여자이기도 하다. 나는 그간 아내에게 진 빚을 갚기 위해, 아내의 맑고 건강한 영혼을 위해 건강해지고 오래 살아야겠다는 비장한 다짐을 하기에 이르렀다. 그날 새벽에 베개 없이 잠든 아내를 보고 말이다.

그런데 엄숙한 마음으로 아내의 이불을 정리해주다가 흠칫 놀라고 말았다. 이불 밖으로 살짝 삐져나온 아내의 발을 이불로 덮어주다 발밑에서 하얀 물체를 발견했기 때문이다. 그건 아내의 베개였다.

역시 아내는 생활 상식으로 충만한 신여성이었다. 내가 읽은 소설 속에는 많이 걸은 날이면 잠잘 때 발의 위치를 심장보다 높게 해주어서 혈액이 원활히 순환하도록 하라는 구절이 없었다. 군 복무 시절 행군할 때 휴식 때는 꼭 발을 높은 곳에 위치시켜서 피로를 풀도록 하라는 야전 규범을 배우고 실천했지만 제대한 지 오래되어 까맣게 잊어버린, 피곤하다고 아무렇게나 널브러져 잠을 청한 나와는 차원이 다른 교양인이 바로 내 아내였던 것이다.

11 컴퓨터의 사망

나의 생각: 우리 집 데스크톱 컴퓨터가 사망했다. 애초에 부실하게 태어난 놈이었다. 더욱이 그렇지 않아도 허약한 체질인데 낯선 프로그램에 너그러운 두 여자의 치하에서 많이 고생했다. 우리 딸아이는 초등학교 시절 적극적이고 긍정적인 학습 태도로 널리 명성을 떨친 학생이었다. 컴퓨터 화면에 간간이 출현하는 "설치하시겠습니까?"라는 물음에 절대로 부정적인 응답을 하지 않았다. 새로운 세상에 소극적인 태도를 취하는 학생이 아니라는 말이다. 딸아이의 긍정적이고 적극적인 의사 표현의 결과 불쌍한 우리 집 거실 컴퓨터는 실로 다양한 도우미에 둘러싸였고, 이래라저래라 간섭하는 수많은 도우미 때문에 짜증이 폭발한 나머지 그럼 잘난 너희끼리 잘해보라며 사직서를 제출하고 말았다. 결국 다양한 툴바와 각종 강제 프로그램이라는 불치의 병에 신음하던 녀석은 나의 정성 어린 간호에도 불구하고 사망 선고를 받았다. 아예 부팅이 되질 않았다.

컴퓨터가 고장 났지만 공유기는 살아 있어서 나는 맥북(애플 노트북)으로 집필이나 야구 중계를 보았고 아내와 딸아이는 스마트폰으로 어지간한 '디지털 정보에 대한 갈증'은 해소할 수 있었다. 그래서

굳이 새 컴퓨터를 사야 할 필요성을 못 느껴 사망한 컴퓨터를 몇 달
간 방치해두었다. 그러나 아내와 딸아이는 기껏해야 4인치 정도의
스마트폰 화면으로 들여다보는 열악한 인터넷 생활이 불편해졌을 테
고, EBS 강의를 시청한다든지 과제를 하기 위해 결국 컴퓨터가 필요
하다고 인식한 모양이다.

　마침내 우리 집의 예산을 집행하는 권력자인 아내가 새 컴퓨터를
사야겠다고 발표를 했는데 놀랍게도 노트북을 사겠단다. 나에게 데
스크톱은 그냥 컴퓨터지만 노트북은 새로운 장난감이라 즐거운 흥분
을 한 탓에 "노트북은 공책이지 컴퓨터가 아니야. 노트북 컴퓨터는
잘못된 영어고 올바른 영어는 랩톱(laptop)이라고 해야 해. 따라 해
봐 랩~톱"이라고 아내를 훈계할 절호의 기회마저 놓쳐버리고 말았
다. 대신 요즘에는 가족용 컴퓨터라 할지라도 데스크톱 대신에 랩톱
을 많이 구매하는 추세라며, 침대에 누워서 당신이 그토록 좋아하는
드라마도 볼 수 있고, 결정적으로 딸아이도 좀 더 능동적으로 다양한
멀티미디어를 통해 공부할 수 있다고 설명함으로써 아내의 결심을
더욱 견고하게 만들었다.

　더구나 뜬금없이 아내가 "애플 노트북을 살까?"라고 슬쩍 이야기
를 꺼냈을 때 아연실색하고 말았다. 아내는 평소 애플 제품을 좋아하
지 않았기 때문이다. 아내는 휴대폰은 평생 삼성 것만 사용해왔다.
반면 애플 제품을 좋아하는 나는 이미 맥북을 애용하고 있지만 우리
집에 또 하나의 최신형 애플 노트북이 생긴다고 하니 상상만 해도 즐
거웠다. 더구나 애플 제품은 아내와 딸이 전혀 모르는 미지의 세계이

기 때문에 내가 그들 앞에서 전문가 행세를 할 수 있었다. 나는 쾌재를 부르면서 애플 노트북의 장점을 침을 튀겨가며 브리핑했다.

내가 맥북 프로를 가지고 있으니 새로 살 가족용으로는 좀 더 얇고 가벼운 맥북 에어가 좋겠다는 생각을 하면서 즐거운 나날을 보내던 어느 날, 딸아이가 숙제할 게 있으니 맥북을 집에 두고 출근하면 안 되느냐고 묻기에 흔쾌히 허락했다. 딸아이와 아내도 이제는 애플 운영 체제에 적응해야 하니 미리 써보는 것도 좋겠다는 생각이 들었다. 딸아이에게 사용 방법을 간단히 알려주었는데 어려서 그런지 금방 익숙하게 사용했다. 또 맥북은 기특하게도 동영상 강의까지 잘 작동되었다. 그렇게 며칠이 지났고 내가 새로운 맥북을 영접할 기대에 부풀어 있던 어느 아침, 아내가 유난히 여러 가지 반찬을 정성스럽게 준비하더니 극히 이례적으로 서재까지 왕림해서 식사 준비가 끝났음을 알려주는 극진한 현모양처 흉내를 냈다. 식사 자리에서 무슨 중요한 말이 있으리라는 추측은 전혀 하지 못했고 그저 맛있는 음식을 빨리 먹고 싶어서 주방으로 달려갔다.

아내의 생각: 3~4년 전에 남편이 사 온 우리 집 컴퓨터는 내가 보기에 영 신통치 않았다. 일단 대리점에서 정품으로 구매한 제품이 아니었고, 남편이 어디서 소위 야매로 조립했다는데 한눈에 보기에도 엉성한 제품이었다. 그러나 남편은 자화자찬하느라 정신이 없었다. 저렴한 가격으로 이런 슈퍼컴퓨터를 장만한 것은 오로지 잘난 자기 덕분이란다. 처음엔 그런가 보다, 라고 생각했는데 시간이 흐를수록 이

상했다. 남편은 그렇게 좋다는 슈퍼컴퓨터를 전혀 사용하지 않고 맥북만 끼고 살았다.

딸아이와 내가 이 점에 관해서 의혹을 제기하자 남편은 '좋은 컴퓨터는 가족을 위해 양보하고 가장인 자기는 화면도 작고 성능도 구리며 저렴한 노트북을 사용하고 있는데 가장의 배려와 양보심을 감히 의심하는 거냐'고 오히려 화를 버럭 냈다. 그러나 남편이라는 사람은 3년 전에 카메라 렌즈 출처와 가격을 묻는 나에게 원래 렌즈는 카메라를 사면 그냥 따라오는 것이라고 우겨댄 전적이 있었다. 그러면서 "당신, 카메라 살 때 언제 렌즈를 따로 산 적 있었어?"라고 되물었다. 덧붙여서 사실 카메라가 좀 비싼 거라 렌즈는 덤으로 주는 사은품 정도에 지나지 않는다고 자상하게 설명까지 해주었다.

남편은 내 주변에도 기계라면 환장하는 남자 동료가 있다는 사실을 간과했다. 당연히 그 직원에게 넌지시 물었는데, 쉽게 말해서 캐논 렌즈에 빨간 테두리가 있으면 그건 무조건 비싼 놈이라고 생각하면 된단다. 어떤 경우에도 렌즈를 공짜로 주는 경우는 없단다. 책상의 먼지가 친구나 되는 양 수북하게 쌓아두고 사는 남편이 밤마다 부드러운 융으로 마치 국보급 도자기를 대하는 정성을 기울여 닦는 렌즈에는 빨갛다 못해 시뻘건 줄이 영롱하게 빛난다는 사실을 익히 알고 있었다. 남편이 유난히 그 빨간 줄을 더욱 정성스럽게 닦아주는 장면을 여러 번 목도했기 때문이다. 그렇다. 150만 원짜리 렌즈였다. 화는 났지만 남편이 워낙 좋아하는 일이라 그냥 묻어두기로 했다.

어쨌든 우리 집 컴퓨터는 자주 고장이 났고 그때마다 남편은 자신이 무슨 맥가이버나 되는 것처럼 폼을 잡고 수리하는 시늉을 했다. 곁눈길로 얼핏 보았더니 기껏 한다는 조치가 백신 프로그램을 켜고, 유해 여부와 상관없이 자신이 잘 모르는 프로그램은 무조건 삭제해 버리는 것으로 소임을 마쳤다. 그러면서 우리에게 훈계를 늘어놓는 다. 우리가 컴퓨터에 대한 지식이 부족해 함부로 다루고 있으며, 특히 각종 툴바와 이상한 프로그램을 조심성 없이 마구 설치한다는 것이다.

그러나 내가 생각하기에 우리는 조심성이 많아서 여간해서는 이상한 프로그램을 설치하지 않고 기껏해야 웹 서핑이나 쇼핑을 하는 게 전부인데 컴퓨터가 부실해진 것을 우리 탓으로 돌리니 의아스러 웠다. 그러고 보니 언젠가 우리가 외출하고 돌아왔을 때 남편이 웬일 로 문제의 그 컴퓨터를 사용하다가 화들짝 놀라 화면을 급하게 내렸 던 적이 있었다. 설마 야한 동영상을 본다고는 생각지 않지만…… 확실히 남편은 인터넷에서 많은 자료와 프로그램을 사용하는 편이므로 남편 탓에 악성코드가 생겼다고 생각한다.

결국 자신이 우리 집의 컴퓨터를 망친 주범이면서 되레 여자들의 컴퓨터 사용법을 개탄하며 자기가 힘들게 구해 온 컴퓨터를 망가뜨려놓고 잠이 오느냐고 호통을 치니 어이가 없었다. 더구나 그 양반은 자신의 맥북으로 야구도 보고, 글도 쓰고 하니 아쉬운 게 없는지 우리 집의 공공재인 데스크톱의 부재에도 무심하고 대안을 마련할 생각도 없는 듯했다. 뭐, 사실 우리도 그다지 불편하지 않았다. 드라마나 영화 시청뿐만 아니라 쇼핑도 스마트폰으로 충분히 가능하다. 굳이 또 돈을 들여서 데스크톱을 마련할 생각이 없었다.

그것보다 허구한 날 서재에 은둔하면서 몇 시간을 꼼짝도 하지 않고 야구를 보거나, 서핑을 하는 남편의 반가족적인 행태도 바로잡을 겸, 또 우리도 좀 더 쾌적한 인터넷 생활을 영위하기 위해 남편의 개인용 맥북을 우리 가족의 공공재로 끌어내기로 했다. 그러나 지렁이도 밟으면 꿈틀하는 법인데 성깔 있는 남편이야 물어 뭐하겠는가? 나는 급작스러운 징발보다 이슬비 정책을 쓰기로 했다. 즉 처음엔 옷이 젖는지 모르지만 한참 지나면 자기도 모르게 온몸이 축축해진 걸 비로소 깨닫게 된다는 원리다.

일단 남편에게 컴퓨터를 새로 사야겠다고 언질을 주었고, 더구나 남편이 좋아할 애플 노트북을 구매하겠다는 소식을 알려주었다. 과연 언제나 나의 예감에서 눈곱만치도 어긋나지 않는 남편은 뛸 듯이 기뻐했고, 신이 나서 평소보다 몇 배나 말이 늘어 우리에게 애플 노트북에 대한 찬양과 편리함을 늘어놓았다. 우리는 귀가 빨개지도록 열변을 토하는 남편의 정성이 가상해 눈은 맞추어주었지만 귀로는 텔레비전 드라마의 대사를 듣고 있었다. 우리의 본심이 애플 노트북을 사겠다는 게 아니고, 당신의 애장품인 애플 노트북을 우리도 쓸 준비가 되어 있으니 혼자 서재에 처박혀서 컴퓨터만 하지 말고 우리와 같이 놀자는 뜻이라는 걸 까맣게 모르는 눈치였다.

급기야 그가 애플 노트북으로 쇼핑과 금융 거래를 하는 방법, 동영상 강의를 보는 방법을 조목조목 설명하기 시작할 때는 애처로워지기까지 했다. 혹시 좋아하는 쇼핑을 맥북으로는 못 하게 될 것을 우려한 나머지 내가 마음을 바꿀까 봐 초조해하는 모습이 훤히 보였다. 그 모습을 보다 보니, 그래도 남편인데 이제 그만 우롱하고 결정적 힌트를 줘야겠다고 생각했다. 어느 날 나의 충신이자 심복인 딸아이를 시켜서 숙제를 해야 하니 그 양반의 맥북을 빌리라고 시켰던 것이다. 남편에게 당신의 맥북을 하물며 딸아이도 충분히 사용할 수 있다는 사실을 인식시키고 딸아이가 맥북을 공유하는 경우가 잦아질 가능성을 스스로 깨닫도록 했다. 그리하여 결국 나는 남편으로부터 자기 맥북을 같이 사용하면 되지, 뭐하러 새 컴퓨터를 사냐는 질책을 듣고 싶었다.

그러나 남편은 오랜만에 딸아이에게 다정한 미소를 지어가며 "너도 이제 조만간 새로운 맥북을 사용해야 하는데 미리 연습 좀 해야지" 하면서 한껏 더 기대에 부푼 기색이 역력했다. 저 양반은 소설깨나 읽었는데 어째 복선과 암시에 저토록 무감각한지 참 답답했다. 이제 저 무딘 남자에게 이 이상의 희망 고문을 가하는 것은 아내로서 할 도리가 아니었다. 하나에서 열까지 입으로 말해줘야 알아듣는 것이 저 남자의 숙명이니 어쩔 도리가 없었다. 그를 불러서 대놓고 말해줄 수밖에. 몇 분 뒤에 감내하기 힘든 비보를 접할 운명인 그가 오랜만에 밥이라도 맛나게 먹을 수 있도록 정성껏 식사를 준비하고서 그를 불렀다. 배가 고팠는지 한걸음에 달려온 그가 식사를 마칠 때쯤 나는 이렇게 말해주었다.

"내가 곰곰이 생각해봤는데 당신 노트북이 있는데 군이 또 컴퓨터를 살 필요는 없잖아. 다른 집도 보면 노트북 하나로 가족들이 번갈

171

아 사용하지, 한집에 노트북을 두 대나 가지고 있는 경우는 드물어. 당신이 말했다시피 맥북으로도 쇼핑이나 금융 거래 이런 거 다 되니까 굳이 다른 컴퓨터를 살 필요가 없을 것 같아. 그러니까 앞으로 당신 맥북을 가족끼리 같이 사용하자."

그 순간 접시와 남편의 입 사이를 부지런히 오가던 숟가락이 식탁 위로 툭 떨어졌다.

12 나의 패션 아이덴티티

    주말에 경북 영덕에 볼일이 생겼다. 경상북도는 정말 영토가 광활해서 같은 경북이고 좋은 길이 있는데도 좀 멀다 싶으면 두 시간 이상이 걸린다. 영덕에 갔다가 대구의 팔공산 자락에도 들러야 하는 일정이라 아무래도 혼자 갔다가는 압도적인 고독에 시달릴 게 뻔했다. 아내와 딸을 동행자로 포섭하기 위한 작업에 돌입했다. 나의 목적지가 영덕 대게 식당과 숲 속의 공주가 사는 작은 궁궐 같은 카페라는 점을 가장 먼저 부각했다. 역시나 게를 좋아하는 두 여자에게서 입질이 왔다.

    나는 전세를 완전히 굳히기 위해서 노트북을 그들의 코앞에 들이밀어서 영덕게 풀코스 요리의 환상적인 비주얼을 선보였다. 그리고 에메랄드빛의 아름다운 바다도 구경할 수 있으니 도대체 돌 하나로 몇 마리의 새를 잡을 수 있는지 헤아리지도 못하겠다고 열변을 토했다. 나는 몰아붙일 때는 사정없이 몰아붙인다. 그렇지 않아도 나의 유혹에 넘어오기 직전인 그녀들에게 이 집은 대한민국의 모든 언론이 격찬했고 무려 〈생생 정보통〉에도 출연한 대박 맛집이라 지금 당장 예약하지 않으면 게의 야들야들한 살은커녕 게 냄새도 못 맡는다고 공세의 쐐기를 박았다.

나의 공작에 그녀들은 완전히 백기를 들었다. 마치 오늘 대게를 먹지 않으면 죽을 때까지 다시 먹을 기회가 오지 않을 것처럼 준비를 시작했고, 나는 빨리 준비하지 않으면 안타깝지만 나 혼자 갈 수밖에 없다고 으름장을 놓았다. 준비하는 그들 등 뒤에서, 원한다면 포장해 올 수는 있지만 아마 배달된 짜장면처럼 그 자리에서 먹는 것보다 훨씬 맛이 떨어질 것이라며 그들을 돌이킬 수 없는 코너로 몰아넣었던 것이다. 그런데 그 절체절명의 순간에 잠시나마 야구를 보겠다고 텔레비전을 켰는데 김구라를 닮은 한 아나운서가 다 된 밥에 코를 풀었다. 벌초객들 때문에 고속 도로가 주차장이 되어버렸다는 뉴스를 전하고 있었던 것이다. 본능적으로 다른 채널로 돌리려는 나의 손놀림은 급하기만 했을 뿐 정확도는 떨어져 비운은 더욱 깊어만 갔다. 채널 버튼 대신 음량 조절 버튼을 마구 눌러댄 바람에 그 뉴스는 각자의 방에서 영덕게 풀코스 요리를 먹으려는 기대감에 부풀어 채비 중이던 두 여자에게도 전달되었다.

요새는 호환 마마보다 교통 체증이 더 무서운가 보다. 두 여자는 그 뉴스를 듣자마자 옷가지를 내팽개치고 자기들은 집에서 텔레비전이나 보고 있을 테니 혼자 영덕 가서 맛나게 먹든지 말든지 마음대로 하란다. 또 생각해보니 오로지 나의 볼일 때문에 영덕에 가자는 것 아니냐며 영덕 가족 여행의 진정성에 의문마저 제기했다. 나는 나중에라도 데려가 달라고 졸라도 절대로 데려가지 않겠다며 후회하지 말라고 경고했지만 후회한 것은 그들이 아니고 아홉 시간을 차 속에서 보낸 나였다. 나는 유일한 동행인인 내비게이션 안내양을 클라라로 전격 교체했다. 그러다 클라라가 식상해지면 경상도 사투리를 쓰는 처자로 동행인을 바꾸었다. 차 속에서 나는 카사노바요, 돈 후안이었다. 그러나 그들은 결국 살을 에는 듯한 나의 고독을 달래주지는 못했다.

녹초가 되었지만 집에 돌아와도 분한 마음에 잠을 이루지 못했다. 내가 누구인가? 논산훈련소의 29연대 3중대 1소대의 '5분 스피치'의 제왕이었고, 세 치 혀로 무지막지한 남자 일곱 명을 녹다운시켜서 원하는 대로 다 들어주겠다는 항복을 받아낸 나였다. 그런 내가 아녀자 두 명을 설득하지 못해서 구차스럽게 내비게이션 안내양을 교체해가며 여행하는 굴욕을 맛보아야 한단 말인가? 나는 나의 설득력이 전과 같은지 확인하고, 또 어제의 굴욕을 만회도 할 겸 그들이 가장 외출하기 싫어하는 시간과 상황을 일부러 골라서 나의 뜻을 관철해보기로 했다. 맞다. 원래 사기가 왕성한 사람은 자진해서 어려움에 임한다고 군대 시절 소대장이 알려준 바 있다.

일요일 늦은 오후는 그녀들이 일어나서 적당히 배도 채우고, 머리를 감지 않고 느긋이 있으면서 가정이 제공하는 안락함을 최고로 만끽하는 시간이다. 나는 이 시간에 그녀들을 설득해 외출할 생각이었다. 일단 저번처럼 단순히 음식으로 꾀는 일회성 미끼가 아닌, 먹고 마시고 눈이 호강하며 건강도 챙길 수 있는 입체적인 미끼를 던졌다. 즉, 구미의 금오산 아래 자락에서 맛있는 점심을 먹고, 금오산 올레길을 거닌 뒤 내려오는 길에 커피숍에 가서 팥빙수와 아이스 아메리카노를 마시는 코스를 그들 앞에서 프레젠테이션했다. 나의 야심 찬 프레젠테이션에 고객들은 또 넘어왔다. 프레젠테이션이 얼마나 감동적이었는지 그들은 머리를 감는 불편함도 감수하고 나와 함께 차를 타고 외출해 점심을 먹겠다고 했다. 물론 전날의 실수를 다시 저지르지 않기 위해서 텔레비전 리모컨은 소파의 틈새 깊숙이 숨겨두었다. 나는 같은 실수를 반복하지 않는다. 집을 나서려 하자 아내가 반바지 말고 기지바지를 입으라고 해서 갈아입었다. 내 전략이 성공했는데 그깟 바지 갈아입는 게 무슨 대수란 말인가.

그런데 구미에 도착하자마자 나의 적들이 잠시 살 것이 있으니 할인 마트에 들르자고 했다. 거기에서 사야 할 것이 뭔지 물어봐도 되냐고 했더니 나의 바지란다. 사실 나는 내가 좋아하는 브랜드가 있고 그것만 고집하는데 그 마트엔 팔지 않았다. 물론 소위 말하는 명품은 아니다. 그러나 나에게 그 상표는 패션 아이콘이자 신념이었다. 다급해진 나는 "그 옷이 아니면 사지 않는다"라는 소신 있는 멘트를 내뱉었고, 기다렸다는 듯이 딸아이로부터 맹비난을 받았다. 나의 주장은 너무나 허술해 굳이 아내까지 나설 필요 없이 딸아이의 맹공격만으로도 충분히 타격을 입었다. 하여 나는 마트에 도착하자마자 속절없이 50퍼센트 할인이라는 문구가 선명히 박힌 옷가게로 향해야만 했다.

옷가게 바로 앞에서 그녀들이 좋아하는 아이스크림 가게로 발길을 돌리려는 시도를 했으나 아내는 목장의 주인이었고, 딸아이는 충성스럽고 용맹한 양 떼 몰이꾼이었다. 둘은 나를 사정없이 옷가게로 몰아넣었다. 졸지에 어리숙하고 초점 잃은 눈동자의 고객을 맞게 된 옷가게 점원 아저씨는 어린 시절 전도유망한 웅변가였는지 우렁찬 목소리로 옷의 우수성에 대해 열변을 토했다. 골라준 그 옷이 구김이 안 가서 다림질할 필요가 없고, 밝은 색깔이 아니어서 뭔가를 흘려도 표시가 잘 안 나며, 게다가 무려 50퍼센트 할인된 가격에 판매함으로써 우리 집 가계 운영에도 무리를 주지 않는다는 것이었다. 그러고는 내가 입고 있는 바지를 힐끗 보더니 이미 10년 전에 지나간 유행이며, 이런 옷은 패션에 조금이라도 신경 쓰는 사람이라면 절대 입지 않는다는 비판을 가했다. 물론 아내의 전적인 동의하에 가능한 비판이었다.

아내는 내가 멋있게 보이는 것을 원치 않는다. 아저씨처럼 보이되 자신의 얼굴에 먹칠하지 않는 구성이면 만족한다. 나는 까만색 바지를 영혼 없이 골랐는데 사는 김에 한 벌 더 사란다. 소나기를 한 번 맞는 게 무섭지, 두 번 맞는 게 두렵겠는가? 나는 촌놈이었던 고등학생 시절 시골 오일장에서 옷을 골랐던 것보다 빨리, 아니 편의점에서 내가 먹을 아이스크림을 고르는 것보다 훨씬 더 빨리 바지 두 벌을 골랐다. 나의 20년 패션 아이덴티티는 그렇게 무너졌다.

아, 점원 아저씨는 흐뭇한 표정을 지으며 50퍼센트 할인 기간이라 손님이 직접 수선 가게에 가서 수선된 옷을 찾아야 한다고 말했다.

13 우리 동네 미용실

직장인들의 습관은 참으로 놀랍다. 1년 중 대부분을 오후 5시 30분에 퇴근하다가 최근 얼마간 한 시간 빨리 퇴근했다. 고작 한 시간인데도 그 잉여 시간이 낯설고 어색했다. 단지 한 시간의 여유를 주체 못하다가 결국 미용실에 들르기로 했다. 물론 나는 깔끔함과 멋스러움을 추구하는 도시 남자답게 아무 미용실에나 다니지 않는다. 소정의 엄격한 선정 기준에 의거해서 미용실을 선택한다. 그 기준이란 '어떤 경우에도 기다릴 필요가 없어야' 한다는 것이다.

우리 동네 상가에는 총 세 곳의 미용실이 있는데 나의 엄격한 기준을 통과한 곳은 두 곳이었다. 탈락된 한 곳은 사실 우리 집에서 다른 미용실보다 대략 5~10미터 정도 더 가깝다는 이유로 최우선 협상 대상에 선정되는 영광을 잠시 누렸으나 나를 무려 15분간 둥그런 파마 모자를 쓴 여인들 틈바구니 속에 방치한 그날로 여지없이 퇴출되었다.

그 이후로 나는 나머지 두 곳의 미용실을 번갈아 이용했다. 예산을 균등하게 집행함으로써 지역 사회의 균형 있는 발전을 도모해야 했다. 그런데 그중에서 상가 2층에 자리 잡은 미용실이 리스트에서 제외되는 비운을 맞고 말았다. 백수로 보이는 남편이 러닝셔츠 바람에 담배를 문 채로 내 머리를 감겨주었기 때문이다. 그 이후로는 우리 집에서 무려 25미터나 떨어진 미용실을 항상 이용했다.

그런데 지난 대선일 저녁, 평소처럼 미용실 문을 열고 일순간의 지체도 없이 거울 앞 의자에 앉았는데 예의 그 원장 아주머니가 오랜 고객을 영접할 생각도 하지 않고 친구로 보이는 다른 아주머니와 설전을 벌이고 있었다. 친구 아주머니가 같은 성씨라는 이유로 아무개 후보를 찍었다고 하니까 "그럼 전라도에 가서 살아라"라며 호통치기까지 했다. 나는 의사 결정을 할 때 그렇게 단순하고 불합리한 이유를 대는 사람을 신뢰하지 않는다. 그리고 내가 혹여 머리 모양에 대해서 이의를 제기하면 "그럼 전라도에 있는 미용실에 가보든가"라고 혼날 것 같기도 했다. 그래서 나는 그곳에도 발길을 끊었고 결국 애초에 나를 15분간이나 소파에 방치했던 미용실을 다시 찾아야 했다.

나의 우려와는 달리 아름다운 미용실 원장님과 보조 미용사 아가씨는 무려 2년이나 외도한 나를 반갑게 받아들였다. 오늘도 그 미용실을 갔는데 원장님은 포도를 한 송이 거의 다 먹어가는 중이었고, 보조 미용사 아가씨는 청소하는 척하지만 실상은 텔레비전의 막장 드라마에 마음이 뺏긴 상태였다. 뜻밖에 손님은 아무도 없었고 그 두 사람은 굉장히 심심해했음이 확실했다. 내가 들어서자, 서로 나를 가지고 놀겠다고 다투던 어린 시절의 누나들 눈초리를 하고서 바라보았기 때문이다.

세 군데 중 유일하게 보조 미용사가 있는 미용실이니만큼 본격적으로 머리를 자르기 전 세팅 작업에만 5분이 소요되었다. 원장님은 어른이 된 이후 단 한 번도 헤어스타일을 바꾼 적 없는 나를 두고 어떤 스타일로 자를 것인지, 구레나룻은 어떻게 처리할 것인지, 뒤통수 머리는 얼마만큼 자를 것인지 등 매우 세부적인 명령을 내려주길 요구했다. 물론 나는 아주 명쾌하게 결론을 내려주었다.

"적당히 잘라주세요."

나의 불길한 예감은 적중했다. 원장님은 일생일대의 작품을 만들어내기로 작정한 사람 같았다. 머리카락 한 올 한 올을 0.0001밀리리터의 오차도 허용하지 않고 가위질하려는 기세였다. 아마 미켈란젤로가 다비드 상을 만들 때의 모습이 이렇지 않았을까? 원장님이 나의 헤어스타일에 얼마나 집중했는지는 동네 아주머니가 방문했을 때 알 수 있었다. 동네 아주머니가 인사를 건네는 순간 원장님은 화들짝 놀라면서 왜 노크도 하지 않고 들어오느냐고 화를 냈다. 아니, 화장실 문도 아닌 데다 앞문은 묵직한 유리문이고 레이스가 달린 뒷문은 개방 상태인데 뭘 어떻게 노크하라는 말인가? 그리고 언제부터 미용실을 들어갈 때 노크를 했단 말인가? 그렇다. 그 동네 아주머니의 무단 방문은 아티스트가 예술혼을 불사르는 순간에 몰입을 방해한 괘씸죄에 해당한 것이다. 나는 원장님이 예술혼을 불태우는 순간에 꾸벅꾸벅 졺으로써 작품의 완성도를 방해하는 누를 끼치기 싫어서 단 한 번도 눈을 감지도, 고개를 떨어뜨리지도 않았다. 보조 미용사 아가씨도 우리의 투혼에 동조해 원장님이 잘라낸 머리카락이 단 1초도 내 이마와 목에 머무르지 않도록 스펀지를 이리저리 놀려댔다.

    마침내 우리의 예술 작품이 탄생했고, 온몸의 기를 소진한 원장님은 소파에 털썩 주저앉았다. 보조 미용사 아가씨는 완성된 예술 작품의 대미를 장식하기 위해 나를 의자에 앉힌 채로 머리에 거품을 마구 풀어 두피 마사지를 시작했다. 순간 나는 이렇게 럭셔리한 서비스는 주머니에 든 1만 원짜리 한 장으로 해결이 안 될 것 같다는 걱정에 사로잡혔다. 집으로 전화해서 아내에게 한도가 넉넉한 신용 카드나 집 안의 비상금을 모조리 긁어 오게끔 지시해야겠다고 생각했다.

    무려 5분여간 머리 세척이 이루어졌고, 머리를 말릴 때에도 어디 시골 동네의 허술한 미용실에서처럼 대충 드라이어로 볏짚 말리듯이 허투로 하지 않았다. 원장님의 작품이 제대로 구현될 수 있도록 드라이어를 예술적으로 다루었다. 머리가 건조되었다고 예술 작품이 완성된 것은 아니었다. 내가 지금 있는 곳은 일개 동네 미용실이 아니었다. 보조 미용사 아가씨는 기계의 솜씨는 믿지 못하겠다며 맨손으로 나의 헤어스타일을 '빚기' 시작했다. 마치 도공이 도자기를 정성껏 매만지듯이 머리카락의 방향과 휘어짐의 정도를 신중하게 결정해 가며, 기존의 촌스러운 가르마가 아닌 앞으로 쭉쭉 내리뻗는 청담동 스타일을 완성하고야 말았다. 공장에서 기계로 대충 찍어낸 스타일이 아닌, 무려 '수제' 헤어스타일이었다.

    다행히 우리 집에서 돈뭉치를 들고 올 필요가 없었다. 원장님은 평소대로 단돈 1만 원이면 충분하다고 했다. 차가운 도시 남자 스타일의 세련된 예술 작품을 머리에 구현한 나는 10미터쯤을 활보하고서 집에 도착했다.

아내는 침대에 누워 스마트폰으로 드라마를 시청 중이었는데 나를 힐끔 보더니 "집에 다 와간다면서 어딜 다녀오기에 이렇게 늦었어"라고 한마디 한 다음 이내 돌아누웠다.

14 금파리

금파리의 세계에서는 교미를 할 때 암컷이 수컷을 잡아먹는다. 성욕이 식욕을 자극해서 수컷을 먹잇감으로 인식하기 때문이라고 한다. 일생일대의 즐거운 시간이 졸지에 생의 마감이 되어버린 수컷은 교미는 즐기되 암컷의 식사가 되기는 싫어졌다. 즉 위험 부담 없이 사랑을 즐기고 싶어졌다. 그리하여 수컷은 꾀를 내 암컷을 위한 먹이를 준비한다. 암컷에게 자기를 대신할 먹잇감을 내어줌으로써 소기의 목적을 달성하는 셈이다. 좀 더 진화한 파리의 세계에서는 선물을 투명한 고치로 포장한다. 암컷이 정성스럽게 포장지를 푸는 동안 수컷은 좀 더 오랫동안 안정된 사랑을 즐긴다. 금파리 수컷이라고 언제까지나 불안에 떨어가면서 사랑을 즐기고 싶겠는가? 그들도 안락한 분위기 속에서 좀 더 쾌적한 교미를 즐길 권리가 있다. 게다가 수컷은 영특함을 더욱 발전시켜 포장만 여러 겹으로 두른 가짜 선물로 암컷을 속인다. 암컷이 겨우 포장을 풀고 나서 알맹이가 없음을 깨닫는다 해도 수컷은 이미 유유히 욕망을 채운 뒤다. 수컷은 선물을 마련하는 시간까지 줄인 셈이다. 수컷의 꾀에 속아 넘어간 암컷은 급기야 수컷의 선물을 흔들어본다고 한다. 그 안에 진짜 선물이 들어 있는지 확인하는 게다.

　나른한 오후, 서재의 소파에서 잠시 잠이 들었는데 허기가 져서 깼다. 서재 너머로 아내가 뽀드득거리며 뭔가를 먹는 소리가 들렸다. 당장 나가서 같이 먹고 싶었지만 낮잠만 자다가 먹을 때만 되면 나타난다는 오해를 받기 싫어서 때를 기다렸다.

　다년간의 서재 생활을 통해 습득한 노하우를 발휘해서 적절한 시간에 눈곱을 떼고 머리를 매만진 다음 거실로 나갔다. 눈곱과 머리가 흐트러진 상태로 나가면 낮잠을 자다가 배가 고파 어슬렁거리는 야생의 하이에나에 지나지 않기 때문이다. 나는 하이에나보다는 더 지략적인 인간이다.

　역시 아내는 세심하고 꼼꼼한 내 전략 덕분인지 거실로 나온 남편의 속셈을 전혀 눈치채지 못했다. 짐짓 점잖은 걸음걸이로 주방을 지나치는 척하면서 아내가 먹는 음식의 정체를 파악하는 나에게 이런 말을 던졌다.

　"오, 박균호! 기특하네. 빨래 널어야 할 순간에 딱 나타나는구먼."

　나의 촉이 무뎌진 것인지, 아내가 그토록 맛나게 먹은 것은 지난 할아버지 제사 때 쓰고 남은 '생밤'이었고 그나마도 딱 하나 남아 있었다. 미끼에 걸린 물고기의 심정을 알 듯했다.

　사자는 굶어 죽어도 풀은 뜯어 먹지 않는다. 하나 남은 생밤을 허겁지겁 먹음으로써 그들에게 추한 모습을 보이는 실수를 저지르지 않았다. 잠시 동안 품위 있게 텔레비전을 시청한 다음 역시 할아버지 제사 때 쓰고 남은 참외를 꺼내 과반에 올렸다. 참외를 깎는데 달걀 껍데기가 보였다. 그러니까 저들은 삶은 달걀로 배를 적당히 채운 다음 생밤으로 후식을 즐긴 셈이다. 참외를 먹고 있자니 아내가 깜짝 놀라며, 내가 달걀 껍데기가 붙은 참외 조각을 입속에 털어 넣었단다. 내가 아무리 꼼꼼한 성격이 아니라도 그런 어처구니없는 실수를 할 사람은 아니다. 그러나 그런 실수를 했다며 우스워 박장대소하는 그들을 실망시키고 싶지 않았다. 일부러 "앗, 어쩐지 뭔가 입속에서 지끔거리더라"고 말해줌으로써 그들의 즐거운 일상을 깨지 않는 자상한 남편처럼 굴고 있는데, 순간 참외보다 딱딱하면서 톡톡 깨지는 물질을 씹었다.

적당히 배를 채우고 빨래를 건조대에 하나하나 널고 있는 내게 아내가 오더니 한마디 거들었다. 왜 덩치가 큰 수건을 아래 칸에 널고, 양말은 위 칸에 너느냐는 거다. 나는 여자들의 이런 세부적이고 자기 감금적인 매뉴얼을 질색한다. 아니 위 칸이면 어떻고 아래 칸이면 어떻다는 말인가? 양말이라고 언제까지나 아래 칸에 널려야 하는 이유가 뭐란 말인가? 나는 마키아벨리의 진지한 신봉자다. 중요한 것은 목적의 달성이지, 수단과 방법이 아니다. 적어도 빨래를 널어야 할 때는 그렇다. 생각이 여기에까지 미치자 분노를 표출하지 않을 수 없었다. 그간 여자들의 고지식함에 대해 생각해왔던 나의 주옥같은 의견을 발표했던 것이다.

청중들은 거실에서 드라마에 빠져 있는 눈치였지만 내게 그건 중요하지 않았다. 연설을 너무 격정적으로 하다 보니 내가 서 있는 곳은 수많은 청중으로 가득한 연단이 아니고 15년 묵은 아파트의 베란다라는 사실도 잊었다. 어쨌든 위 칸에 양말을 널고도 훌륭히 소기의 목적을 달성한 나의 결과물을 가리키면서 열변을 토했다. 나의 연설은 훌륭했고, 열정적이었으며, 어디 하나 버릴 구석이 없었지만 간과한 게 하나 있었다. 내가 격정의 명연설을 하는 동안 드라마에 빠져 있으리라 막연히 추측했던 그들이 음흉한 눈빛을 주고받더니, 누가 먼저랄 것도 없이 베란다 문을 잠가버렸다. 회색 바탕에 민트색 줄무늬가 새겨진 잠옷 바지에다 반팔형 러닝셔츠를 거꾸로 입은 중년 사내는 베란다에 또 한 번 갇혀버리고 말았다. 오랜만에 감금당한 나는 서커스단의 곰처럼 재롱을 부린 다음에야 겨우 풀려났다.

수치심에 몸부림을 치면서 나의 본거지에 들어와 곰곰이 생각해 보니 이 모든 일이 미리 계획된 것은 아닐까 하는 생각이 들었다. 일부러 먹잇감을 던져 빨래를 널게 했고, 적당히 분노케 해 저들의 동태 파악을 게을리하게 만든 것 아니냐는 말도 안 되는 의혹마저 든 것이다.

앞선 금파리의 이야기를 이어 해야겠다. 암컷이 고치를 흔들어볼 것을 예상한 수컷은 먹잇감으로 착각하게 하려고 자신의 배설물을 적당히 담아 가짜 선물을 만드는 영특함을 발휘한다. 결국 금파리 세계의 치열한 두뇌 싸움은 수컷의 승리로 마감된다. 그런데 인간계의 수컷은 왜 이 모양이란 말인가?

15 뒷말

청춘을 지난 아저씨답게 선잠을 자고 있는데 심상치 않은 "쿵!" 소리가 들려왔다. 소리에도 냄새가 있다는 사실을 아는가? 내가 들은 소리는 수상쩍은 냄새가 나는 쿵 소리였다. 얼른 나가 보니 최근 우리 집에서 최고 권력자로 부상한 딸아이가 자신의 영지를 떠나려는 행색으로 서 있었다.

옷차림을 보아하니 멋보다는 쌀쌀함에 대비하려는 옷의 본래 기능에 충실했고 표정은 밝지 않았다. 백 팩은 비상사태를 맞아 군장을 꾸린 군인의 그것과 닮아 있었고, 앞으로 안은 에코 백은 한국 전쟁 때 피란민의 재산 목록 1호인 이불을 연상케 했다. 한마디로, 말로만 듣던 중학교 2학년이 가출을 감행하려는 행색이었다.

30년 전, 고향을 떠나 도시로 취직하러 가던 누님도 저렇게 짐이 많거나 비장한 표정은 아니었다. 갑자기 머릿속이 복잡해졌다. 그러면서 퍼뜩 어떤 생각이 들었다. 어제 호기심 때문에 친구의 전자 담배를 두어 모금 빨아보았노라고 아내에게 고백한 것이 이 사단을 만든 건 아니었을까! 많은 모녀 사이가 그렇겠지만 그들 사이엔 비밀이란 것이 없고, 나를 놀리는 데 도움 되는 이야기라면 둘 중 누가 먼저

입수했든 그 전파 시간이 채 1분을 초과하지 않는 돈독한 사이였다. 그러니 딸아이는 자신의 전자 담배 흡연기를 스스럼없이 고백했던 것이다.

딸아이는 내가 다시 담배를 피운다면 집을 나가버리겠다는 엄포를 여러 번 했었다. 물론 나도 담배 한 개비 때문에 국가 지도자가 해외로 망명하는 사태를 원치는 않았기 때문에 금연 선언을 한 이후 흡연한 적이 없었다. 그런데 고작 전자 담배 때문에 국가 지도자가 가출하는 상황이 되다니.

체념과 황당한 마음이 뒤섞여 다소 큰 소리로 지금 어디 가느냐고 물었더니 뜻밖에도 도서관에 간다고 했다. 그러면서 나한테 "쉿!" 하란다. 곤히 자는 엄마가 깨는 것을 염려해서 하는 말이었다. 그럼 너때문에 잠이 깬 나는 어떡할 거냐고 따질 겨를도 없이 일단 딸아이가 가출하는 게 아니라는 안도감으로, 도서관까지 태워주겠다고 했다. 그리고 한 발 더 나아가 아빠도 같이 도서관에 가서 공부하겠다고 했더니 '그건 됐고 집에서 엄마 도와 살림이나' 좀 하란다. 딸아이를 도서관에 데려다주고 오는 길에 김천의 명물 '꼬마 김밥'을 2인분 사서 아내에게 주었더니 되레 아내는 딸에게는 뭘 좀 먹였느냐고 되묻는다. 전혀 특이할 것 없는 나의 일상이다.

딸아이 말대로 오랫동안 방치해두었던 천장의 곰팡이 자국을 말끔히 닦고 쓰러져 있는데(물론 아내는 나보다 더 많은 집안일을 하고 있었다), 이번에는 아내가 얼른 가서 딸과 함께 점심을 먹고 오란다. 딸은 엄마도 같이 오면 좋겠다고 했지만 아내는 이미 청소로 파김치가 되어 있었다. 할 수 없이 나 혼자 갔다. 보아하니 딸은 제 엄마가 오지 않은 것이 내심 불만인 모양이었다.

그러고 보니 우린 달랑 세 식구라서 외식을 해도 항상 함께했지, 딸아이와 둘이서만 외식한 것은 거의 처음이었다. 설레는 마음에 슬쩍 제 엄마 뒷말을 꺼냈는데 놀랍게도 딸아이가 술술 받아치는 게 아닌가! 우리 둘이서만 점심을 먹으라고 하고 본인은 집에서 나오지 않은 것을 지적했는데 딸아이는 "그래, 맞아"로 시작해서 "어디 멀리 놀러 가잔 것도 아닌데 너무한 거 아냐?"라고 했다. 점점 흥이 났다. 우린 아내이기도 하고 엄마이기도 한 한 여자에 대한 뒷말을 마구 발설했고, 마침내 '성격이 좀 그렇다'는 급진적이고 위험한 가설을 세우고야 말았다.

제 엄마에게 배신당한 섭섭함 때문에 삐친 딸아이와 난생처음 아내의 험담을 주고받는 일에 성공한 가장은 날쌔게 초밥집으로 향했다. 아침을 건너뛰기는 했지만 평소 입이 짧은 딸아이, 아침 겸 점심을 먹어서 배가 그다지 고프지 않았던 나는 놀랍게도 각자의 초밥을 비우고도 모자라 추가 주문을 하는 초유의 식탐을 발휘했다.

그 와중에 나는 딸아이와의 만찬을 기념하기 위해서 탁자 위에 초밥이 올려지자마자 사진을 찍었는데 이내 SNS에 올릴 용도임을 눈치챈 딸아이는 신흥 잔소리 대마왕의 위엄을 되찾고 약 5분간 'SNS가 왜 인생의 낭비인가?'라는 주제로 훈계를 늘어놓았다. 뿐만 아니라 물배만 채운다는 이유로 마시는 물의 양을 통제했으며, 초밥을 간장에 찍는 것조차 원천적으로 봉쇄하는 등 최악의 식사 환경을 만들었다. 그런데도 나의 흥을 방해하지는 못했다. 다른 사람의 뒷말을 공유하고 공감하는 것이 이토록 즐거운 일이었단 말인가? 심지어 내가 좋아하는 밤색 샌들에 푸른 줄무늬가 더해진 셔츠로 뽐낸 나의 패션을 '흔한 동네 아저씨 패션'으로 폄하한 딸아이의 도발에도 그저 "허허" 하는 웃음만 나왔다.

딸아이와 나는 즐거운 식사를 마쳤고 내친김에 아이스크림으로 대미를 장식하자고 제안했지만 서로의 볼록해가는 배를 염려한 딸아이가 제동을 걸었고, 나 역시 딸아이의 염려를 흔쾌히 받아들였다. 딸아이를 다시 도서관에 데려다주고 오는 길에 주유소에 들렀는데 주인아주머니가 방실방실 웃으면서 사은품으로 무려 세 가지 옵션을 제시해주었다. 그냥 티슈, 물티슈, 생수 중에서 고르란다. 나는 주저 없이 물티슈를 선택했고, '일이 잘 풀리는 날은 뭘 해도 잘된다'는 속설이 결코 근거 없는 말이 아님을 실감하며 주유소를 떠났다.

16 다방 커피

드디어 올 것이 왔다. 암흑의 20년 다방 커피 인생을 청산하고, 광명의 원두커피 시대를 열었다. 무려 해외 배송을 통해서 구한 '스타벅스 비아'라는 100퍼센트 원두커피다. 마치 자갈 같은 싸구려 믹스커피와는 차원이 다른, 실크처럼 부드러운 입자를 자랑하는 원두커피의 자태는 내 눈을 사로잡고 말았으니…… 그러나 막상 마시려니 적당히 가무스름한 색깔의 다방 커피와 달리 새까만 빛깔이 영 마뜩잖았다. 뭐든지 맛있고, 입맛에 맞는 음식만 먹는 나의 엄격한 식생활 습관과는 다소 거리가 있었다. 내가 가장 혐오하는 음식이, 맛은 없는데 몸에 좋다며 주위에서 권하는 음식이 아니던가? 그러나 스스로 선택한 이 커피가 역시나 탁월했음을 몸소 증명하기 위해서 나는 엄숙하게 커피를 들이켰다. 쓰다! 무척 쓰다! 이걸 마시느니 차라리 흑마늘 진액을 마시는 게 낫겠다 싶었다.

이 소식을 듣고, 진즉에 원두커피만 마시는 친구 놈이 내게 스타벅스 비아를 반값에 인수하겠다는 굴욕적인 제안을 해왔다. 물론 단호히 거절했다. 삶아 먹든 구워 먹든 내가 다 먹어치우겠다고 일갈을 날렸다. 아울러 마셔보니 뜻밖에 내가 원두커피 체질이란 것을 알았고, 그러니 당신의 '카누'를 인수하고 싶다는 역제안을 날렸다.

그러나 굴욕적인 것은 굴욕적인 것이고 쓴 것은 쓴 것이다. 웃기고도 슬픈 사실은 원두커피만을 마시겠다고 만천하에 선언했고, 비싼 스타벅스 비아인지 뭔지를 잔뜩 사놔서 다방 커피를 마시지도 쓰디쓴 원두커피를 마시지도 못한다는 사실이었다.

평소라면 네다섯 잔의 커피를 마셨을 텐데 오늘은 사약을 마시는 반골 선비의 심정으로 원두커피를 딱 두 잔 마셨다. 어릴 적 어머니가 손수 약탕기에 불을 때가며 힘겹게 만들어준 쓴 보약을 그렇게 짜증스럽게 받아 마셨는데 나이 먹고선 몸을 위한답시고 쓰디쓴 원두커피 따위를 자청해서 마셔대는 꼴이라니.

17 브런치

토요일 이른 아침, 나는 세련된 도시의 작가답게 싱싱한 토마토와 슬라이스 치즈로 속을 채운 샌드위치 두 조각, 쓰디쓴 블랙커피 한 잔으로 아침을 열었다. 지난밤 늦게까지 텔레비전을 보느라 늦잠을 즐기는 아내와 딸아이를 깨우기 무서워서 혼자 도둑고양이처럼 서양식 식사를 즐긴 건 단연코 아니었다.

식사를 마치고 느긋하게 류현진의 경기를 관전하고 있자니 그제야 일어난 아내가 주방에서 달그락거리면서 기척을 낸다. 어젯밤에 청국장을 맛있게 먹더니 오늘 아침에는 된장국이라도 끓이는 모양이었다. 확실히 전공 분야에 따라 생활 습관이나 가치관이 영향을 받는 게 맞다. 향을 싼 종이는 향냄새가 나지 않는가? 국어교육학을 전공한 아내는 가면 갈수록 입맛이 '민족 계열'로 향하고, 영어영문학을 전공한 나는 가면 갈수록 '세련된 도시 취향의 브런치'가 좋아진다. 아내는 틈날 때마다 나보고 촌놈 기질이 몸에 배어 보수적이고 고지식하다고 비판하지만 나는 서양 문학을 전공한 남자답게 세련되고 합리적인 가치관을 보유한 남자다.

국어교육과를 다닌 아내와 그의 추종자인 딸아이는 주방과 거실에서 무슨 거창한 아침을 먹으려는지 바쁜 기색이었다. 드디어 그들의 한국식 아침 식사가 완성되었는지 조용해졌고, 이례적으로 아내가 나에게 아침을 권했다. 나는 기다렸다는 듯이 주말 아침에도 국과 밥으로 식사하는 민족 계열 시민과는 달리 서양식 합리주의가 몸에 밴 나는 무려 브런치로 아침을 대신했다. 그러니 너희끼리 맛나게 먹으라는 대답을 해주었다. 그리고 된장국 냄새와 텔레비전 소리가 나의 고상한 집필 활동에 방해되므로 서재 문을 꼭 닫아달라는 부탁도 잊지 않았다. 아내는 조용히 물러났다.

그런데 민족 계열의 열렬한 추종자이자 행동 대원인 딸아이가 문을 조심스럽게 열더니 통통한 얼굴을 반쯤 들이밀었다. 그리고 우리 식구가 모두 모인 자리에서 자기들끼리 나의 뒷말을 할 때 사용하는 목소리 톤으로, 먹기 싫어도 조금만 먹으라고 부탁하는 것이 아닌가? 그 메시지를 전하는 목소리는 작았지만 내면의 울림이 너무나 강렬해 차마 지금 류현진이 속한 LA 다저스가 황금 같은 기회를 잡았고, 요즘 잘나가는 4번 타자가 타석에 들어섰을 뿐 아니라, 맛도 없는 쓴 커피를 샌드위치 두 개와 곁들여 먹었더니 속이 더부룩하다는 핑계를 댈 수가 없었다.

마지못해 나간 거실의 식탁에는 역시 국과 밥이 놓여 있었다. 기왕 일이 이렇게 되었고, 주말 아침 가장이 함께해주는 아침 식사를 즐기고 싶은 가솔들의 열화와 같은 청이 있었으니 숟가락을 들어주기로 결심했다. 결국 동서양을 넘나드는 두 번의 아침 식사를 한 나는 빵빵해진 배를 부여잡고 오전을 보냈는데 아내와 딸아이는 점심때가

다가오자 이번엔 외식할 식당을 결정하느라 정신이 없었다. 오늘따라 왜 이들이 이토록 먹는 것에 집착하는지, 참 이상했다. 나는 그들에게 왜 갑자기 엥겔지수를 높이려 하느냐고 질책했다. 그러자 그들은 오늘이 나의 생일이라는 사실을 통보했다.

그러고 보니 아침에 먹은 국은 된장국이 아니라 미역국이었다. 딸아이가 아침을 먹지 않겠다는 나를 굳이 식탁으로 끌어낸 것은 아내가 나를 위해 미역국을 장만한 수고를 헛되이 하지 않기 위해서였다. 나의 생일을 맞이해 융숭한 대접을 결심한 그들은 제발 어떤 부탁이라도 해주었으면 좋겠다는 눈빛을 보내왔고, 그 눈빛에 응답하기 위해 다디단 아이스 캐러멜마키아토 한 잔을 요구했다. 근처 커피숍에서 아이스 캐러멜마키아토가 나오길 기다리는 동안 딸아이는 내게 다가와 자신들은 차를 타고 어디 다녀올 곳이 있으니 뱃살이 나온 나는 집에까지 걸어가라고 요구했다. 나는 그 요청을 거절했고 집까지 태워달라고 호령했다. 얼른 집에 가서 류현진의 경기 진행 상황을 지켜봐야 했으며, 음식에 지친 나의 위장을 달콤한 음료로 빨리 달래주고 싶다고는 굳이 말하지 않았다. 나의 단호하지만 애절한 부탁에 딸아이는 저녁에 자신의 지휘 아래 운동하겠다는 약속을 받아내고서야 집 앞에 내려주었다.

집에 혼자 있으니 우리 어머니의 넋두리가 생각났다. 그때도 나의 생일 언저리였을 것이다. 어머니는 "균호 생일이 강아지 생일처럼 지나간다"라고 했다. 나는 어린 시절부터 생일이나 기념일에 대한 로망이 없었다. 그냥 한결같은 평온한 일상이 좋지, '특별한 날'이어서 '특별한 행사'를 치르는 건 반갑지 않았다. 그래도 어머니는 외아들 생일인데 별다르게 기념해주지 못해 아쉬웠던 듯하다. 요즘처럼 아이들의 거창한 생일잔치까지는 아니더라도 어머니의 기준에 부합하는 뭔가를 해주지 못한 게 늘 안타까웠던 것이다. 그러나 어머니의 넋두리를 듣는 순간 나는 이미 그 뜻을 충분히 알았다. 그것만으로 넉넉했다.

지금에야 새삼 생각해보니 음력으로 치르는 나의 생일이 7월 14일이고 7월 15일이 할머니 기일, 7월 16일이 할아버지 기일이다. 그 옛날 시골의 종갓집에서 종부가 아들의 생일을 기념할 만한 뭔가를 하기에는 불가능한 일정이었다. 제사를 준비하기에도 눈코 뜰 새 없는 기간에 내 생일이 눈치 없이 끼어든 셈이다.

나의 어머니와 아내 그리고 딸에게 고맙고도 미안하다.

조선총독부가 있을 때
청계천 변 10전 균일 상밥집 문턱엔
거지 소녀가 거지 장님 어버이를
이끌고 와 서 있었다

주인 영감이 소리를 질렀으나
태연하였다
어린 소녀는 아버이의 생일이라고
10전짜리 두 개를 보였다

— 김종삼, 〈장편 2〉

18 잃어버린 책

내 서재가 너저분하고 뒤죽박죽인 것 같아도 아주 엉터리는 아니다. 가령 그 녀석을 본 적이 좀 오래되었다 싶으면 시간이 오래 걸리더라도 꼭 찾아내서 감격의 재회를 해야 직성이 풀린다. 그렇지 않아도 며칠 전부터 보고 싶은데 눈에 띄지 않는 책이 있어서 한참을 찾다가 포기하고 곰곰이 생각을 해봤다. 내 서재에 반드시 있어야 할 책이 없는 이유를 말이다.

대학 시절 내가 다닌 영문과는 교수님이 무려 열다섯 명가량 재직 중이었는데 대다수가 연배에 상관없이 대머리거나 백발이라는 하드웨어의 공통점은 물론 성품까지 공유했다. 그럴 능력도 없었거니와 대학교수가 되기 위해서 감당해야 하는 육체적, 정신적 대가를 눈앞에서 생생히 목격한 우리 친구 몇 명은 애초부터 그럭저럭 대학을 졸업하는 것이 목적이었지, 더 깊은 공부를 할 생각 따위는 없었다.

기라성 같은 교수 중 영국 문학사를 가르치는 교수는 한편으로 단연 돋보이면서 또 한편으로는 눈에 띄지 않았다. 그 교수는 백발에 머리숱마저 많지 않았는데 푸르스름한 점이 얼굴의 3분의 1쯤을 차지하고 있어서 철없는 우리는 그분을 '아수라 백작 교수'라고 부르기도 했다. 성품은 전혀 외골수적인 면이 없었고 말도 점잖게 했다. 수업 중에 희로애락이 없었으며 다만 꾸준하고 성실하게 강의만 했다. 강의 도중 흡연하거나 "야, 이 새끼야", "너 대학 뒷문으로 들어왔냐", "오늘 결석한 놈한테 전해라. 앞으로 수업 들어올 필요 없다고" 따위의 말을 듣는 것뿐만 아니라 심지어 꿀밤까지 맞는 학생들이 있었던 우리 과의 분위기를 고려하면 그분은 너무 평이해 독특하게 여겨질 정도였다. 간혹 학생들로 하여금 폭소를 터트리게 했지만 그것은 그분의 의도가 전혀 아니었고, 그분 나름대로 강의를 열심히 했는데 철없는 학생들이 웃음 코드를 발견했을 뿐이었다.

그러나 이런 에피소드만으로 그분을 추억하는 것은 아니다. 산속의 개울처럼 고요히 수업했고, 기말시험까지 평온히 치렀는데 뜬금없이 아직 가르칠 것이 남았다며 수업을 몇 시간 더 하겠다던 기억이 떠오른다. 우리는 의아스럽긴 했지만 조금도 불만을 제기하지 않았다. 하긴 투덜거릴 이유가 없었다. 기말시험까지 마쳤으니 출석하지 않으면 될 일이었다. 방학이 시작되면서 출석 체크와 시험이 없는 강의가 몇 시간 더 진행되었다. 대다수의 학생들이 평소와 다름없이 강의를 들었으며 교수 또한 조금도 특별하지 않은 방식으로 강의했다. 과외 수업이라고 해서 특별히 할 말이 있는 것도 아니었고, 딱히 기억해야 할 중요한 내용도 아니었다. 그저 그분이 미처 못다 가르친 내용일 뿐이었다. 물론 당시에도 대리 출석이 성행했으며 두 명 이상의 친구들을 대신해 출석 체크를 하기 위해서 '1,000가지의 목소리'를 갖추기까지 했던 우리가 왜 그분의 특별하지 않은 과외 수업에 순순히 참석했는지 지금도 잘 모르겠다.

마침내 며칠간의 과외 수업을 마쳤을 때 우린 누가 먼저랄 것도 없이 그분께 박수를 보냈다. 비록 며칠간이지만 굳이 안 해도 되는 강의를 해준 노교수의 노고가 진심으로 고마웠다. 학생들의 박수에 그분은 쑥스러워하는 기색이 역력한 채로 "박수 받을 일도 아닌데"라며 강의실을 떠났다. 내가 태어나서 처음으로 '존경스럽다'는 상투적인 말을 실감 나게 느꼈던 때가 바로 그 순간이었다. 그리고 졸업한지 20년이나 된 대학 시절을 그리워할 때 떠올리는 광경은 언제나 그 마지막 수업이다.

꽤 오랜 생각 끝에 나는 결국 그 수업의 교재로 쓰였고, 내 서재의 가장 중요한 곳에 꽂혀 있어야 했으며, 그동안 무심히도 까맣게 잊고 지내던《영국문학사》의 행방을 기억해냈다. 군대 생활이 1년 남짓 남아 있었고, 이제는 살아서 사회로 다시 나갈 수 있겠다 싶은 자신감이 생겼을 무렵 나는 여동생에게 편지를 써서《영국문학사》를 받아 남은 군 생활을 함께했던 것이다. 그런데 제대 군인의 배낭에 넣어져 나와 함께 대학으로 돌아가리라 여겨졌던《영국문학사》는 제대하는 길에 잠시 들렀던 누님 집에서 받은 유자차 원액으로 끈적끈적하게 버무려져버렸다. 그리고 당시 이미 배워서 꼭 필요하지 않은 책을 다시 살 여유는 내게 없었다.

19 파리와 나

퇴근하고 곧바로 식사를 했는데 피곤했는지 서재 소파에 쓰러져 잠이 들었다. 그러곤 밤 10시가 조금 못 된 시간에 깼다. 난감했다. 잠이 원래 많은 편이긴 하지만 오후 6시에 잠들었다가 10시에 깨고서는 다시 잠을 청해 아침 6시 반까지 잠잘 수 있을 정도로 잠이 많지는 않았기 때문이다. 서재에서 거실의 동태를 살펴보니, 딸아이가 제엄마에게 아빠는 자느냐고 물었고 아내는 그렇다고 대답했다. 물도 마실 겸 거실로 나갔더니 아내는 날더러 '이어서' 계속 자란다.

아침 일찍 일어나 출근해야 하므로 새벽까지 서재에서 빈둥거리는 것보다는 일찍 잠자리에 드는 것이 맞긴 한데, 방금 전 무려 네 시간을 자다 깬 사람한테 할 소리는 아닌 것 같았다. 내 수면 능력은 아내가 부러워하며 인정하는 초능력이긴 하다. 그래도 잠자기가 무슨 400미터 계주도 아니고, 내가 슬리핑 머신도 아닌데 그 상황에서 어찌 '이어서' 다시 잘 수 있단 말인가.

나도 사람이라고 반박해봐야 '당신은 충분히 그럴 수 있는 사람'이라는 대답이 돌아올 것이 뻔해서 조용히 물을 마시고 서재로 다시 돌아왔다. 다행히 바른 생활형 인간인 아내는 딸아이에게 피곤해서 먼저 자겠다는 양해를 구하고 안방으로 들어가는 눈치였다. 그런데 갑자기 두 여자가 호들갑을 떨었다. '거대한' 파리가 나타났단다. 파리의 분류에 대한 전문 지식이 풍부하지 않은 아내는 덩치가 큰 파리는 무조건 똥파릿과에 속한다고 규정한다.

하긴 시골에서 자란 나도 아내가 아는 파리의 종류에서 딱 한 가지만 더 알 뿐이었다. 보통 파리와 똥파리 그리고 날개가 '금빛'인 황금파리 말이다. 내가 개입할 틈도 없이 두 여자는 잠시 소란을 떨더니 파리가 베란다 밖으로 나갔다는 확신을 한 뒤에야 안심하는 눈치였다. 그러고는 땅이 꺼져라 한숨을 쉬면서 "급기야 우리 집에 파리까지 나타났다"라면서 한탄했다. 그렇지 않아도 이사를 가고 싶은데 곰팡이에 이어 파리까지 등장한 일이 아내에겐 큰 사건인 듯했다. 이사를 가자는 아내의 주장에 다소 회의적인 나는 '똥파리의 난데없는 등장'이 큰 악재임에 틀림없어서 작은 한숨을 내쉬었다. 아내가 몰라서 그렇지, 새벽에 화장실에 갔는데 바퀴벌레가 나를 반갑게 맞은 적이 세 번 정도 있었다. 그놈이 아내의 눈에 띄기 전에 제거해야 했다. 난 생리적인 현상 따위는 까맣게 잊어버린 채 그놈들을 휴지로 지그시 눌러 잡아 변기 속 소용돌이와 함께 우리 집에서 떠나보냈다.

내 눈에 먼저 띄지 않은 똥파리를 원망하면서 맥북을 열었다. 놀랍게도 날쌘 파리 한 마리가 아파치 헬기처럼 맥북 밖으로 날아올랐다. 직장에서 맥북을 닫을 때 우연히 감금되었던 걸까. 포장 이사 업체의 매출을 올려서 지역 경제를 활성화시키겠다는 충정 어린 파리가 어떻게 나 몰래 맥북에 숨어서 우리 집에 침투했는지는 알 수 없었다.

일찍이 결혼하기 전까지만 해도 시골에서 암소와 벽을 사이에 둔 채 나란히 살았고, 밤새 그놈과 서로 뒤척거리는 소리까지 공유해왔던 나는 파리의 존재가 대수롭지 않았다. 그런데 이렇게 서재에서 마주치고 보니 낯설고 불쾌했다. 그리고 저놈이 방금 잠든 아내를 성가시게 해서 잠이라도 깨게 했다가는 나는 내일 당장 이삿짐센터에 전화를 넣어야 할 신세가 된다. 내 맥북을 탈출한 녀석이 서재를 벗어나서 안방으로 가지 않기를 기도했다. 다행히 녀석은 근처를 유유히 비행하다가 맥북 모서리에 착륙하는 에어쇼를 펼쳤다. 녀석을 지금 처단하는 것이 지상 최대 과제임은 분명한데 여러 가지 난관이 있었다. 우선 파리 잡는 소리에 아내가 깨서는 안 되었다. 그렇게 되면 파리가 문제가 아니고, 야밤에 잠도 안 자고 서재에서 헛짓이나 일삼은 철없는 남편으로 오인받기 십상이었다.

그리고 나에겐 파리를 효과적으로 퇴치할 만한 파리채가 없었다. 급한 대로 집어 든 게 내가 가장 좋아하는 천명관 작가의 소설집《칠면조와 달리는 육체노동자》였다. 워낙 좋아하는 작가라서 출간 소식을 듣자마자 곧바로 주문했고, 덕분에 무려 '저자 사인본'으로 그날 배송받은 책이지만 우리 집의 안위와 아내의 소중한 수면보다 중요할 수는 없었다. 좀 더 효과적인 무기를 구한다고 자리에서 일어서면 파리가 내 시야에서 사라져 금방이라도 안방으로 쳐들어갈 것 같기도 했고.

파리가 내 시야와 짧은 내 팔의 사정거리 속에서 에어쇼를 펼치는 것은 다행인데 문제는 이놈이 나의 소중한 맥북의 순결한 모니터에 종종 착륙한다는 점이었다. 참고로 나는 LCD 클리너와 극세사 융으로 맥북 모니터를 청소한다. 그래서 고민했다. 모니터는 절대 안 되지만, 파리가 키보드 주변에 착륙했을 때는 공격할 것이냐 말 것이냐를 두고, 《칠면조와 달리는 육체노동자》로 맥북을 잘못 때렸다가는 흠집이 생길 수도 있었다. 그리고 단 한 번의 샷으로 파리를 처단해야지, 안 그러면 잠귀 밝은 아내가 분명 깨어날 터였다. 또 파리의 사체가 온전한 모습을 유지할 만한 강도로 잡을 것인지 아니면 흔적도 없이 뭉개질 강도로 잡을 것인지도 결정해야 했다.

나는 후자를 선택했다. 파리의 사체를 들고 휴지통으로 가다가 우연히 일어난 아내와 마주칠 수 있고, 그러면 아내는 내가 조심스럽게 들고 있는 물체가 무엇인지 궁금해할 것이다. 나는 《칠면조와 달리는 육체노동자》의 서지 정보를 조사해 정확한 무게를 알아냈다. 아인슈타인의 법칙 $E = mc^2$을 응용해 소음을 일으키지 않으면서도 (국립과학연구소를 동원하는 게 아니라면) 물체의 성분이 '파리의 몸뚱이'라는 사실을 알아채지 못할 만큼 《칠면조와 달리는 육체노동자》 높이와 강도를 계산해 파리 위로 내리칠 준비를 했다. 앗, 한 가지 빠뜨렸다. 위의 모든 조건을 충족하면서 나의 소중한 맥북에는 털끝만큼의 상처를 남겨서는 안 되었다.

맥북의 트랙패드 중간에 잠시 착륙한 파리를 노려보면서, 나는 공·사교육을 통해 습득한 자연 및 수리학적인 지식을 총동원해 산출한 높이와 강도로 《칠면조와 달리는 육체노동자》로 파리를 내리쳤다. 다음 순간, 나는 번뜩이는 내 기지와 위기 대응 능력에 경의를 표했다. 아내가 깨어나지도, 맥북에 흠집이 가지도 않으면서 우리 집을 침투한 파리가 산화한 것이다. 이미 소기의 목적을 달성했지만 나는 좀 더 완벽한 일 처리를 원했다. 신성한 서재에 파리의 흔적을 남길 수는 없었다. 주방에 가서 걸레를 가져오지는 않았다. 아내가 깰 수 있잖은가? 조심스럽게 LCD 클리너를 뿌린 다음 극세사 융으로 파리의 흔적을 깔끔히 닦아냈다. 어차피 낡아서 버리려고 했던 극세사 융을 그렇게 효율적으로 사용한 내가 자랑스러울 지경이었다.

이 모든 과정을 한 치의 착오 없이 수행한 나에게 상을 줄 겸 해서, 짧은 다리를 책상 위에 걸치고 느긋하게 몇 번의 클릭을 해댔다. 그러다 문득 섬뜩한 기분이 들어 힘들게 뒤를 돌아보았더니 잠들었으리라 예상했던 아내가 텔레비전 속의 한심한 찌질이를 볼 때의 표정으로 나를 바라보고 있었다. 그녀의 눈곱 상태, 깊은 데서 우러나오는 한심해하는 표정을 계산해봤을 때 최소한 5분 이상은 그 자리에 서서 나의 행동을 관찰했음이 유력했다.

돌부리에
한 다리
한 번
절뚝여도

01 어머니의 빈자리

아파트 관리 사무소에서 집 내부를 소독하러 왔다. 집 안 구석구석을 꼼꼼히 소독하다가 멈칫멈칫하더니 이내 쭈뼛거리며 묻는다.

"저 방에 계시던 할머니는 어디 가셨나요?"

순간 왈칵하면서 눈물이 쏟아질 뻔했다. 2년 동안 우리 집에서 지내던 어머니가 요양원으로 거처를 옮긴 지 얼마 지나지 않았을 때였다.

그저 몸져누운 환자로만 생각했던 어머니였는데, 나도 모르는 사이 당신의 안부를 물어줄 또 다른 관계를 만들었구나. 어머니 곁에 내가 모르는 사람이 새로 생겼구나.

02 어머니와 요양원

다방 커피 금단 증세에 시달리는 줄 알았더니 던킨도너츠라면 이 갈증이 해소될 것 같다는 생각에 이르자 내 몸이 단것을 원한다는 사실을 깨달았다. 냉장고를 열 번도 넘게 오가게 하는 무서운 본능이었다.

이청준의 〈눈길〉을 연상케 하는 눈이 펄펄 내리는 어느 겨울날, 어머니는 요양원으로 거처를 옮겼다. 간병사와 간호사가 열심히 잘 보살피겠다고 호언장담하는데 왠지 믿음이 가지 않았다. 아나나 다를까, 부축해주면 화장실에 가서 일을 보겠다는데도 그냥 누워서 기저귀에 볼일을 보게 하고, 산책은커녕 일주일이고 한 달이고 1년이고 침대에서 생활하게 하는 곳이라는 사실을 알게 되었다. 재확인 차 요양원에 들렀는데 어머니가 대뜸 단것을 좀 달란다. 마침 팥빵이 있어 건네긴 했는데, 웬만해서는 개인적인 욕구나 통증을 표현하지 않는 분이 얼마나 단것이 먹고 싶었으면 저럴까 싶었다. 그러니까 한 방을 전담하는 간병사가 없고 서너 명의 간병사가 복도에 서성거리고 있다가 꼭 필요한 경우에만 환자 곁으로 와보는 곳이라 냉장고에 본인의 군것질거리가 있어도 부탁할 기회조차 없었던 것이다.

나는 건강을 위해 군것질을 참는다지만, 단것이 간절히 먹고 싶은데 눈앞에 두고도 그러지 못하는 답답함은 또 얼마나 컸을까? 그 몹쓸 요양원을 나오고서도 두 곳을 더 거쳐서야 꽤 만족스러운 지금의 요양원을 만날 수 있었다.

〈관광지에 노인 요양원이 웬 말이냐〉

나의 어머니가 있는 요양원이 위치한 동네 입구에 저런 내용의 현수막이 붙어 있었다. 그 현수막을 볼 때마다 당혹스러울 수밖에 없었다. 사람은 누구나 늙고 죽는데…… 요양원이 관광지의 풍경을 깨뜨리는 혐오 시설이라도 된다는 말인가?

나중에 알고 보니 우리 어머니가 있는 사찰 위쪽의 요양원을 두고 한 말은 아니었고, 사찰 아래쪽에 즐비하게 늘어선 식당가 근처로 들어설 새 요양원 때문에 나붙은 현수막이었다. 식당 주변에 요양원이 생기는 게 상인들은 마땅찮았던 모양이다. 한 상인의 말로는 "절대로 타협은 없다"라는데, 내가 생각하기엔 사찰 바로 앞에서 관광객을 유혹하려고 일부러 고기를 구워 냄새를 퍼뜨리는 식당이 사찰이라는 관광지에 더 어울리지 않았다.

어찌 됐든 불편하고 또 불편한 사람들의 이기심이다. 늙고 병든 노인들이 모여서 생활하는 것이 그토록 싫단 말인가? 치매는 있을지언정 나쁜 병은 퍼뜨리지 않는데 말이다. 치매 노인이 물건을 훔치기라도 한단 말인가?

딸아이와 함께 어머니를 보고 내려오는 길에 그 현수막을 또 보았다. 나만 불편한 줄 알았더니 어리게만 생각해왔던 딸내미도 한마디

했다.

"아빠! 옛날부터 요양원에 계시는 어른은 상관없는 거지?"

그러니까 딸아이 역시 제 할머니의 거처를 불편한 시설로 몰아세우는 현수막을 읽고 적잖이 마음을 쓴 모양이었다. 그 순간 참 고마웠다. 오랫동안 함께 살지 못했고 다정한 추억도 그리 많지 않은 할머니를 걱정해주고 위해주는 딸내미가 그저 고마웠다.

03 요양원의 개

　평소보다 좀 늦은 시간에 요양원엘 갔다. 그나마 해가 긴 여름이라 어두워질 시간은 아니어서 오랜만에 어머니와 호젓한 산책을 하겠다 싶었다. 오후 5시 전에 저녁 식사를 마치는 곳이라 7시쯤에 도착한 요양원 주변은 인적이 전혀 없었다. 이발소에 걸린 그림 속 풍경처럼 고요하고 정겨웠다.

　요양원 입구로 들어서려는데, 진도견 한 마리가 자신의 우아한 자태를 자랑하려는지, 아니면 얼마 전 출산했다던데 또 다른 자식을 낳고자 수컷을 유혹하려는지 어쨌든 좁은 통로에 자리 잡고서 팔자 좋게 누워 있었다.

　그 진도견은 요양원에서 나고 자란 놈이라 올 때마다 만났다. 반갑기도 하고, 갑자기 눈에 띄어 깜짝 놀란 마음도 추스를 겸 진도견의 엉덩이 쪽을 툭 치는 스킨십을 했다. 마치 귀여운 딸아이의 볼을 톡톡 치거나 살포시 꼬집는 장난처럼 말이다. 그러나 그것은 어디까지나 내 생각이었고, 단잠을 방해받은 진도견 녀석의 생각은 달랐던 모양이다.

　그 녀석의 반응을 통해서 나는 두 가지 엄연한 사실을 깨달았다.

211

첫째, 내가 그 녀석의 잠을 방해하고도 무사할 만큼 그 녀석에게 친근한 존재가 아니라는 사실이다. 일주일에 한 번 얼굴을 보는 것만으로는 지인에 속하지 않는 모양이었다. 둘째, 휴일에 늦잠을 자는 딸아이의 방에 들어가 장난을 걺으로써 잠을 방해하는 일은 딸아이의 말처럼 진짜 진짜 미운 짓이었다.

단잠을 방해받은 것에 대한 분노심의 표출이었는지, 야간에 요양원에서 어르신들이 사용하는 기저귀라도 훔치게 생긴 도둑이라고 생각했는지는 알 수 없었다. 다만 진도견은 간식거리라도 하나 얻을 심산으로 꼬리를 흔들며 비굴한 몸짓을 하던 그 촌놈 같은 개가 아니었다. 으르렁거리면서 마치 조폭 두목 같은 자태와 걸음걸이로 나와의 간격을 좁혀 들어왔다. 그뿐만이 아니었다. 잠시 보이지 않던, 녀석이랑 똑같이 생긴 동료도 제보를 받고서 슬슬 다가왔다. 요양원으로 오기 직전 화장실에 들러 내 몸속 소변을 고갈시킨 상태라 다행이지, 그렇지 않았다면 문자 그대로 속옷을 세탁기에 넣어야 하는 신세였다.

나로 말하자면 이 요양원의 VIP 고객의 아들이며, 아까 널 발로 툭 건드린 건 친근감의 표시였지, 절대 너를 귀찮게 하거나 네가 잠자는 게 눈꼴사나워서 깨우려던 게 아니라고 해명할 틈도 없었다. 그들은 이제 대놓고 맹렬히 짖으며 나를 잡아먹을 기세였다. 그러나 아무리 급해도 지켜야 할 기본적인 체면은 있는 법. 나는 그들에게 등을 보이면서 도망치는 못난 짓은 절대 하지 않았다. 그것은 정말 대책 없는 졸장부나 하는 짓이었다. 나는 그 둘을 끝까지 응시한 채 뒷걸음치며 요양원 입구로 향했다. 즉 전략적인 후퇴를 단행한 것이다.

개 두 마리가 죄 없는 선량한 사람을 잡아먹을 기세로 조여오는데도 구조하러 오는 사람은 보이지 않았다. 나는 개 두 마리와 치열한 신경전을 벌인 끝에 요양원의 자동문에 도착했다. 미친 듯이 팔을 흔들고 두드림으로써 자동문이 열리길 고대했다. 그러나 그 자동문은 성곽의 문보다 더 굳건히 닫혀 있었다. 나는 자동문이라는 것이 아무 때나 자동이 아니고 자동문이 되고 싶을 때만 자동이라는 사실을 그제야 깨달았다.

나를 더욱 좌절시킨 것은 자동문 옆에 붙어 있는 안내문이었다. 저녁에는 어르신들의 안정을 위해서 면회를 가급적 삼가라는 안내와 함께, 야간에 급한 일이 있으면 연락하라며 전화번호가 적혀 있었다. 그러니까 그 말은 저녁에는 오지 말란 이야기였다.

절망적이었다. 울고 싶었다. 포위망을 점점 더 좁혀오는 두 마리의 진도견은 마치 영화 속에서나 나올 법한 전설의 무사 같았고, 나는 전투에서 패해 무기를 버리고 도망치는 패잔병 같았다. 여름날 벽에 달라붙은 모기의 사체처럼 자동문에 내 몸을 붙이고 또 붙여서 문이 부서질 것도 같았다. 이미 내 고운 입에서는 평소 사용하던 욕뿐만 아니라 글로 배운 욕까지 총동원되고 있는 형편이었다.

그러나 사람도 아닌 개 따위가 내 욕에 담긴 무시무시한 의미를 깨닫고 무서움을 느낀 나머지 공격의 수위를 낮출 가능성은 없었다. 내 욕의 의미를 음미할 정도의 지능이 있는 놈들이라면 나는 그들을 가볍게 제압했을 터였다. 그래서 나는 머릿속으로, 저 녀석들에게 마구

물려 만신창이가 된다면 지역의 준종합병원으로 먼저 가서 응급 처치를 한 다음 큰 병원으로 가야 할지 아니면 사안의 위급함을 고려해 곧바로 대구의 대학 병원으로 가야 할지 고민하고 있었다. 그리고 괜히 왔다는 후회도 했다.

머릿속이 너무나 복잡해 "제발 살려주세요", "누가 없나요?", "엄마! 나 왔어!"라고 채 절규하지 못한 것은 천만다행이었다. 그 절체절명의 순간에 홀연히 나타난 요양원 직원이 혼절 직전의 나를 구한 것으로 그날의 사건은 마무리되었기 때문이다. 물론 돌아갈 때 그 직원에게 내가 차에 오를 때까지 무서운 개로부터 나를 보호해달라고 부탁했다.

자녀의 효심이라는 것이 정말 별것 아니라는 생각이 들었다. 기껏 개 두 마리가 위협해오자 곧바로 괜히 왔다며 후회를 했으니…….

０４ 어머니와 이미자

왜 진작 이 생각을 못 했는지 모르겠다. 휴대폰으로 어머니가 좋아 함 직한 이미자의 노래를 재생했다. 그러고선 어머니의 뒷모습을 물 끄러미 보는데 몸이 눈에 띄게 한쪽으로 기울어졌다. 거의 100년 전 에 지었다는, 쇠락해가던 고향 옛집이 생각났다.

군 입대를 하고서 내가 첫 휴가를 나갈 때의 일이었다. 휴가를 나 가기 전, 여동생이 편지를 보내와서는 집에 오면 아마 깜짝 놀랄 일 이 있으리라고 했다. 나는 나쁜 일은 아니겠거니 하면서 넘겨버렸다. 그땐 고향과 가족이 아득히 먼 세상의 존재로 여겨지던 때였으니까. 드디어 휴가를 받아 집에 가보니 정말 깜짝 놀랄 일이 기다리고 있었 다. 지은 지 100년 된 옛집 대신 새집이 들어앉아 있었다. 하긴 입대 전에도 균열이 가고 허물어져가던 집이었다. 더욱이 내가 입대한 뒤 로는 수해까지 입어 새로 짓지 않으면 견디지 못할 상황이었다고 한 다. 어머니의 고생은 말도 못 했으리라.

그런데 여동생 말로는, 집을 새로 지어야 하는데 당시 몸져누워 있 던 아버지가 도무지 자리를 내어주질 않아서 고생했다고 한다. 왜 아 버지는 자리를 비켜주지 않음으로써 새집을 짓는 걸 허락하지 않으

215

려 했을까? 이미 세상에 없는 분의 속마음을 알 방법은 없지만, 고향의 옛집은 아버지가 태어나고 근 60년 동안 살아온 집이었기에 그 집을 버리기 싫었던 것은 아닐까?

이미자의 노래를 들으면서 촉촉해진 눈가를 손으로 훔치는 어머니의 기울어진 고개와 어깨가 안타깝고 또 안타웠다. 치아가 많이 빠져서 휑해진 어머니의 입속을 보는 것도 고통스럽다. 평생을 살아온 옛집과의 이별을 아버지가 슬퍼하고 저항했듯이, 나는 어머니가 허물어지고 쇠락해가는 모습을 보기 힘겹다.

05 어머니의 입원 1

　요양원에서 연락이 왔다. 아무래도 어머니가 심하게 체한 것 같으니 병원에 다녀오는 게 좋겠다고 한다. 부랴부랴 달려가니 과연 혈압이 굉장히 낮고 혈색도 안 좋으며 음식을 삼키지 못했다. 급한 대로 내 차를 타고 응급실로 향했다. 그런데 응급의학과 의사가 이것저것 검사해보고서 한다는 말이, 어머니가 위독하니 다른 가족들에게 기별하란다. 그 말을 듣는데, 어머니는 머리를 들고 주위를 살폈다. 믿을 수 없지만 황망해 말문이 막혔다. 피 검사 수치에 대한 설명을 들으니 더 처참하고 기가 막혔다. 여러 가지 수치가 나빴다. 그런데 이어 비뇨기과 전문의가 오더니 대학 병원에 가면 더 좋은 장비가 있으며, 요로 결석을 치료하면 치료 가능성도 보인단다.

　어머니를 대학 병원으로 이송했다. 그곳에서 패혈증 증세와 요로 결석 진단을 받았다. 위독하지는 않다고. 어머니는 틈만 나면 내가 곁에 있는지 살피면서 밥은 먹었냐고 물었다. 어머니가 건네는 말에 어쩐지 조금 안심되었다. 어머니의 혈압과 체온도 곧 정상으로 돌아왔다.

　참 기나긴 하루였다.

06 어머니의 입원 2

　어머니가 컨디션을 상당히 회복했다. 아침에는 굵직한 목소리로
나랑 실랑이를 하는 특유의 장기를 시연했는데 나는 "옆 환자들 보기
에 창피하니 좀 작게 말씀하시라"는 충고를 했다. 어머니가 컨디션을
회복하니 세상을 다 가진 듯 기쁘고 행복했다. 고맙고 또 고마운 일
이었다. 간병인과 싸우지 말고 사이좋게 지내라는 말은 물론이며, 먹
을 것 가지고 야박하게 굴지 말라는 당부도 잊지 않고서 김천으로 내
려왔다. 그리고 누나와 여동생에게 간병 스케줄을 할당하는 것도 나
의 몫!

07 어머니의 입원 3

어머니 때문에 대학 병원의 응급실에 있다가 옆 침상을 보니, 한눈에도 세상 물정에 어두워 보이는 어리숙한 노부부와 30대로 보이는 아들이 시끄럽게 이야기를 주고받고 있었다. 할아버지가 편찮았다. 아들은 당장 병실이 나는 건 2인실뿐이니 기다리자고 했다.

아들은 곧 응급실을 떠날 작정이었는데 떠나기 직전에 손가락 두 개를 치켜들면서 "아버지가 딱 두 달만 입원 치료를 받으면 내가 병원비를 낼게요"라고 했다.

그 아들 녀석이 병원비를 낼 가능성이 없다는 데 내 손모가지를 걸 수 있었다. 아픈 부모 앞에서 병원비 어쩌고 하는 것보다, 중한 병에 걸린 늙은 부모만 응급실에 두지 말고 같이 좀 있어주지.

그러거나 어쨌거나 양친이 모두 살아 있는 건 진심으로 부럽다, 녀석아.

08 어머니의 입원 4

불과 일주일 전 목숨이 위태롭던 어머니가 곧 퇴원을 한다. 패혈증 증세가 완화되어 열흘쯤 뒤 콩팥의 결석만 제거하면 된단다. 여전히 걱정스럽지만 그래도 지옥 문턱까지 다녀왔으니 이만하면 다행이다. 그런데 이번 일과 관련된 몇몇 사람에게 몇 마디 남기고 싶다. 난 뒤끝이 있으니까.

먼저, 어머니가 위독하니 당장 가족들에게 연락하라던 김천의 모 병원 응급실 담당 의사.

당신이 대뜸 어머니가 큰 병에 걸린 것 같다고 했을 때 의사답지 않게 '큰 병'이라는 표현을 사용해서 조금 의아했습니다. 너무나 애매한 표현이지 않습니까? 여러 수치가 심각한 것은 사실이었으나, 그래도 금방 눈을 감을 것 같다는 당신의 확신은 실수 맞지 않습니까? 아마 당신 옆에서 비뇨기과 전문의가 콩팥 결석을 제거하면 괜찮아질 확률이 높다는 이야기를 했을 때 같은 의사로서 민망했을 겁니다. 그렇다고 그 자리에서 당장 비뇨기과 의사를 밖으로 데리고 나가 쑥덕일 필요가 있습니까? 내가 당신 멱살이라도 잡을 줄 알았나 봅니다. 그리고 그 백혈구 이야긴 뭡니까? 대학 병원에서는 전혀 그런 진단이 없던데. 앞으론 좀 더 신중하게 진단하길 권합니다. 솔직히 난 내내 당신이 얼마나 창피할까 염려했습니다. 그래도 당신에게 고마운 마음이 많지만요.

우선, 어머니의 위독한 상황을 한 번 겪고 보니 언젠가 다가올 진짜 임종은 좀 더 의연하게 대처할 것 같고, 또 어머니의 상황에 너무 낙관적으로 대하는 교만함을 버리게 되었습니다.

두 번째로, 김천의 모 병원 비뇨기과 전문의. 당신의 말 한마디와 진단이 큰 힘이 되었습니다. 당신 덕분에 냉큼 대구의 대학 병원으로 옮겼고 결국 퇴원까지 했지요. "선생님이 보기엔 어때요? 어머니 말짱하지 않나요? 결석만 제거하면 좋아질 확률이 높아요"라는 당신의 진단과 격려, 정말 고맙습니다.

세 번째로, 대구 대학 병원의 의사들. 우리 어머니를 잘 치료해줘서 정말 고맙습니다. 은혜는 평생 잊지 않겠습니다.

네 번째로, 아내. 당신, 내가 당신보다 내 여동생과 더 친하다고 맨날 뭐라고 했지? 근데 이것만은 아시오.

어머니가 위독하다고 해서 연락하는데 누나와 여동생에게 연락할 때는 그냥 그랬는데 당신에게 전화할 때는 눈물이 왈칵 쏟아집디다.

마지막으로, 어머니. 어머니가 위독하다고 했을 때 눈물이 금방 쏟아지지 않았어요. 미안해요. 의사가 그 말을 했을 때 어머니는 피곤했는지 눈을 감았지요. 그때 사실 속으로 저렇게 편안히 세상과 이별했으면 좋겠다는 생각을 했어요. 제가 불효자입니다. 죄송해요.

09 어머니의 입원 5

　로또에 당첨되는 기분을 알겠다. 무거운 마음으로 어머니의 결석 제거 수술 동의서에 서명하러 가는 도중에 전화를 받았다. 검사 결과, 수술할 필요가 없으니 퇴원하란다.

10 어머니와의 말다툼

어머니가 큰 병에서 회복하자마자 또 언성을 높일 뻔했다. 기저귀를 아낀다며 축축해져도 갈지 말라고 간병인에게 엄명을 내린 모양이었다. 어이가 없어서 화가 날 지경이었다. 그런 데다 다음 날 퇴원하게 되었고 그때 다시 오겠다니까 '옷'이 많으니 가져가란다. 병원에 있는 옷이라면 입원 당시의 것밖에 없고, 그건 퇴원할 때 다시 입고 나가야 하니 먼저 가져갈 옷은 없다고 말했다. 그 말을 듣자 어머니는 침대 난간을 잡고 억지로 일어나려 했다. 강력한 의지의 표현이었다. 허나 아무리 생각해봐도 내가 가져가야 할 옷은 없었다. 급기야 옆의 환자들조차 환자복을 말하는 것이라면 병원에 다시 반납해야 한다고 거들었다. 그런데 어머니는 요지부동이었다.

송구스럽게도 우리 어머니가 살짝 치매가 온 것은 아닌가 하는 생각까지 했다. 그런데 한참을 실랑이하고서야 어머니가 말하는 옷이 다름 아닌 사용하고 남은 기저귀라는 사실을 알게 되었다. 아무리 늙고 병들었지만 차마 본인 입으로 기저귀라고 표현하긴 민망했던 게다. 혹시 내가 빠뜨리고 갈까 봐 그걸 미리 잘 챙기란 의도였다. 그럴 필요는 없지만 그 성품에 밤새 신경 쏠까 봐 기저귀 한 박스를 주섬

223

주섬 챙겨 들고 병원을 나섰다.

그러고 보니 어머니가 우리 집에 있을 때 아침저녁으로 기저귀를 갈고, 주말엔 목욕까지 한 것이 잘한 짓인지 못한 짓인지 가늠하기 어렵다. 그때는 지금보다 더 부끄럽고 민망한 마음이 컸을 텐데 말이다.

11 어머니의 차멀미

초등학교 시절, 도시 학교로 전학 가 친척 집에서 더부살이를 했다. 그 댁의 할머니는 당신의 아들만 오면 여기가 아프다, 저기가 아프다고 호소했는데 그러면 손자들은 "할머니는 아버지만 오면 맨날 아프다고 하소연하신다니까"라며 구시렁거렸다. 지금 생각해보니 그 할머니의 행동은 잘한 일이었다.

우리 어머니는 어디가 아프다고 말하면 아들이 걱정한다고 생각했는지 도통 어디 아프다는 말을 안 한다. 급기야는 눈이 잘 안 보이는 증세가 나타나 안과에 갔더니 검사 결과 거의 실명 수준이란다. 다른 사람 같으면 30분이면 끝날 수술이 세 시간이나 걸렸다. 밖에서 기다리는 그 세 시간이 내 인생에서 가장 긴 세 시간이었다.

간신히 한 쪽 눈을 수술하고 나서 의사는 진이 빠졌는지 나머지 한 쪽 눈은 그냥 그대로 살면 안 되겠느냐고 말했다. 나는 의사에게 통사정해서 결국 나머지 한 쪽 눈도 힘겹게 수술을 마쳤다.

딱 한 번 고통을 호소하긴 했다. 자꾸 침이 올라온다고 했는데 대수롭지 않게 생각하다가 병원에 갔더니 역류성 식도염 진단을 받았다. 정작 불편하다고 말했을 때는 대수롭지 않게 여기는 불효를 저지른 것이다.

며칠 전, 두 시간 남짓 운전해서 퇴원하는 어머니를 다시 요양원에 모셨다. 중간에 "김천에 다 와가냐?"라고 어머니가 물었는데, 천천히 운전해서 김천에 도착했고 마침 식사 시간이니 식사를 좀 하는 게 어떻겠느냐고 말했다. 그랬더니 어머니는 완강한 말투로 먹지 않겠단다. 그런가 싶어 잠깐 요양원의 간호사를 만나고 오자, 어머니와 한방을 쓰는 다른 할머니가 "자네 어머니가 멀미가 너무 심하셨다네"라고 말했다.

중학교 시절, 어머니와 함께 시골에서 대구로 가야 할 일이 있었다. 그 당시 나는 멀미가 너무 심했다. 어디서 들었는지 어머니는 멀미에 새우젓이 좋다며 나를 시장으로 데리고 갔다. 가서 멀미에 먹인다며 새우젓을 조금 사서는 나에게 건네주었다. 새우젓 장수는 "원래는 이렇게 조금씩 팔지 않는데 멀미 때문에 먹는다고 해서 파는 거유"라고 했다.

그런데 당시에도 차를 거의 타지 않았던 어머니 역시 멀미가 심했을 거라는 생각을 왜 지금에야 하게 되었을까?

12 진도견과 나

어머니는 여간해서 어디를 다니지 않는다. 세상에 집만 한 곳이 없다는 서양 속담을 누구보다 몸소 실천하는 분이었다. 그래서 이장 일을 맡아 하느라 자주 면 소재지를 들락거렸던 아버지의 뒷말을 제법 했다. 나는 아버지가 자전거를 타고 동구 밖을 나갈 때면 울면서 아버지 뒤를 쫓아가곤 했다. 이런 내 행동은 참 이해 못 할 것이었다. 아버지와 내가 평생 나눈 대화를 모두 글로 옮긴다 해도 결코 A4 용지 한 장을 넘지 않을 만큼, 우리는 전형적인 가부장적 부자 관계였기 때문이다.

그러고 보니 나도 어머니를 닮아서인지 여행을 좋아하지 않는다. 팔순의 나이에도 농노와 함께 농사일을 하고, 광야에서 말을 거칠게 몰던 톨스토이가 가출한 지 얼마 안 돼 갑작스럽게 죽은 것이 이제는 납득될 정도다. 나 또한 가족 여행으로 간 부산에서 3일째 되는 날 심하게 체한 적이 있다. 그날 메스꺼움과 두통을 참아가며 세 시간 30분을 내리 운전해서 간신히 집으로 돌아왔다.

시골에 살 때 키우던 진도견 강아지가 생각난다. 언젠가 녀석이 고삐를 풀고 가출했다. 이틀이 지났는데도 돌아오지 않아 걱정하던 차에 산기슭 아래의 나무에 목줄이 걸려 꼼짝 못 하고 있는 녀석을 구조해주었다는 이웃의 전화를 받았다. 전화를 받자마자 대문으로 달려 나갔더니 그 녀석이 흙투성이에다 먼지를 가득 뒤집어쓴 채 주인은 안중에도 없고 미친 듯이 제집을 향해 돌진하고 있었다. 맞다. 부산에서부터 운전하던 내 모습이 딱 그랬다.

13 어머니의 성격

어머니가 뇌졸중 수술을 한 뒤 대략 일주일 정도를 입원했다가 한방 병원으로 치료처를 옮긴 적이 있다. 그런데 옆 침상의 아주머니가이 사실을 알고 소리 내어 울었다. 섭섭한 건 알겠는데 울기까지 하니 솔직히 조금 의아스러웠다. 그 아주머니 말을 들어보니 우리 어머니가 워낙에 유쾌하고 재미난 말을 많이 해서 엔도르핀이 막 생겨났다고.

우리 어머니가 유쾌하다고?

내심 당황스럽기까지 했다. 그저 고집 세고 고지식할 정도로 성실하기만 한 어머니라고 생각했기 때문이다.

그 밖에도, 어머니가 있는 요양원에는 침상 위에 사진과 어르신들의 병세, 주의할 점 등이 적혀 있는데 어머니의 소개란을 보니 "말씀하시기를 좋아하신다"라고 적어놨다. 참 낯설었다. 어머니를 애틋하게 생각해왔지만 뜻이 달라 늘 티격태격했기 때문이다. 어머니는 다정다감한 말도 거의 하지 않았다.

그러고 보니 내가 어릴 적, 외지에 다녀오면 어머니는 꼭 나의 외출에 대해 꼬치꼬치 묻곤 했다. 아주 사소한 것들을 물었는데, 멋대

가리 없고 잔정도 없는 경상도 사내라서 그런 구체적이고 다양한 어머니의 질문에 냅다 소리 지르고서 말문을 닫기만 했다. 아마도 어머니는 당신의 아들이 무엇을 보고 왔고, 뭘 했는지, 어떤 사람을 만났는지 궁금했고 또 나랑 대화를 나누고 싶었던 게다.

그런 귀여운 나이가 다 지나 이제 나도 불혹이 훨씬 지나고서야 어머니와 이런저런 이야기 물꼬를 텄지만 어머니는 기력이 없고, 호기심도 줄어들었고, 경험조차 옛날 같지 않으니 많은 대화를 나누지 못한다.

어디 어머니뿐인가? 딸내미도 그렇다. 코흘리개 때는 한 침대에 누워 나의 어린 시절 이야기와 옛날이야기 듣는 걸 아주 좋아했다. 별 이야기가 아닌데도 자지러지게 웃고 재미있어했다. 그런데 밑천이 바닥나자 말하는 게 슬슬 힘겨워지기 시작해서 이야기를 많이 들려주지 못했다.

어느덧 중학생이 되어버린 딸내미는 더 이상 아빠의 이야기에 호기심도, 재미도 못 느낀다. 그냥 도도한 여중생이고, 틈만 나면 자기 방에 콕 처박혀 자기 생활 하는 걸 좋아한다.

어머니에게도 딸내미에게도 좋은 이야기꾼이 되어주지 못해서 정말 미안하다.

14 그 모기약값을 끝내 받고 말았지만

어머니가 쓰러지기 전 일이니, 벌써 꽤 지난 이야기다. 무더운 어느 여름날, 어머니가 있는 본가에 들렀다. 결혼해서 분가한 지 얼마 되지 않았던 터라 집안일이 여러모로 신경 쓰였고 어머니의 안부도 궁금했다. 대개는 자식이 안부 전화를 매일 한다지만, 어차피 어머니나 나나 무뚝뚝한 성격이라 전화로 이야기하는 게 어색해서 자주는 아니지만 찾아가는 게 편했다.

집 안 여기저기를 둘러보다가 어머니의 유동 자산 중 가장 값어치가 나가는 소 마구간을 들여다보았다. 더운 여름인데도 어둠침침하고 답답한 우리에 갇혀 지내는 암소가 측은해 찬물이라도 주려고 마구간 안으로 들어갔다. 예전의 여름 같으면 아이들이 들로 데리고 가꼴을 먹이고 해서 소도 콧바람을 쐬었을 테지만 요즘은 시골에 아이들이 드물고 일손도 부족해서 그런 호사를 누리지 못하는 불쌍한 신세가 되어버렸다. 그러니까 이농 현상과 농촌의 붕괴가 가축의 복지에도 타격을 준 셈이다.

확실히 시골에서 살았던 때를 생각해보면 소에 대한 애착이 강할 수밖에 없었다. 소는 집안의 기둥과도 같았다. 똑똑하긴 얼마나 똑똑

231

한지, 꼴을 먹이다가 깜빡 잠이 들어 소를 잃어버릴 때가 있는데 그럴 땐 달리 찾으러 헤맬 필요 없이 어두컴컴해지기만을 기다리면 어느새 소가 집으로 돌아와 있곤 했다. 심지어 사람이 먹다 남은 음식이 있어서 소에게 주면 다른 건 다 먹어도 '라면 국물'만은 입에 대지도 않던 기억이 생생하다. 동료의 고기가 원료인 음식을 먹지 않는 동물이 소다.

마구간에 발을 들여놓는 순간 벌 떼가 냄 직한 '앵' 하는 굉음이 들렸다. 화들짝 놀랐다. 산에서 어쩌다 만나는 벌 떼 소리 못지않게 커다란 굉음이 마구간에서 들리니 깜짝 놀랄 수밖에 없었다. 정신을 차리고 살펴보니 벌 떼가 아닌 모기떼였다. 순간 무던한 소를 괴롭히는 모기떼에게 분노가 치밀어 올랐다. 더구나 기가 막힌 것은 마구간의 천장 구석구석에 벌집처럼 모기 집이 자리 잡고 있다는 사실이었다. 나는 모기도 집을 짓고 산다는 것을 태어나서 처음 알았다.

어머니가 늘 하는 말처럼, '말 못 하는 짐승'이 얼마나 고통스러웠을까? 과연 증언을 들으니 그간 모기떼 때문에 소의 고통이 이루 말할 수 없었고, 어머니가 답답해 모기약을 여러 번 살포했지만 워낙 그 규모가 방대해 박멸은커녕 미미한 숫자 변화조자 없었단다. 사태의 심각성을 인식한 나는 곧바로 농약 가게를 찾았고 '마구간 해충 박멸용 약'이라는 무시무시한 무기를 장착하고서 다시 문제의 마구간을 찾았다.

모기 잡다가 사람 잡겠다고 어머니가 걱정할 만큼 나는 마구간 해충 박멸용 약을 대량으로 살포했다. 모기가 거의 박멸되는 듯했지만

이에 만족하지 않고 연달아 3일 동안 약을 뿌렸다. 드디어 모기가 완전히 박멸되었다는 확신이 들었을 때 비로소 모기약의 살포를 멈추고, 마치 살벌한 전투를 마치고 전장을 떠나는 장수처럼 내 차의 시동을 걸고서 본가를 떠나려 했다. 그 순간 어머니가 다급하게 차의 문을 두드렸다. 창문을 내리고 이유를 물으니 모기약을 얼마에 주고 샀느냐고 물었다. 순간 말문이 턱 막히고 머릿속이 하얘졌다.

알고 지내는 사람의 마구간이 그 지경이었다고 해도 이 정도는 호의로 베풀 수 있다. 그런데 모기약값을 치르겠다고 차를 가로막고 선 사람은 다름 아닌 나의 어머니였다. 순간 별의별 생각이 다 들면서 섭섭한 마음이 밀물처럼 밀려왔다. 그러고 보니 결혼하고 분가하자 내 통장에서 빠져나가는 본가의 집 전화 요금의 자동 이체도 해지하라고 했었다.

섭섭하고 황망한 마음만 가득해 무슨 말을 하는 거냐며 화를 버럭 내고서 그냥 출발하려 했다. 그러나 그사이 어머니는 창문 사이로 손을 걸치고서 놔주지를 않았다. 창문을 올릴 수도, 출발할 수도 없었다. 눈물이 쏟아졌다. 어머니가 저리도 냉정한 분이었던가? 부모와 자식 간인데 어쩜 저렇게 정확히 셈을 따지려는지 이해하지 못했다. 무엇보다 어머니와 내가 이젠 한 식구가 아니어서 그만큼 멀어졌다는 섭섭함이 더 앞섰을 게다.

물론 그 모기약값을 끝내 받고 말았지만…….

15 어머니와 지퍼가 달린 벼 수매 자루

늙은 부모와 따로 사는 자식이라면 누구나 새벽 또는 한밤중에 뜬금없이 걸려오는 전화를 무서워한다. 이유는 간단하다. 따로 사는 부모의 유고를 전하는 전화일 가능성이 높다고 생각하기 때문이다. 그런데 아이러니하게도 아직 단잠을 잘 시간인 새벽녘에 전화를 거는 사람은 거의 예외 없이 시골의 어른들이다. 시골에서는 하루가 무척 빨리 시작된다. 동이 터오는 즈음은 일반 직장인의 출근 시간과도 같기 때문에 설마 도시에 사는 사람들이 단잠을 자고 있으리라고는 생각지 않는다.

어머니가 중풍으로 쓰러지기 전 이야기다. 나의 모친도 전형적인 시골분이라 대개 이른 새벽에 전화한다. 어머니가 전화할 때의 특징은, 전화를 받는 사람이 "여보세요"라고 말해도 몇 초간 뜸을 들인다는 점이다. 그래서 잘못 걸려온 전화라고 생각해 수화기를 내려놓을 찰나, 내 이름을 부르면서 용건을 말한다. 물론 가타부타 인사말 따위는 생략한 채 할 말만 하고, 역시 클로징 멘트 없이 전화를 끊어버린다.

어느 추운 겨울날에도 그런 식으로 어머니의 전화를 받았다. 통화는 역시 간단명료했다.

"균호야, 오늘 매상 가마니를 묶어야 하니까 집으로 오너라."

매상 가마니를 묶는 건 나라에서 하는 벼 수매에 응하기 위해 정해진 포대와 무게에 맞게 벼를 포장하는 일을 말한다. 옛날이야 짚으로 만든 가마니에 벼를 담았지만 요즘은 폴리에스테르로 만든 포대를 사용한다. 어쨌든 시골에서는 그해의 수확을 현금화하는 중요한 일이라 토를 달지 않고 평소처럼 전화를 끊으려는데 말이 이어진다.

"올해엔 자꾸가 달린 부대라서 꿰맬 필요가 없다."

그 말은 들은 나는 쾌재를 불렀다. 사실 효율성으로 따지자면 콤바인으로 수확한 벼를 수매에 응하기 위해서, 그리고 더 나은 등급을 받기 위해서 벼에 섞인 먼지와 찌꺼기를 가려내는 작업은 그리 권장할 만한 일은 아니다. 등급이라는 것이 건조의 정도와 벼의 품질을 보는 것이므로 먼지나 찌꺼기가 섞였다고 해서 낮은 등급을 받을 가능성은 거의 없기 때문이다. 그런데도 어머니는 우직하게도 한겨울에 이미 수확해서 충분히 마른 벼를 재래식 건조기에 넣고 오로지 인력에 의존해 매상 가마니를 묶는 작업을 고집한다. 포대에 담긴 벼를 건조 정도만 파악해 정부에서 정한 무게, 즉 40킬로그램만 맞춰 포장하면 될 일인데 말이다.

더욱이 우리는 포대를 밀봉하는 작업도 해야 했다. 이 밀봉 작업을 포대의 윗부분을 여러 겹으로 접어 10센티미터 남짓한 긴 바늘을 이용해 일일이 노끈으로 바느질해야 하는 굉장히 번거롭고 고된 일이다. 그것도 혹독한 시골의 겨울 날씨에 손이 곱아버리므로, 작업하려면 이만저만 불편한 게 아니었다.

그런데 느리게나마 농사일에도 기술의 발전이 있어서, 일일이 사람 손으로 꿰맬 필요가 없이 끝에 지퍼가 달려 밀봉이 간편해진 포대가 출시되었다. 그것도 이미 몇 년 전에. 천지가 개벽하는 듯한 그 소식을 접하고는 만약 어머니가 거절하더라도 내가 직접 그 엄청나게 혁신적인 포대를 사려고 신이 나 말했더니, 부지런한 어머니는 이미 지퍼 없는 구형 포대를 잔뜩 사두었단다.

하도 답답해서 어머니한테 편하고 간편한 신형 포대를 두고 왜 힘들고 불편한 구형 포대를 샀느냐 물었더니 지퍼가 달린 신형 포대가 비싸단다. 나는 가격 차이가 제법 많이 나서 그런가 보다 생각하고는 얼마냐고 물었는데, 구형은 300원이고 신형은 400원이라고 해서 다시 한 번 기함했다. 하루 50개의 포대를 포장한다고 가정하면, 혹독한 추위 속에서 곱은 손을 비벼가며 한나절 동안 바느질한 대가가 겨우 5,000원이라는 이야기다.

그렇게 온갖 수고를 감수하면서까지 100원이 더 싸다는 이유로 구형 포대를 고집하시던 어머니에게 왜 올해는 지퍼 달린 포대를 준비했느냐고 물었더니, 올해는 나라에서 농가에 지퍼 달린 포대를 무상으로 공급했다고 한다.

16 어머니와 오리

    비가 부슬부슬 오는 여름날을 어머니는 게으른 사람은 집에서 낮잠 자기 좋고, 부지런한 사람은 덥지 않으니 일하기 좋은 날씨라고 했다. 내가 봐도 학교 운동장처럼 넓은 논이 우리 집에 있었던 때의 이야기다. 이앙기가 없던 시절에는 열댓 명의 사람들이 못줄을 이용해서 모심기를 해야 했는데, 어머니는 다른 사람들이 도착하기 전의 시간이 아깝다며 혼자 모심기를 시작했다.

    그 광경을 본 이웃집 아주머니의 말씀이 생생히 기억난다.

    "아이고, 태평양에 오리 한 마리가 둥둥 떠 있는 것 같네!"

17 나의 아버지 1

　나는 아버지가 화투 치는 모습을 한 번도 보지 못했다. 나를 체벌한 것도 딱 한 번이었다. 그건 내가 생각해도 천인공노할 짓 때문이었으니 그때 아버지의 행동을 충분히 납득하고도 남는다. 또 아버지가 술에 취한 모습을 보인 것도 딱 한 번이었다. 아버지와 함께한 24년 동안 딱 한 번. 이런 모습을 보고 자란 덕분인지, 나는 50이 코앞인 지금까지 아직도 포커를 칠 줄 모르고 고스톱은 28세 때 간신히 배웠다. 또 술도 그리 험하게 마시지 않아서, 지금까지 주사라고 부를 만한 짓은 친구들과 음주 후 노래방에 갔을 때 일행에게 우리 신발을 다 벗고 맨발로 노는 게 어떠냐고 제의한 게 아마 유일할 듯싶다.

　하지만 평생 딱 한 번 있었던 아버지의 술 취한 모습은 강렬한 기억으로 남아 아직도 종종 생각난다. 밤 10시가 채 안 된 시간, 술을 많이 마셔서 기분 좋게 취한 아버지가 귀가했다. 아버지에게 할 말이 있어 마음을 졸이며 기다렸던 나는 준비해뒀던 말을 조심스레 꺼냈다. 당시로써는 다소 사치인 보이 스카우트에 들어가도 되느냐는 질문이었다. 그때 아버지는 딱 한마디만 했다.

　"네가 하고 싶은 일은 뭐든지, 뭐든지 해라."

18 나의 아버지 2

　나는 확실히 열혈 경상도 남자답게 성격이 급하다. 급한 성격 탓에 낭패를 겪거나 내 욕심과는 달리 일이 틀어진 경우도 한두 번이 아니다. 그런데 대체 이런 성격은 누굴 닮았는지 모르겠다. 당장 우리 아버지만 봐도 나와는 확연히 달랐다.

　코흘리개 시절, 우리 시골 동네에는 말을 전혀 하지 않고 소처럼 일만 하는 총각이 있었다. 이 총각이 우리 집 일을 한 적이 있는데, 날이 저물자 우리 집 안방에서 식사를 함께하고 갔다. 그런데 우리 집 식구들은 진즉에 식사를 마쳤는데도 이 총각은 묵묵히 식사를 하는 게 아닌가? 옛날 시골집은 안방이 주방이자 잠자리라서 초저녁잠이 많은 우리 집 식구들은 벌써 이불을 펴고 절반은 잠든 상태. 다만 설거지를 담당하는 누나는 참다못해 뭔 밥을 저렇게 오래 먹느냐며 아주 대놓고 투덜거렸다.

　식사를 얼마나 오래했는지 정확히는 모르겠지만, 30년도 훨씬 지난 일인데 아직도 그 장면이 눈앞에 훤히 그려지는 걸 보니 아마 우리 집 식구들이 식사를 서너 번은 넘게 할 시간 정도는 되었나 보다. 누나와 나는 급기야 투덜거리는 것을 넘어서서 이젠 대체 저 양반이

밥을 얼마나 오래 먹을까 궁금해질 지경. 집주인들은 이불 속에 들어가 있는데 일꾼이 윗목에 혼자 앉아 아무 말도 하지 않고서 오랫동안 식사하는 장면은 흔치 않으니까.

그런데 그와 마찬가지로 온종일 농사일하느라 지쳐 빨리 잠자리에 들고 싶었을 아버지가 한 말이 아직도 잊히지 않는다. 아버지는 자상하고, 정감 어린 느릿느릿한 말투로 이렇게 말했다.

"자네, 천천히 들게."

19 나의 아버지 3

어린 시절, 논에서 일하던 아버지가 술심부름을 시켰다. 나는 아버지가 시킨 대로 도가에 가서 노란 주전자에 막걸리 한 되를 받은 다음 논으로 향했다. 그런데 한눈을 팔았는지 그만 주전자를 떨어뜨리고 말았다. 황급히 주전자를 챙겼으나 이미 꽤 많은 양을 엎지른 뒤였다. 어쩌겠는가? 아버지가 잔에 막걸리를 부었는데 딱 한 잔 나왔다. 아버지는 왜 그런지 캐묻지도, 꾸중도 안 했다.

"술이 한 잔밖에 안 나오네."

그러고 보니 코흘리개 시절도 생각난다. 아버지와 함께 들을 걷다가 이슬을 맞아 비실거리는 잠자리를 보고선 냉큼 잡아 희롱했다. 그때도 아버지는 부드럽고 애정 어린 말투로 다만 한마디 했을 뿐이다.

"그러면 못쓴다."

아이들이 잘못했을 때 혼내거나 고함지를 필요는 없다. 40년이나 지났지만 나는 아버지의 말을 똑똑히 기억하고, 그때의 잘못도 충분히 수긍한다. 애정 어린 따뜻한 충고의 말 한마디면 충분하다. 그간 내 태도를 깊이 반성하고, 나의 딸아이에게도 미안하다.

20 아버지의 산소

꿈을 꾸었다. 아버지의 산소에 성묘를 하는데 심하게 훼손돼 있어서 잠을 깨고 나서도 영 개운치가 않았다. 토요일 당직을 마치고 그냥 집에 가려니 발걸음이 도저히 떨어지지 않았다. 아버지의 음택이 자리 잡은 고향 마을로 향했다.

감나무 밭에 집이 옹기종기 숨어 있다고 표현해야 맞을 듯싶은 고향 마을에 도착했다. 차에서 내리자마다 숨 가쁘게 아버지의 산소로 뛰어갔다. 꿈의 내용과 달리 아버지의 산소는 무탈했다. 안도하며 큰절을 두 번 올렸다.

그런 뒤 아버지의 묘소를 둘러보는데 봉분 한 귀퉁이에 들꽃이 다소곳한 자세로 나를 반겼다. 마치 아버지께서 나에게 준 선물처럼 느껴져서 들꽃을 와락 안고 싶어졌다.

21 어머니의 결혼사진

십수 년째 중풍으로 거동을 못 하고 요양원에 있지만 그래도 어머니가 옆에 있는 게 행복하고 다행스럽다. 어느 날 발견한 부모님의 결혼사진 속에서 부모님 사이에 다소곳이 앉아 있는 저 여자가 누구냐고 물어볼 수도 있으니 말이다.

사진을 들고 요양원에 찾아갔더니 어머니가 환한 웃음을 터트리며 연신 사진을 지금껏 간직해줘서 고맙단다. 그런데 저 중간에 앉아 있는 처자가 누구인지 물었더니 "야가 누군지 모르겠다"라고 한다. 순간 실망감이 밀려왔다. 다시 물어봐도 누군지 모르겠다는데, 사진만은 마치 수십 년 만에 본 친구처럼 반가워한다. 급기야 "신랑은 누군지 알겠는데"라며 웃음을 짓기까지 했다. 기분이 무척 좋아 보였다.

그런데 어느 순간 어머니가 "야는 내 친정 조카다. 나이 차이가 없어서 동무처럼 지냈어"라며 기억을 되살렸다. 그러니까 결혼 기념으로 동무처럼 자란 친정 조카를 저렇게 중간에 앉히고 사진을 찍었구나. 어머니는 사진을 챙겨줘서 고맙다며 드디어는 조카의 이름까지 기억해냈다.

드디어 부모님 결혼사진 속 여자가 누구인지 알게 되었다.

22 나의 두 번째 어머니

어린 시절, 나에겐 두 분의 어머니가 있었다. 그중 한 분은 당연히 나를 낳아준 분이고 다른 한 분은 1년에 두어 번씩 우리 집을 방문하는 할머니였다. 밖에서 뛰어놀다가 집으로 돌아왔을 때 가끔 누이들이 "균호야, 네 엄마 왔다"라고 놀리는 일이 있었는데, 처음 몇 번은 무슨 말인가 싶어서 어리둥절했으나 차츰 누이들이 하는 말을 알아듣게 되었다. 나의 그 할머니가 왔다는 말이었다.

그러니까 누이들은 할머니의 방문을 탐탁지 않게 생각했고, 나는 어리둥절하고 다소 곤혹스러웠다. 분명히 나와 생김이 비슷한 어머니가 있는데 또 나의 어머니라는 낯선 사람이 있으니 당황스러웠음은 당연했다. 더구나 당시까지만 해도 "넌 다리 밑에서 주워 왔다"라는 우스개가 흔했던 시절 아닌가? 더욱 괴이한 것은 명색이 나의 어머니라면 우리 집과 인연이 깊은 사람인데, 그 할머니에 대한 융숭한 대접이나 집안 어른들의 환대 같은 건 볼 수 없었다. 내 기억으로는 주로 어머니가 그 할머니를 대접했고, 다른 어른들은 방문을 용인해주는 분위기였다.

물론 자고 가는 법도 없었다. 다만 돌아갈 때 쌀을 한두 말 정도 가져갔는데 그 쌀을 버스 정류장까지 운반하는 일은 나의 몫이었다. 나는 군소리 없이 매번 자전거에 쌀을 싣고 버스 정류장까지 실어 날랐다. 그때마다 "아이고, 우리 새끼"라며 등을 두드려주는 할머니를 영문도 모르고 배웅했다. 지금 생각해보니 정작 우리 어머니는 평생 그런 살가운 말을 해준 적이 없는데, 1년에 한두 번 오는 할머니가 그 역할을 톡톡히 대신한 것이다. 나는 할머니에 대한 기억이 없어서 잘 모르겠지만 아마 친할머니에게서 느낄 수 있는 정감이 그런 게 아닐까 싶다. 내가 무슨 짓을 해도 "아이고, 우리 새끼"라고 등을 두드려주며 따뜻하게 안아줄 것 같은 할머니의 포근함 같은 것 말이다.

내가 그 할머니와의 인연을 정확히 알게 된 것은 대학을 졸업하고 직장을 다닐 무렵이었다. 영남 지방의 종갓집 종부로서 내 위로 딸만 연달아 네 명을 본 어머니는 다섯 번째 아이를 가지고선 혹시 또 딸이 아닐까 걱정이 앞섰다고 한다. 정말 또 딸이라면 지울 생각까지 했던 모양이다. 허나 지금 내가 이 글을 적어 내리고 있듯이 나는 용케도 살아남았는데 그게 모두 나의 어머니라 불리던 할머니의 은혜 덕분이다.

나로서는 더욱 위험하고 아찔한 상황이었던 것이, 어머니가 배 속 아이가 아들인지 묻기 위해 여러 점쟁이를 찾았는데 모두 딸이라고 했단다. 체념하고 나를 태어나지 못하게 하려던 찰나, 마지막으로 한 번 더 물어보자 해서 찾은 사람이 훗날 나의 어머니가 된 할머니였다. 할머니는 아들을 낳으리라는 점괘를 알려주었으나 위로 낳은 딸의 수, 다른 점쟁이들이 입을 모아 말한 정반대의 점괘가 마음에 걸렸던 어머니는 진짜 아들이라는 다짐을 받기 위해 할머니와 손가락까지 걸고서야 나를 낳았다. 이 이야기는 어머니의 육성으로 직접 들었다.

어머니가 딸을 연거푸 네 명 출산했을 때에도 결코 '아들' 타령을 하지 않았던 아버지는 내가 태어나자 세상을 다 가진 듯이 기뻐했다. 그간의 인내와 침묵이 단지 아들 욕심이 없어서가 아니라는 사실을 온몸으로 증명한 것이다. 배 속에 든 나를 초음파 검사도 하지 않고서 아들임을 확신해 세상에 나오게 한 할머니는 그 큰 공덕 덕분에 유교 사상과 조상을 종교처럼 받들며 사는 영남 지방의 고루한 종가를 드나들 수 있었고, 왕림할 때마다 쌀을 두어 말 받아 갔다.

여자들의 예감은 정말 놀라울 때가 많은데 어머니만 해도 그렇다. 뇌졸중으로 쓰러지기 불과 한두 해 전, 생전 외출하는 걸 싫어하던 어머니가 나를 앞세우고 여러 군데를 다니기 시작했다. 모두 당신에게 가장 중요한 곳이었다. 마지막 순서로 어머니와 나는 처음 외가를 찾았다. 외가에는 자식은 모두 외지에 나가고 여든이 다 된 외삼촌 홀로 살고 계셨다. 이후 외삼촌은 병을 앓다 유명을 달리했고, 역시 병상에 있던 어머니를 대신해 내가 문상했으니 이때가 유난히 다정했던 오누이의 마지막 만남이 된 셈이다.

그 시기에 어머니와 나는 그 할머니 댁을 찾았다. 그간 어머니가 나 몰래 할머니 댁을 찾았는지는 모르겠으나 나는 처음이었다. 그 할머니가 나를 세상에 나오게 한 이후로 30년이 훌쩍 넘는 동안 어머니와 할머니는 돈독한 관계를 유지해왔고, 추수할 때마다 꾸준히 고마

움을 표시해온 셈이다. 내가 처음이자 마지막으로 찾은 할머니 댁은
정갈하고 소박했다. 어쩐 일인지 이제는 점 보는 일은 하지 않겠다며
신당도 정리했는데 내 이름이 적힌 등은 여전히 자리를 지키고 있었
다. 내가 30대 중반이 되기까지 늘 나의 안녕을 빌었다고 했다.

그날이 마지막 날이 되고 말았다. 할머니는 더 이상 우리 집을 찾
지 않았다. 나도 어머니도 다시는 할머니를 볼 수 없었다. 한겨울에
겨울비를 맞으며 동구 밖까지 우리를 배웅하던 할머니의 자그마한
뒷모습이 여전히 잊히지 않는다. 그로부터 10년이 훌쩍 지난 뒤, 나
는 나의 어머니이며 할머니였던 그분과 한마을에 오래 살았다는 사
람을 만났다. 그에게 대뜸 할머니의 안부를 물었다. 그 양반은 첫마
디에 잘도 그 할머니를 기억해냈다.

"아! 이쁜이 할머니 말씀하시는 거죠?"

깜짝 놀랐다. 단지 1년에 한두 번씩만 보아서 어색하고 대하기가
조심스러웠던 할머니가 '이쁜이'라니! 왜 별명이 '이쁜이 할머니'냐
고 묻자 천진난만한 양반은 이렇게 대답했다.

"이유는 몰라요. 그런데 우리 마을에서는 그냥 이쁜이 할머니로
통했어요."

그러나 이 양반도 마을을 떠난 지 오래라 안부는 모른단다. 다가
오는 명절 때는 할머니를 찾아가 "아이고, 우리 새끼"라는 말을 듣고
싶다.

23 어머니의 물 마시기

요양원에 어머니를 보러 갔는데 마침 점심시간이었다. 어머니는 식사를 마치고 물 두 컵을 연신 마셨다. 왜 두 컵씩이나 마시냐고 물었더니 물을 많이 마셔야 한단다. 오, 그러고 보니 요로 결석의 예방법 중 하나가 물을 많이 마시는 거라고 말했던 기억이 났다. 그래서 물을 연거푸 두 컵이나 약처럼 마신 게다. 어머니가 거동을 못 하더라도 오래오래 살았으면 좋겠다는 나의 바람을 생각하면 눈물겹도록 고마운 일이다. 그러고 보니 십수 년 전에 병원 생활을 막 시작할 시점에도 어머니가 하체 재활 운동을 얼마나 열심히 했던지 발등에 굳은살이 생겼다. 한눈에 보일 만큼 크게 박힌 발등의 굳은살을 보고 얼마나 눈물겨웠던가. 그것뿐만이 아니었다. 어머니는 운동을 많이 해야 한다는 나의 말에 기저귀를 갈아줄 테니 그냥 침대에서 용변을 보라는 간병인의 만류를 뿌리치고, 굳이 화장실로 부축해달라고 했다. 당신으로서는 1,000리를 가는 듯한 고통이었을 텐데 말이다.

아내가 말하길, 내가 담배도 폈고 운동도 안 해서 건강이 염려되는데 도무지 자기 말을 듣지 않는다며 딸아이의 걱정이 늘어졌다고 한다. 부모 노릇도 어머니에게는 도저히 따라가지 못한다.

24 귀여운 어머니

어머니는 좀 귀여운 면이 있다. 병원에서 있었던 일이다. 어머니가 나에게 자꾸 딸기를 먹으란다. 사양해도 자꾸 권해서 이제 슬슬 짜증이 나려던 찰나, "네가 먹으면 나도 좀 먹을게"란다. 진작 딸기를 좀 권해야 했다.

어머니의 귀여운 면은 이뿐만이 아니다. 내가 코흘리개 시절부터 어머니는 인사의 중요성을 늘 강조했고, 나도 그런 말을 하도 많이 들어서 동네 어르신을 만나면 곧잘 인사하는 편이다. 그런데 인사할 때에도 적당한 거리란 게 있지 않은가? 저 멀리서 걸어오는 모습이 어른거리는데 냅다 달려가 인사할 수는 없는 노릇이다. 내 나름대로 인사하는 타이밍과 거리가 있는데 어머니는 그걸 참지 못하고 매번 먼저 "인사하거라"라고 지시했다. 그런데 문제는 인사를 받을 어른조차 어머니의 지시가 잘 들릴 만큼 어머니의 목소리가 늘 컸다는 점이다. 인사를 받는 어른도, 인사를 하는 나도 민망하니 그러지 않았으면 좋겠다고 말했지만 소용없었다.

그런데 대단한 것은, 어머니는 요양원에 있으면서도 그 습관을 버리지 않았다는 점이다. 요양원을 거닐다 보면 인사를 드려야 할 어른들 천지다. 어머니는 나도, 인사를 받을 어른도 아주 잘 들릴 만한 큰 목소리로 인사하라는 신호를 준다. 이젠 불혹의 나이를 훌쩍 지난 아들인데도 초등학생에게나 할 법한 민망한 '인사 교육'을 시키는 것이 간혹 답답하긴 하지만 예전의 어머니 모습을 보는 것 같아서 반가운 마음이 앞선다.

그래도
명랑하라,
아저씨!

01 부부애

맥북을 사용하는데 갑자기 윈도우에서만 사용 가능한 프로그램을 쓸 일이 생겼다. 맥북으로도 윈도우를 쓸 수 있게끔 해주는 유틸리티가 있다는데 나는 아직 설치 방법을 잘 몰라서 할 수 없이 동네 컴퓨터 가게의 손을 빌려야 했다. 우리 동네에 신뢰하는 가게가 있긴 하지만 한밤중이라 연락해도 될지 고민스러웠다. 그러나 달리 도리가 없어 연락하고야 말았다. 역시 컴퓨터 수리 가게는 문을 닫았고, 가게 주인은 지금 다른 가게 일을 도와주고 있단다. 염치 불고하고 내가 그 가게로 갈 테니 맡아두었다가 다음 날 오전까지 해주면 안 되겠느냐고 했더니 흔쾌히 허락했다.

일을 도와준다는 가게는 고깃집이었다. 가게 밖에서 맥북을 건네주며 이런저런 부탁을 하는데 순간 고깃집의 문이 왈칵 열리더니 그 양반의 아내로 보이는 여자가 화난 목소리로 남편을 찾았다. 분위기를 보아하니 한창 바쁜 시간에 땡땡이치는 것으로 오해한 모양이었다. 하긴 그 주인은 솜씨가 좋고 해박한 컴퓨터 지식이 있긴 하나 비전문가인 내가 봐도 수입이 넉넉지 않아 보였다. 그래서 야간에는 고깃집 일을 도와주는 모양인데 졸지에 컴퓨터 손님을 받다가 오해를

253

사게 된 것이다.

수리집 주인은 아내의 성난 목소리에 "지금 밥벌이를 하고 있다"라며 되받아치지 않고 "응, 알았어. 금방 들어갈게"라며, 진짜 땡땡이치기라도 한 듯 차분한 목소리로 대답하고는 서둘러 가게 안으로 들어갔다. 한 가정의 가장이라는 자리가 그토록 춥고 외로운 자리인가 보다. 그 주인아저씨의 뒷모습을 보니 내 아버지가 생각났다.

내가 살던 옛 시골집은, 집을 지을 때 일부러 못을 사용하지 않거나 못이 건축 자재로 존재하지 않았던 시대에 지어졌다. 제법 규모가 있는 집이긴 하나 옛 건물이라 겨울엔 온몸으로 추위와 맞서 싸워야 했다. 구멍이 숭숭 난 초라한 창호지 문은 매서운 겨울밤의 바람을 막기에는 턱없이 허술했으니까.

언젠가 추운 겨울날, 깊은 잠에 빠졌다가 깜짝 놀라 잠에서 깬 적이 있었다. 그럴 땐 어김없이 혹독한 겨울바람을 견디다 못해 여닫이문이 왈카닥 열려서 바깥벽에 쾅 부딪히는 소리에 놀라 깬 것이다. 그러니 오죽 추웠을까? 하지만 내가 아무리 추워봤자 그 허술한 문에 몸을 맞대고 있던 아버지보다는 춥지 않았을 터였다. 아버지는 한밤중에 열린 문이 바깥벽을 때릴 때 단 한 번도 짜증을 내지 않았다. 다만 잠시 후면 다시 열릴 게 분명한 그 창호지 문을 몇 번이고 조용히 닫을 뿐이었다.

그리고 다음 날 새벽이면 어머니는 아침밥을 짓기 위해, 아버지는 쇠죽을 끓이기 위해 가장 먼저 일어났고 두 분은 한참이나 이런저런 이야기를 나누었다. 내가 본 두 분의 가장 다정한 모습이었다.

02 테니스

한 달 치 보충 수업비를 몽땅 털어서 가게로 달려가 신상 테니스 라켓을 손에 넣고 감격의 눈물을 흘린 적이 있다. 나는 '테니스는 장비 싸움'이라는 새로운 테니스 이론을 직장에 처음으로 도입한 사람이다. 그래서 이 라켓, 저 라켓을 섭렵하는 소위 장비병의 중환자가 되었다. 독서가가 독후감을 쓰듯 장비병 환자는 라켓 리뷰를 자주 작성한다. 그리고 대부분의 온라인 판매처에는 테니스 장비 리뷰 게시판이 따로 있다.

나는 라켓 리뷰를 작성하는 데 온갖 정성을 쏟았다. 미국과 일본의 현지 전문가들 의견, 동호인의 의견을 모두 참고해 성심성의껏 리뷰를 썼다. 도가 지나쳤을까. 판매처에는 새 라켓이 나올 때마다 내게 제일 먼저 보내주었고, 나는 그들을 위해 리뷰를 썼다. 더구나 판매처에서는 명절마다 과일 세트를 보내주는 등 지극정성을 들이는지라 내 이름을 딴 테니스 라켓 문의 게시판을 운영하는 데 동의해버렸다.

많은 동호인이 내게 라켓 선택에 관해 문의했으며 나는 정성껏 답변했다. 그러다 보니 난 한 번도 테니스를 잘 친다고 말하지 않았는데 어느덧 게임 실력마저 좋은 사람으로 평가되고 만 것이 소소한 소

동의 빌미가 되었다.

그러나 라켓을 이것저것 자주 바꾸다 보니 실력이 정체되고, 또 글을 쓰는 데 시간도 많이 뺏겨서 절필을 선언했다. 그러자 한 동호인이 이런 말을 남겼다.

"테니스 코트에서 프로스텝 6.0을 사용하는 고수를 보면 ○○○ 님인 줄 알겠습니다."

정말 그들은 나를 불멸의 고수로 철석같이 믿고 있는 모양이었다. 실제로는 컨디션 좋은 여성에게도 패하는 실력인데 말이다. 곧 문제의 그 사건이 일어났다. 2010년인가 내가 부산대학교에서 장기 연수를 받게 되어 자주 가는 테니스 게시판에 "부산대 코트에서 가볍게 테니스로 몸을 풀 사람 없을까?"라고 글을 올린 것이다, 생각 없이.

나를 대단한 무림의 고수로 생각하는 제법 많은 이가 댓글을 달기 시작했고 나는 두렵도록 당황스러웠다. 도대체 이 기회가 아니면 언제 우리가 ○○○ 님과 함께 테니스를 치는 영광을 누리겠느냐는 것이다. 자기들끼리 일정을 정하고, 부산대학교 코트는 협소해서 자리 잡기가 곤란하니 시에서 운영하는 유료 코트를 섭외하겠단다. 그러고는 나의 명성에 걸맞게 실력이 시원찮은 멤버는 빠지고 각 지역에서 나름 잘나가는 선수만 참가하라고 난리였다. 그리하여 나를 영접하겠다고 엄선된 멤버의 면면은 대충 이러했다.

대학 내내 테니스 동아리 활동을 한 체육 선생, "난 이렇게 테니스 잘해!"라고 자랑하기 위해 자신의 테니스 경기 동영상을 게시판에 올리는 자칭 이 프로(pro), 부산 모 대학 테니스 동아리 현직 회장 김

군, 광주에서 테니스 용품 가게를 운영하는 터프가이 유 사장, 테니스장 건설을 부업으로 하는 대구의 이 사장 등.

당황한 나는 내가 요새 공부를 너무 열심히 했고, 집을 떠난 지 오래되어 몸이 부실해진 탓에 테니스를 할 형편이 아니라며 출구 전략을 마련했는데 그들은 막무가내로 제발 잠시나마 ○○○ 님과 게임하는 영광을 누리게 해달란다. 내가 생활하던 부산대학교 기숙사로 데리러 오겠다는 호의를 간신히 거절하고 어쩔 수 없이 그들이 섭외해놨다는 코트로 향했다. 운전하면서 곰곰이 생각해봤는데 나의 실력이 만천하에 알려진다면 내가 사기꾼으로 몰리는 것은 둘째 치고, 오직 나를 알현하겠다는 일념으로 전국에서 모여든 그들의 기대를 산산이 깨뜨리는 잔인한 일을 저지르는 것이었다.

그때가 여름 방학이었고 유난히 더웠던 날이었다. 내비게이션을 보니 도착 지점까지 대략 20분 정도 남아 있었다. 나는 차창을 꼭꼭 닫고 히터를 가장 뜨거운 온도로 가동시켰다. 차 속 온도는 쭉쭉 올라가 금세 사우나보다 더 더워졌다. 고통스러웠지만 참고 또 참았다. 땀이 비 오듯 쏟아지고 옷은 금방 축축해졌으며 얼굴은 용광로처럼 붉게 타올랐고 목은 바짝 타들어갔지만 절대 물 한 방울 마시지 않았다.

마침내 나의 신도들이 도열해서 기다리는 코트에 도착했다. 차에서 내렸을 때 나의 몸은 더위에 지쳐 돌연사한 변사체의 그것이라고 해도 이상하지 않았다. 나는 응급실로 향해야 할 상태임에도 의리를 지킨 의인으로 신분이 격상되었고, 그늘에서 그들의 게임을 지켜본 다음 간단히 강평하는 것으로 그날의 일정을 마쳤다.

03 테니스 클럽

늘 A시에서 테니스를 했는데 어쩌다 보니 B시에 있는 구장에 다니게 됐다. 인접 지역이지만 두 도시는 분위기가 사뭇 달랐다. B시는 전국에서 노인이 가장 많은 도시답게 한 살이라도 많으면 반드시 '형님'이라고 불러야 했다. 그래서 테니스 클럽의 위계질서가 마치 조폭의 그것과 닮아 있었다. 그러나 나는 애당초 '마이 웨이'를 외치는 성격이라 형님이고 뭐고 어차피 다 동네 아저씨로 보일 뿐. A시에서 하는 버릇대로 게임 후 느긋하게 담배를 피워 물었는데 분위기가 어쩐지 어수선했다. 아니나 다를까, 지역 대학의 총학생회장을 역임하고 시 의원 노릇을 하는 중간 형님이 나를 조용히 불렀다. 젊은 신입이 맞담배를 피워 큰형님이 언짢아한다는 전갈이었다. 그 당시 내가 20대 후반이고 큰형님들은 60대를 바라보는 나이니 그럴 만도 하겠다 싶어, 그 순간부터 조직의 규칙에 순응하기 시작했다. 팔자에도 없는 수십 명의 형님이 생겼는데 그런 문화가 나쁘지만은 않았다.

B시에는 유독 다방이 많았다. 그 탓인지 B시의 테니스 동호인은 다방 커피 내기를 즐겼다. 테니스 클럽의 사무실 한쪽 벽이 다방 스

티커로 도배돼 있을 정도였다. 성당에 딸린 테니스 코트조차 정다방 김 양, 우정다방 박 양, 칠칠다방 나 양의 콧소리가 끊이지 않았다. 심지어 코트 네 면에 네 명의 다방 아가씨가 자리 잡을 때도 있었다.

나는 인근의 유명 삼계탕집에 가서 식사하거나, 시민다방 나 양에게 커피 일곱 잔을 시켜도 지갑 꺼낼 일이 없었다. 그저 형님들이 물좋다고 알려주는 다방에 전화해서 역시 형님들이 지명하는 처자에게 배달을 부탁하면 됐다. 이때 형님들에게 형님 이야기를 하며 다방 처자를 지명했다고 어필하는 것이 중요했다. 그래서 나는 커피를 주문할 때면 이번에는 아무개 형님이 주문했다고 반드시 통보해주었다.

당시 B시의 테니스계를 주름잡던 큰형님 트로이카를 꼽자면 소싯적에 시내에서 큰돈을 모아 대형 공장을 세운 ㄱ 형님, 빵집을 하다가 대성공을 거두어 이제는 큰 레스토랑을 서너 개 보유한 ㄴ 형님, 그리고 중국요리집의 사장 ㄷ 형님이다. 나는 ㄱ 형님에게서는 테니스에서 위닝 샷이 얼마나 중요하며 또 주식 투자가 사람을 어떻게 폐인으로 만드는지를, ㄴ 형님에게서는 키 작은 여자가 얼마나 매력적인가를, ㄷ 형님에게서는 남자다운 패기와 호탕함과 의리를 배웠다. 트로이카 중에서 가장 호쾌한 테니스를 구사하는 형님은 단연코 ㄷ 형님인데, 동생 놈들이 감히 판정에 불만을 품고 인상을 썼다가는 "야 이노무 생키야! 어디서 게 눈까리를 살살 돌리노"라는 욕을 먹기 십상이었다.

그런데 어느 날인가 상남자 중 상남자인 ㄷ 형님이 봄볕에 나른해진 강아지처럼 풀이 죽어 눈만 껌뻑거리고 있었다. 뭔가 큰 고민이 있어 보였다. 그렇다고 막냇동생 주제에 감히 큰형님에게 무슨 고민이 있느냐고 물을 수는 없다. 다른 트로이카 멤버도 어쩐지 ㄷ 형님의 눈치를 보는 듯했다. 하긴 그 나이가 되면 이것저것 고민이 많지 않겠는가? 뭔지는 정확히 모르겠으나 큰 고민이나 우환이 있는 게 분명했다. 왜냐면 그날 예정에 없던 술자리가 공지되었기 때문. 장소는 시장 사거리 옆 땡땡 가라오케였다. 트로이카 형님들을 비롯해서 전 테니스 회원이 집합했는데 모두 ㄷ 형님을 배려하는 기색이 역력했다. 당시 급부상한 초원다방의 민 양이 애교를 부리면서 커피를 권해도 요지부동이었다(B시에서는 논두렁에서도 다방 커피를 주문한다). 전에 보지 못한 희귀한 형국이라 동생들은 눈만 껌뻑일 뿐 감히 나서서 위로하지 못했다. 그저 형님을 기분 좋게 해줄 방법을 찾기 위해서 최선을 다할 뿐이었다. 나도 예외가 아니어서, 난생처음 가본 가라오케였으나 호방한 태도로 악단에게 팁을 2만 원 줬을 뿐만 아니라 웨이터들에게도 그간의 노고를 치하하며 1만 원의 팁을 줬다.

사실 ㄷ 형님을 향한 나의 충정은, 세상 모든 고민을 혼자서 다 짊어진 듯한 그 양반을 부둥켜안고 블루스를 췄다는 것만으로도 충분히 증명된다. 남자와 그 짓거리를 한 것은 내 인생의 처음이자 마지막이었다. 그만큼 ㄷ 형님은 상심이 깊어 보였고, 어깨가 축 처지다 못해 땅으로 꺼질 것만 같았다. 다음 날, 밤늦게 구장에 나갔는데 시의원인 중간 형님이 날 넌지시 부르더니 이런 말을 했다.

"요새 ㄷ 형님, 자꾸 죽고 싶다 안 카나. 그 좋아하던 별다방의 김 양이 대구로 가버렸데이."

04 테니스 대회 출전기

우리나라 테니스 동호인은 보통 복식을 즐기지만 나는 단식을 한다. 오래전부터 단식 파트너와 일대일 승부를 즐기고 있다. 테니스의 꽃은 단식이지 복식이 아니다. 테니스 그랜드 슬램의 복식 중계를 본 적이 있는가? 세계 복식 랭킹 1위 선수가 누군지 아는 동호인이 있을까? 특유의 다이내믹함을 자랑하는 단식은 코트를 양분하는 반쪽짜리 플레이가 아닌 한 사람이 모두 책임지는 올라운드 플레이기 때문에 더 흥미진진하다.

사실 내가 단식만을 즐기는 이유는 따로 있다. A시에서 나름 들어가기 어렵다는 클럽에 입회해 월례 대회에 참가한 적이 있었다. 당연히 경기는 복식으로 진행되었다. 나와 팀을 이뤄 경기할 파트너는 나보다 열 살은 넘어 보이는, 까무잡잡한 피부에 날렵한 몸매를 가진 사람이었다. 그냥 인사만 몇 번 나눈 사이라 서먹서먹하게 게임을 하는데 아, 이 양반의 승부욕이 정말 대단했다.

그는 모든 플레이에 일희일비했다. 만약 나 때문에 지기라도 한다면 나는 곰 같은 아내와 호랑이 같은 딸이 기다리는 집을 향해 제 발로 걸어가지 못할 것만 같았다. 그러다 보니 점차 소극적인 면피성 플레이로 일관했고, 이 양반도 나름 짜증이 밀려왔을 터였다. 더욱이 결정적인 순간이 다가왔는데 그의 플레이를 방해하고 말았다. 앞에 선 내가 건드리기도, 후위의 그에게 맡기기에도 애매한 공이 날아와 멈칫했던 것이다. 결국 우리는 그 포인트를 빼앗기고 말았다.

그 순간 그 양반은 욕설을 난사하더니 라켓을 코트에 집어 던졌다. 그러곤 퇴장해버렸다. 당연히 그 게임은 몰수패가 되었다. 나도 테니스고 뭐고 생각하기도 싫어서 집에 돌아왔다.

그런데 몇 달 후 월례 대회에서 기막힌 상황이 발생했다. 그 양반을 상대 팀으로 만난 거다. 그는 그 사건을 어떻게 기억할지 모르겠지만 나는 미치도록 이기고 싶었다. 아마도 그때가 내 테니스 인생에서 가장 집중력을 발휘한 때가 아닌가 싶다. 게임은 우리 팀이 약간 앞서고 있었지만 언제 역전당해도 이상하지 않은 상황이었다.

그러다 네트 가까이에 있던 내게 찬스가 왔다. 반대쪽 코트에 태평양처럼 드넓은 빈 공간이 보였다. 당연히 그쪽으로 공을 세게 치려고 했다. 아니, 실제로 라켓을 세차게 휘둘렀다. 네트 가까이에서 나랑 대치하던 그 양반 역시 나의 눈을 보고 공의 방향을 가늠하는 기민함을 보였다. 그의 판단은 옳았다. 공을 칠 때 나의 모든 시선이 그 빈 공간으로 향했기 때문이다. 나는 그쪽으로 공을 보내기 위해 필사적이었다. 아마 그는 그쪽으로 잽싸게 이동해 역습할 생각이었을 것이다. 그러나 그가 간과한 게 있었다. 내가 공을 그쪽으로 치려고는 했지만, 꼭 그쪽으로 간다는 보장은 없다는 걸.

나는 빈 공간이 너무 크게 보였다. 그쪽으로 공을 보내기만 하면 포인트를 딸 수 있다는 생각에 공은 보지 않고 방향만 봤다. 그러다 공이 라켓에 잘못 맞아 엉뚱한 곳으로 가버렸다. 그런데 더욱 문제가 된 것은 공의 최종 도착 지점이었다. 불행하게도 그 공의 도착지는 그 양반의 신체 일부였다. 게다가 설상가상으로 공이 맞은 지점은, 여성의 시선을 신경 쓰자면 절대 맘껏 문지를 수 없는 곳이었다. 그는 떼굴떼굴 구르며 환부를 코트 바닥에 접촉시킴으로써 맘껏 문지르지 못하는 곤란함을 대신하려 했으나 여의치는 않았던 모양이다.

나는 최대한 미안한 몸짓으로 애도를 표했으나 그는 고통이 너무 극심해 내 사과 따위는 안중에도 없었다. 그저 눈물을 글썽이며 신음소리만 낼 뿐이었다. 그 고통을 너무나 공감하는 남성들은 깊은 한숨을, 여성들은 "우짤꼬"를 연발하다가 킥킥 웃는 이중성을 보였다.

다행히 그는 어렵사리 회복했다. 게임은 재개되었으나 그는 더 이상 나의 시선으로 공의 방향을 가늠하는 영리한 선수가 아니었다. 그는 내가 일부러 시선과는 반대로 공을 보내는 고급 기술을 사용해 자신을 웃음거리로 만들었다고 오해하는 듯했다. 하긴 방금 전 테니스장에서 경험할 수 있는 최악의 창피함을 경험했으니.

그가 나의 테니스 기술을 그렇게 높이 사준 것은 고맙지만, 이후로 그는 오로지 사심이 가득 담긴 '분노의 샷'만 날리기 시작했다. 혹시 그 양반이 공으로 상대를 맞추는 게임이 테니스라 착각하는 것은 아닌지 물어보고 싶을 정도로 말이다. 그러니 뭐, 나는 라켓을 파리채형태로 쥐고 내 몸을 건사하기만 하면 되었다. 물론 게임이 될 리 없었다. 금방 매치 포인트가 되었으며, 우린 한 포인트만 따면 그 무시무시한 전쟁에서 벗어날 수 있었다.

나는 더욱 신중하게 공을 쳐냈다. 그러다 너무 신중했던 나머지 상대가 스매싱하기에 안성맞춤인 기회를 만들어주고 말았다. 그 순간 절망했다. 딱 봐도 그는 자신에게 다가온 천우신조의 기회를 미친 듯이 반기고 있었다. 난 그 순간 차라리 잘됐다는 생각도 했다. 그냥 등 한 번 맞고서 그에 대한 죄책감을 씻는 게 나을 듯싶었다.

사자에게 쫓겨 지쳐버린 영양의 심정이 그런 것인가? 난 될 대로 되라는 심정으로 등을 상대편 쪽으로 둔 채 웅크렸다. 나에게 원한이 사무친 그가, 어차피 게임을 뒤집을 수는 없는 그가 빈 코트 쪽으로 스매싱할 리 없었다. 그는 나의 등을 노릴 것이었다. 자신의 소중한 급소를 사정없이 유린한 나를 용서할 리 없을 테니까. 나는 로저 페더러도, 노바크 조코비치도 아니기 때문에 스매싱을 수비할 수는 없었다. 게다가 웅크리기 전에 얼핏 봤더니 자기 머리 위로 봉긋하게 떠오른 공을 보는 그의 몸뚱이는 사람의 것이 아니었다. 근육이란 근육이 모두 불끈거렸으며 눈동자에서 분노의 레이저가 뿜어져 나왔다.

난 잔뜩 긴장하고서 다가올 통증을 기다렸다. 아마 그는 지금쯤 테니스 교과서에 나오는 지침대로 왼손은 치켜들어 공을 향했을 것이고, 오른손으로는 당시 최고의 선수만 사용한다는 최신형 라켓으로 공을 쪼갤 기세로 내려치겠지. 과연 곧 "퍽" 하는 굉음이 들렸다.

그런데 응당 느껴져야 할 고통이 전달되지 않았다. 이상한 느낌에 뒤를 돌아보았다. 아, 그 양반과 같은 편이라 통쾌한 스매싱을 기대하고 있었을 은행 지점장이 뒤통수를 부여잡고 쓰러져 있었다.

05 또 책을 사냥하다

오디오 수집 같은 비싼 수집과는 차원이 다르겠지만, 나 또한 헌책 수집을 할 때 피비린내 나는 전투를 벌이곤 한다. 이를테면 이런 경우다. 개인 헌책 판매자가 희귀 책(눈빛 출판사의 《북녘 사람들》 또는 웅진 출판사의 《풍장의 교실》로 기억한다)을 판매한다고 공지했기에 가장 먼저 연락했으나 어쩐지 다른 사람에게 판매된 것이다.

경상도 열혈남아인 내가 순순히 그 상황을 받아들일 리 만무했다. 우리는 댓글로 인신공격까지 해가며 싸웠다. 이미 그 책은 다른 사람에게 넘어가버렸지만, 그래도 분이 안 풀려 조금 더 싸웠고 조금 더 악담을 주고받았다.

그런데 다음 날, 그 원수 같은 판매자가 전날과는 비교도 안 될 희귀 책을 판매 리스트에 올렸다. 전날 그 인간에게 화내고 행패 부린 나 자신을 저주했다. 그러나 조금만 비겁해도 인생이 즐거워진다고 하지 않았던가. 전날 판매자에게 연락했던 전자 우편 대신 다른 주소의 전자 우편으로 책을 예약했다. 무사히 예약되어 그 희귀 책을 손에 넣었다는 기쁨과 그 인간을 기만했다는 쾌감을 만끽하고 있는데 뜬금없이 전자 우편이 한 통 더 왔다.

내용인즉슨 '어제 나랑 싸운 그 박 선생 아니냐? 나랑 어제 싸운 게 민망해서 다른 전자 우편으로 연락한 거지?'였다. 점집을 차리지, 왜 헌책 따위나 파는지 모르겠다. 자존심이 상해서 도저히 어제 당신이랑 싸운 그 찌질이가 맞다고 고백하지는 못했다. 그래서 '무슨 말씀이신지? 저는 박 선생이라는 사람이 아닌데요'라고 답장을 보냈다.

06 테니스 라켓 구매 후기

내가 십수 년째 사용하는 라켓은 1983년에 처음 출시된 '윌슨 프로스텝 6.0'이다. 물론 정말 1983년에 제작된 것은 아니겠지만 굉장히 구닥다리 라켓인 것은 분명하다. 피스톨이라는 별명으로 무려 그랜드 슬램에서 열네 번이나 우승을 차지한 '피트 샘프러스'가 사용한 모델로도 유명한데, 나는 그의 팬은 아니고 다만 이 모델이 내 손에 맞기 때문에 좋아한다.

즐겨 사용하다 보니 윌슨 프로스텝 6.0이 낡아 새로운 라켓이 필요해졌다. 그런데 이 모델은 국내에서 2000년 초반까지 소량 수입되어 판매되다가 단종되었다. 어렵겠지만 구해보기로 결심하고서 테니스 커뮤니티 게시판에 이 모델을 구한다는 글을 올렸다. 며칠 뒤 연락이 왔다. 놀랍게도 전혀 사용하지 않은 새 제품을 세 자루나 보유하고 있단다.

단종된 데다 마니아층이 많은 미국에서는 새 제품이 40~50만 원이라는 비싼 가격에 팔리는 라켓이었다. 국내에서는 마니아가 아니라면 5만 원에 주고 사라 해도 사지 않을 이 라켓을 두고, 우리는 장장 일주일간 가격 협상을 했다. 마침내 우리는 적당한 가격에 합의를 봤다. 합의 과정에서 그가 어느 날 아침 문자 하나를 보내왔다.

〈내가 사는 동네에는 비가 촉촉이 내립니다. 박 선생님 얼굴이 보고 싶습니다〉

실로 끈적끈적한 내용이었는데, 이는 시커먼 남학생 놈이 "탱크보이 사드릴 테니 잠시 봬요. 선생님 얼굴 안 보여주실 거예요?"라는 문자를 보냈던 이후로 오랜만에 받은 느끼한 문자였다. 그는 직접 만나 따뜻한 차를 나누면서 피트 샘프러스의 위대한 업적에 대해 이야기하자고 제의했으나, 나는 그럴 필요 없이 송금해줄 테니 택배로 라켓을 보내달라고 딱 잘라 말했다. 나는 샘프러스의 위대한 업적과 그의 현란한 플레이에 대한 토론을 원한 것이 아니고, 당장 다음 주에 단식 파트너를 이기기 위한 무기가 급했을 뿐이므로. 또, 비가 촉촉이 내리니 내 얼굴이 보고 싶어진다는 나의 팬이 설마 내 돈을 떼어먹고 도망치겠나 싶어서 미리 송금해준다는 아량까지 베풀었다.

그는 나의 제안을 받아들였으나, 우체국에서 또 전화를 걸어왔다. 혹시 발송하는 과정에서 파손될 수 있으니 얼굴 보고 차나 한잔하면서 거래하잖다. 화가 치미는 것을 간신히 참은 나는 미리 송금해주었고, 라켓은 강한 소재로 만들어진 것이니 부서질 리 없으며, 만에 하나 파손되더라도 그건 내가 책임지겠다고 말했는데도 그는 시저가 루비콘 강을 건너는 것보다 더 망설였다.

내가 그날 한 시간 동안 전화통을 붙잡고 그를 설득한 내용을 매뉴얼로 만들어 배포한다면 누구나 협상왕이 될 것이고, 이 세상에는 협상 결렬이라는 단어가 사라질 것임에 분명하다. 또한 모태 솔로도 순식간에 이성 교제 전문가가 된 자신을 발견할 터다. '소심한 판매자를 설득하기 위한 성질 급한 구매자용 가이드'라는 제목으로 매뉴얼을 출간했다면 위기에 빠진 출판계를 단숨에 구할 수 있는 불세출의 베스트셀러가 되었을 터고. 세 치 혀로 거란족을 물리친 서희의 업적에 버금가는 설득력으로 나는 그로 하여금 우체국 택배로 라켓을 보내게 하는 데 성공했다.

다음 날 그가 보내준 라켓을 얼싸안고 감격했다. 그러나 그 기쁨은 하루살이의 식사 시간보다 짧았다. 잠시 후에, 비가 촉촉하게 내려서 내 얼굴이 보고 싶다는 그 사람이 날 만나서 때려주고 싶다는 목소리로 전화를 해왔기 때문이다. 그는 대뜸 '내 마음이 너무 안 좋으니' 거래를 취소하자고 했다. 어제 현란한 나의 설득 기술에 농락당한 자신을 원망하는 한편, 천진난만한 자신을 악마의 혀로 유혹해 마침내 욕심을 채운 악당에게 분노를 표출하는 듯했다.

나는 대학에서 무려 '법'을 부전공한 남자다. 이미 라켓을 손아귀에 넣은 절대 우위의 입장을 십분 이용해 그 어린양에게 '개인 간 물품 거래에 있어서 계약의 성립과 해지에 대한 벌금 그리고 처벌'에 대해 30분 동안 무료로 강의해주었다. 그러나 법보다 무서운 것은 '떼'와 '억지'라는 사실을 법학과 교수님들은 알려주지 않았다. 그래서 그가 자긴 법 따윈 모르겠고 라켓을 돌려달라, 안 돌려주면 학교로 찾아오겠다며 듣도 보도 못한 몽니를 부렸을 때 미처 대처 방안을 생각지 못했다.

일단 휴대 전화의 통화 품질을 엉망으로 관리하는 전화국의 근무

태만을 잠시 언급한 다음 내 이름을 부르며 절규하는 그를 버려두고 전원을 꺼버렸다. 그리고 긴급 대책 회의를 소집했다. 여러 원로대신의 다양한 의견이 있었는데 다수의 지지를 받은 의견은 이랬다.

이 사태를 해결하는 방안은 이러했다. 라켓을 받자마자 테니스를 몇 게임 격하게 즐겼으므로 당신의 그 뽀송뽀송하고 빛을 발하는 새 라켓은 흙바닥에 여러 번 부딪혔고, 실력이 턱없이 부족한 새 주인이 자신의 플레이에 화가 난 나머지 콘크리트 바닥에 내동댕이쳐버리기도 했다, 이미 만신창이가 된 라켓을 돌려받고 싶은가, 물론 돌려달라는 것은 당신이니까 내가 송금했던 돈은 고스란히 돌려줘야 법리상 아무 문제가 없다, 라고 변심한 판매자에게 통보하는 것이었다.

매우 솔깃한 권고였으나 나는 망설였다. 자신의 영웅인 샘프러스의 영원한 동반자였으며, 거금을 주고 장만했지만 아까워 차마 사용하지 못하고 밤마다 껴안고 잤을 자신의 분신이 웬 오랑캐 같은 놈을 만나 분탕질당했다는 사실을 알게 되었을 때 그가 취할 행동이 무서웠기 때문이다. 그 사람이 우리 학교에 와서 웃통을 벗고 교무실 바닥에 드러누울 수도 있는 일이었다. 그래서 다른 방법을 사용하기로 했다.

나의 휴대 전화가 전원을 다시 공급받자마자 맹렬히 울려댔다. 그가 나를 얼마나 애타게 찾았는지 뻔히 보였다. 나는 느긋하게 그와 통화를 시작했다. 또 한 번 '계약 위반'에 관한 대한민국 법률의 엄중함과 위반 시 따라붙는 무시무시한 불이익을 주지시킨 후, 그러나 나는 대인다운 아량을 베풀어 라켓을 다시 돌려주고 싶지만 국가의 녹을 먹는 공직자로서 엄격한 복무규정과 잠시도 쉴 틈이 없는 나랏일 때문에 테니스 라켓을 보내려는 목적으로 근무 시간에 사사로이 우체국을 방문하는 태만을 저지를 수 없다고 통보했다.

그러나 그의 찌질함과 집착은 나의 상상을 초월했다. 퇴근 후 나의 집으로 찾아오겠다고 한 것이다. 참고로 그는 자동차로 이동했을 때 학교와는 두 시간, 우리 집과는 한 시간 반 정도 떨어진 지역에 살고 있었다. 물론 자잘한 준비 시간과 시내에서의 이동 시간을 제외한 시간이다. 아, 저녁에 웬 사내가 집으로 찾아와 세상에 둘도 없는 악마 같은 놈이라고 날 비난하면서 당장 자기의 소중한 라켓을 내놓으라고 고함을 내지르면 나는 그날로 테니스 인생을 마감해야 할 게 분명했다. 생각이 여기에까지 미치자 나는 모든 것을 내려놓기로 했다. 순진무구하고, 피트 샘프러스와 프로스텝 6.0을 마지 자기 분신처럼 여기는 한 사람의 순박한 행복을 깨뜨려가면서까지 꼭 내 욕심을 채워야 할 필요는 없었다.

퇴근 후 주섬주섬 라켓을 챙긴 다음 운전을 해서 그와 약속한 시간에 그가 타고 온다는 기차를 기다렸다. 그는 나를 만나자마자 집 나간 자식을 되찾은 표정으로 내 손에서 라켓을 빼앗다시피 가져갔다. 예쁜 누나가 준 사탕을 입에 넣으려는 순간, 그 사탕을 우악스럽게 뺏어 간 무서운 엄마를 바라보는 눈초리로 나는 그의 못생긴 뒤통수를 하염없이 바라보다가 차를 빼달라는 짜증스러운 경적 소리를 듣고서야 뒤돌아섰다.

07 어머니와의 소풍

어머니와 난생처음 단둘이 소풍을 간 적이 있다. 휴일 가족 나들이가 무슨 화젯거린가 싶기도 할 터다. 그러나 부끄럽게도 일흔이 넘은 어머니와 불혹을 넘긴 나는 함께 어딘가에 '놀러' 간 적이 없었다. 나는 어머니가 '나다니 것'을 굉장히 싫어하는 줄 알았다. 그러나 이 소풍을 계기로 그것이 오해임을 알게 되었고, '나다니는 것을 싫어한다'고 인식돼온 이 땅의 많은 부모님이 실은 자식에게 수고를 끼치지 않기 위해 일부러 그렇게 말한다는 사실도 알게 되었다.

계획한 대로 소풍을 가자면 우선 오랫동안 반신 불구로 지내왔고, 지금은 요양원에 계신 어머니가 허락해야 하는데, 과연 허락을 하실지 염려되었다. 그래서 한 주 전 넌지시 운을 떼보니 놀랍게도 "네가 수고스럽지 않겠냐"고 하셨다. 정말 깜짝 놀랐다. 이건 어머니의 어법으로는 '강력한 긍정'이었기 때문이다. 자식에게 누를 끼칠까 실명하기 직전이 돼서야 '눈이 잘 안 보인다'고 고백하셨던 분이었다. 어머니의 우회적인 '예스'는 나에게 하나의 큰 사건이었다.

드디어 소풍 당일, 어머니께 '구경'이나 다녀오자고 말씀드리니 선선히 그러자고 하신다. 요양원 생활이 얼마나 답답했으면 내가 말을 꺼내자마자 저렇게 곧장 그러자고 하실까.

우리의 소풍에서 넘어야 할 두 번째 난관은 어머니를 차에 태워야 하는 것이었다. 어머니는 큰 키는 아니었지만 요즘 제법 체중이 늘어 안전하게 차에 태울 수 있을지 걱정스러웠다. 이런 상황을 염두에 두지 못하고 흥에 겨워 차체가 높은 SUV를 구매한 나의 경솔함이 정말 원망스러웠다. 몇 년 전, 차로 병원에 통원 치료를 받으러 다녔을 때는 간병인 아주머니와 둘이서 부축하고 낑낑대며 간신히 차에 태워드리기는 했었다. 그러나 이제 내가 아닌 다른 사람의 도움을 받고 이동하자고 하면 어머니는 분명 불편해하실 터였다. 더욱이 이번엔 어차피 돌아올 때는 나 혼자였다. 그래서 용기를 내봤다. 어머니에게 성한 한 팔로 나를 안으라고 말하고, 나는 두 손으로 어머니를 번쩍 안아 올려 차에 태우기로 결심했다.

그 시도는 용기가 필요했다. 자칫 어머니를 떨어뜨리기라도 한다면 보통 일이 아니었다. 온 힘을 다해 어머니를 번쩍 들어 올렸다. 올림픽에서 무거운 바벨을 들어 올리는 역도 선수의 희열이 이럴까 싶었다. 어머니를 온전히 들어 올려서 무사히 차에 태운 것이다.

요양원을 내려오는 길, 그냥 차 안에서 창밖을 구경하겠다는 어머니를 휠체어에 태워 근처에 있는 사찰 옆 공원에 갔다. 달콤한 군밤도 사고 시원한 냉수도 챙겼다. 주말인데도 공원은 한산했지만 휠체어를 탄 노인과 중년 사내가 동행하는 모습을 간혹 기이한 눈으로 바라보는 사람들이 있어 역시 이 편이 좋다고 생각했다. 그런데 어머니는 사람 구경을 하고 싶은 듯했다. 실로 오랜만의 외출 아니던가.

꽃도, 시원한 인공 폭포도, 주변 건물도 구경했다. 해가 구름 속으로 들어가면 잽싸게 양달로 이동하고, 햇볕이 따가우면 그늘 속에서 풍경을 구경했다. 어머니는 당신이 건강했을 때 자주 놀러 다닌(어머니 기준에서 자주라는 것은 5년에 한 번꼴 정도가 아닐까) 절이 어디쯤 있느냐고 물었다. 그 절은 직지사인데, 우리가 구경 중인 공원과 지척이라고 답했다. 어머니가 절의 소재를 두어 번 더 언급하기에 그 절에 가고 싶은가 해서 물어보니 "아니야, 안 간다"란다. 그러더니 가끔 카메라 셔터를 눌러대는 나를 보고 "그거 네 카메라냐?"라고 묻기도 하고, 조그만 아이들이 지나가면 빤히 바라보기도 했다.

어렸을 적, 어머니가 종종 나에게 "넌 좋겠다. 나보다 더 예쁜 새엄마가 올 텐데 새엄마는 용돈도 많이 주고 그럴 거야"라고 말했던 기억이 났다. 초등학교 5학년 때 도시로 전학 가는 나를 옆에 두고 아궁이에 불을 지피면서 한 말이었다. 어머니는 "넌 내가 하나도 안 보고 싶겠지?"라고 덧붙였다. 어머니에게조차 내성적이었던 나는 아무 대답도 하지 않았다. 그러나 지금, 어머니가 중풍으로 쓰러진 뒤 열두 곳의 치료 기관, 요양 기관을 옮겨가며 나름 최선을 다해 어머니 옆을 지키고 있다. 이제야 제 앞가림을 하게 되어 어머니가 힘들 때 나설 수 있게 된 것이다. 어머니가 알았으면 좋겠다. 그때 아궁이 앞에서 입을 꾹 다물었다고 해서 어머니를 사랑하지 않는 게 아니었음을.

남들은 고생이네 뭐네 해도 나는 어머니가 살아 계시니 행복하다. 아무런 대답 없는 무덤가로 어머니를 찾아가는 것보다, 도란도란까지는 아니더라도 이야기 몇 마디를 주고받을 수 있으니 말이다.

08 자식의 마음

　무더운 날이었다. 요양원에 찾아가 어머니와 함께 있는데 근처에서 공사하던 인부가 한참을 물끄러미 우릴 쳐다봤다. 구경 삼아 보는 줄 알고 살짝 불쾌해지기까지 할 참이었다. 그런데 그분이 우리 곁으로 와서는 자신의 간식을 나눠 먹자고 했다. 어머니나 나나 먹는 것이 아쉽지는 않았고 또 그럴 성격도 아니어서 정중히 사양했지만 그분은 완강했다. 어쩔 수 없이 음식을 받아 들었다. 누가 봐도 무뚝뚝한 외모의 그분은 우리가 음식을 받아 들자 달리 아무 말도 없이 곁에 앉아 빵을 씹었다. 얼결에 음료수와 빵을 곱씹다 보니 그분이 우리에게 음식을 나눠 준 이유를 알 것 같았다. 그분은 우리 모친에게서 당신 부모님을 보았으리라.

　저 멀찍이서 할머니의 머리를 손질해주는 아주머니는 그 할머니의 딸이 아니다. 옆에 선 할아버지의 딸이다. 그러나 정성껏 머리를 손질해주고 "시원하세요?"라고 묻는 말투는 당신 부모에게 하는 다정한 말투와 다르지 않았다.

09 사랑한다는 말

　평소보다 하루 일찍 어머니를 찾아갔는데 자꾸 내려가보라는 어머니 말에 가슴이 저릿했다. 내가 돌아갈 일은 신경 안 써도 되는데……. 망설이다가 며칠 전 어버이날 선물한 꽃바구니를 가리키면서 이렇게 말했다.

　"이 꽃바구니에 '사랑합니다'라고 적혀 있어."

　어머니가 흐흐 웃으며 환한 웃음을 지었다. 놀랍게도 내가 어머니에게 처음으로 사랑한다고 말한 날이 되었다. 진작 자주 사랑한다고 말했어야 했다. 그까짓, 힘든 일도 아닌데 말이다.

10 어머니의 소원

영화 〈수상한 그녀〉를 보다가 눈물을 많이 흘렸다. 어떤 이들은 이 영화가 감동을 강요한다고도 하는데 나 같은 평범한 관객은 좋기만 했다. 영화의 완성도를 추구하는 사람들과는 달리, 나 같은 B급 관객은 예술성이 좀 떨어지더라도 웃고 우는 가운데 카타르시스를 느끼면 그만이다. 더구나 어머니에 대해 다시 한 번 되돌아보게 하는 것만으로도 값어치가 큰 영화였다. 적어도 내게는 그랬다.

신경숙의 소설 《엄마를 부탁해》를 두고서 미국의 한 비평가가 "김치 냄새가 난다"라고 했다지. 그럼 한국 문학에서 김치 냄새가 나야지, 버터 냄새를 풍겨야 할까? 나는 이 소설을 읽고도 이루 말할 수 없는 깊은 인상을 받았는데, 특히 기억나는 장면은 주인공인 엄마가 낯선 거리를 헤매면서 '속뼈가 드러나도록' 발에 상처를 입은 부분이다.

어느 날 요양원으로 어머니를 찾아갔을 때, 어머니는 가시에 긁히고 패인 흉터를 보여주면서 "그땐 그렇게 정신없이 일했다"라고 말했다. 그러면서도 다시 한 번 농사일을 하고 싶다는 말을 덧붙였다. 농사일은커녕 거동도 혼자서 못 하는 어머니의 이뤄질 수 없는 소망을 어찌해야 할지 모르겠다. 자꾸만 마음이 아프다.

11 농사일

점심 식사 자리에서 친구들이 손수 농사지어 식구들과 나누어 먹는 기쁨을 찬양했다. 그런데 이러한 낭만적 형태가 아닌 일상으로 농사를 겪었던 한 분이 농사는 그런 것이 아니라며 농사일의 괴로움을 새삼 일깨웠다. 그러자 너나 할 것 없이 자신이 겪은 최악의 농사일 이야기를 봇물처럼 쏟아냈다. 한마디도 거들지 않고 곰곰이 듣자니 가슴이 절로 먹먹해지고 말았다.

그들이 평생을 두고 가장 고통스러웠던 농사일의 '순간'은 모두 우리 어머니가 불편한 몸을 이끌고 '평생' 해온 일이었으며, 그런 어머니 등 뒤에서 나는 그저 무던하게 바라보기만 했음을 새삼 깨달았기 때문이다.

12 부모님의 영어

　부모님에게서 영어 단어 두 개를 선물받았다. 그중 하나는 초등학교 시절, 교과서에 실린 축구 이야기를 같이 읽다가 어머니가 '골인'이라는 단어를 보고는 나에게 "공이 이렇게 골대로 들어가는 걸 골인이라고 하는 거다"라고 말해줘 익히게 된 '골인'이라는 단어.

　두 번째는 '호프(hope)'라는 단어. 도저히 믿기지 않겠지만 지금은 영어 선생 노릇을 하는 나는 중학교 시절까지도 호프의 뜻을 몰랐다. 어느 날 아버지가 성냥갑에 쓰인 그 단어가 무슨 뜻이냐고 물을 때까지도 난 대충 '호퍼'라고 대답했다. 영어 발음을 알 리 없는 아버지는 너털웃음을 지으며 다시 뜻을 물었다. 내가 여전히 대답을 못 하자 아버지는 저 정도면 상식이 아니냐면서 나를 꾸지람했다. 아버지는 한문 교육을 받았지만 정규 교육은 초등학교 때까지만 받은 분이었다.

　지금 아버지는 곁에 없고 어머니는 요양원에 있다. 요즘처럼 날이 스산해지면 두 분과 함께 지내던 어렸을 적 생각이 덮친다. 어머니의 오물오물한 입술 사이로 나오던 '골인'이라는 발음, 아버지의 곧은 손가락이 가리킨 단어 '호프'가 도톰하고 묵직한 솜이불이 되어 은근

슬쩍 날 감싼다. 생각해보면, 두 분이 깊게 새겨준 단어들이 어쩌면 날 이끄는지도 모르겠다.

　그렇다. 호프를 가지고 산다면 언젠가는 내 인생의 목표에 골인하게 되리라.

13 시장의 아주머니

시장의 한 아주머니가 내 시선을 놓아주지 않았다. 갓 수확한 매실을 팔기 위해 시장에 나왔는데 자리가 익숙지 않은지, 아니면 노상에서 물건을 파는 일이 서툰지 연신 사방을 둘러보며 길 잃은 강아지처럼 행동했다. 수십 걸음만 걸어가면 물건을 파는 동료 서너 명이 모여 있건만 아주머니는 무리에서 쫓겨난 외톨이처럼 어색한 홀로서기를 한다.

우리 어머니도 장날에 맞춰 농산품을 팔러 다니곤 했는데, 혹시 어머니도 저런 모습으로 시장에 있었던 건 아닐까 하는 생각에 눈가가 촉촉해졌다. 시장에 물건을 팔러 나간 어머니는 물 한 모금 마시지도, 아이스께끼 하나 사 먹지도 않고 집으로 돌아오곤 했다.

그때 어머니가 나가던 시장에 들러 어머니가 좋아하는 떡을 사 들고 어머니를 만나러 가는 날이다, 오늘은.

14 선물

어릴 때 정신없이 뛰어놀던 산소 옆에 배나무가 있었다. 돌배나무였다. 가을이면 동글동글한 돌배가 여럿 열려서 가지가 꽤 묵직한 게 탐스러워 보였는데, 정작 알은 조그맣고 퍼석하니 별로 맛이 없었다. 그래도 손 닿는 데에 요기할 것이 있으니 마음껏 따 먹었다. 나중에 알고 보니 그 산소의 주인은 다름 아닌 나의 증조할아버지였다.

나는 일요일마다 가급적 어머니가 있는 요양원을 찾는다. 찾아갈 때마다 간식거리를 사 가는 것은 물론이다. 요양원이 직지사 근처에 있는 터라 근처 노점상에서 종종 단밤을 사 가곤 하는데 달고 맛나서 어머니도 좋아한다.

어머니를 보고 내려올 때 또 단밤을 산다. 이번엔 딸아이를 위해서다. 할머니의 식성을 똑 닮은 딸아이도 단밤을 좋아한다. 아직 덜 식어서 미적지근한 온기가 도는 단밤을 딸아이에게 내민다. 때론 나도 그 단밤 하나를 오물오물 씹는다. 입안에 달짝지근한 단맛이 돈다.

가만 생각해보니 어릴 적 돌배와 단밤은 나 모르게 불현듯 찾아온 선물이 아니었을까. 인생에 은근한 단맛이 깃들길 바라는 깜짝 선물 말이다.

15 명랑한 아저씨

말이 살찐다는 가을이 되면 꼭 하고 싶은 일이 있었다. 바로 어머니께 삶은 밤을 쪼개어 드리는 일. 직지사 근처에서 노릇한 군밤을 사 가는 것도 좋지만, 언제고 꼭 집에서 삶은 밤을 가져가 직접 쪼개드리고 싶었다. 마침 바람도 선선해지고 낙엽이 한둘씩 후드득 떨어지는 가을이 되어 밤을 삶아 갔다.

겉보기에 반질반질하고 통통하게 여문 밤 하나를 골라 반으로 쪼갰다. 상앗빛 속살이 포근해 보였다. 아, 속살을 보고만 있는데도 슬쩍 침이 고였다. 얼른 어머니가 맛봤으면 해서 쪼갠 밤을 냉큼 건넸다. 그런데 내가 보기엔 부드럽고 잘 으깨지는 속살이건만, 어머니에게는 돌처럼 딱딱한 듯했다. 어머니는 겨우 하나를 먹고서 손사래를 쳤다. 몇 개 남지 않은 노모의 치아를 보는 일은 참 고통스럽다.

아니, 사실은 그래도 좋다. 볕 좋은 가을날, 어머니와 함께 앉아 삶은 밤을 나누고 있다는 사실이. 삶은 이렇게나 좋은 것이다. 그러니 언제나 명랑하라, 아저씨여.